Maladrón

Biblioteca Asturias

Miguel Ángel
Asturias
Maladrón
(Epopeya de los Andes Verdes)

El libro de bolsillo
Biblioteca de autor
Alianza Editorial

Primera edición en: «Biblioteca de autor»: 2005

Diseño de cubierta: Alianza Editorial
Ilustración: Juan F. Yoc, *Niño jaguar* (fragmento)
Proyecto de colección: Odile Atthalin y Rafael Celda

Reservados todos los derechos. El contenido de esta obra está protegido por la Ley, que establece penas de prisión y/o multas, además de las correspondientes indemnizaciones por daños y perjuicios, para quienes reprodujeren, plagiaren, distribuyeren o comunicaren públicamente, en todo o en parte, una obra literaria, artística o científica, o su transformación, interpretación o ejecución artística fijada en cualquier tipo de soporte o comunicada a través de cualquier medio, sin la preceptiva autorización.

© Herederos de Miguel Ángel Asturias, 1969
© Alianza Editorial, S. A., Madrid, 1984, 1992, 2005
  Calle Juan Ignacio Luca de Tena, 15;
  28027 Madrid; teléfono 91 393 88 88
  www.alianzaeditorial.es
  ISBN: 84-206-5879-0
  Depósito legal: M-48.906-2004
  Composición: Grupo Anaya
  Impreso en Fernández Ciudad, S. L.
  Printed in Spain

*Ellos y los venados, ellos y los pavos
azules poblaban aquel mundo de golosina.
De otro planeta llegaron por mar
seres de injuria...*

Uno

Al final del verano, entre la tempestad de hojas secas que el viento del Norte arrebata, muele contra las piedras y reduce a polvo, hojarasca con todos los movimientos del alacrán que se quema, cada hoja sedienta se enrolla sobre el pedúnculo para pincharse y morir; al final del verano, entre la pavesa del sol y la tostadura de la helada, campos y montes marchitos devorándose en la perspectiva de ocres, jaldes, amarillos, parduzcos; al final del verano sólo queda verde la gran cordillera flotante como nube sembrada de aéreos pinos, cipreses voladores y cumbres de cuya celsitud no dan cuenta nieves eternas, que si al Sur, de los nevados andinos baja el deshielo en cascadas de agua fúlgida y celeste espuma, aquí la nevada de esmeraldas se derrite en primavera de verdor inapagable, verdor de bosques, verdor de pájaros augures, verdor de sabandijas, verdor de aguas y verdor de piedras.

La cordillera de los Andes Verdes, hay para envejecer sin recorrerla toda, confina con regiones cavadas por ríos subterráneos en cuevas retumbantes, volcanes de respiración de azufre, colinas tibias en las que habitan parte del año, huyendo de los vientos que enfrían los pulmones, las familias de los Señores, y a través de leguas y leguas de llanura, colinda con los pueblos nutricios que dan cosechas de tierra fría y tierra caliente en la boca de la costa, y más allá de nieblas y anegadizos, con el mundo sin tiempo del lacandón y el mono, y en alguna parte con la misteriosa Xelajú, chopo y silencio desde la muerte del Guerrero Amontonador de Plumas Verdes, en la batalla de la sangre que se heló sobre los pedregales escarchados, para correr, en calentando el sol, por arroyos de rubíes, como si sangrara todo el suelo herido.

Sangra todo el suelo herido. Hombres ocultos en caparazones de tortuga, tortugas con cara humana, y otros aún más extraños a horcajadas sobre venados monstruosos, clinudos, sin cuernos, colilargos, combaten con tigres, águilas, pumas, coyotes, serpientes, que también son hombres. Batalla de estampa. Lámina de códice. Choque de dioses, mitos y sabidurías. Quelonios gigantes cubiertos de cruces de Santiago, cruces de empuñaduras de espada, cruces de escapularios, cruces de palosanto, enfrentan el remolino de cueros tronadores que cubren a los hombres-tigres-pumas-águilas-coyotes-serpientes. Pero el combate ritual cesa de pronto, la ceremonia se torna escaramuza, la escaramuza arrebato y el olor de la sangre caliente, bermellón en chorro apresurado sobre las carnes vulnerables de los que combaten desnudos, precipita la batalla. Ciegos, enloquecidos, feroces, luchan en un cuerpo a cuerpo, sin retroceder ni avanzar, entre el polvo, los escudos, las rodelas, los penachos, la tempestad mágica de los arco-iris de plumas, el lloro animal de las piedras al despegarse de las hondas de pita, las chispas de los arcabuces, las varas tostadas, las espadas de dos y cuatro filos, los tambores, los caracoles, los atabales, los gritos de los que trenzados en aquel cuerpo a cuerpo, ni retroceden ni avanzan. Manos, cabezas, brazos, piernas, al cercén de filos tajantes o machacados con macanas de espejo. Rematar allí mismo. Acabar allí mismo. Dedos, uñas, dientes, plumerías, cadáveres, aceros, sol granizo, cielo profundo, desierto de sal azul. La sangre huye de los muertos helados. Huye caliente y va enfriándose afuera, sobre la escarcha, la arena, la arenisca de las faldas de los volcanes imantados hacia lo alto, pero ya la calentará de nuevo el sol y se pondrá en marcha por el río.

La cordillera de los Andes Verdes, cerros azules perdidos en las nubes, va desde el silencio de aquel campo de quetzales muertos en batalla, hasta las cumbres de la tierra más antigua de la tierra, los Cuchumatanes, entre la parla sin fin de los cazadores y el silbido de los llama-las-lluvias; entre el asalto de la tribu flechera, vegetariana y caminante y las siembras y resiembras de lo bello, flores sean dichas, de lo dulce, frutas sean dichas, dicha sea todo: el cultivo de los cereales y las artesanías de hilo, maderas pintadas, utensilios de barro, instrumentos musicales y jícaras dormidas en nije. La primera tierra que descubre el navegante, desde la Mar del Sur, es ésta. La contempla extasiado. Es la nube terrenal en que nace el maíz. El primer gramo de maíz que hubo en la tierra. El puma rosado se refugia en sus colinas antes de bajar el tiempo del cielo. Tempestades blancas. Rebaños de témpanos de hielo. Costas y majestad de mar cubierto por glaciares. Espumas salobres y borrascas de látigos de nieve, antes de bajar el tiempo del cielo al fruto, edad del árbol, del cielo al trino, edad del pájaro, del cielo a la palabra, edad del hombre. Libertad del primer pino. Saca los brazos de la ventisca, verdinegro nocturno, lunar, seguido de otro, y otro, y otro pino. Pinos y cipreses van a la par por los repechos, se dan las ramas para apoyarse unos a otros al saltar por los barrancos, forman grupos en las colinas, se reparten en las mesetas, se apretujan en las barrancas, se separan en las quebradas y en fila india trepan hacia las cimas y se detienen a contemplar, desde lo más alto de los Andes Verdes, bajo el cielo añil profundo, los volcanes empenachados de humo, la plata jabonosa de los ríos y los lagos de níqueles brillantes.

Caibilbalán, Mam de los Mam, sale de la noche agujereada de luceros e inicia, al lucir el alba, acompañado de sabios y nahuales que visten nubes de algodón, la ceremonia de la llamada del invierno. Lleva en la mano diestra el silencio y en la otra el ruido torrencial del aguacero. Por un filo de piedra corre a lo largo de una de las más altas peñas de las ciudades abismales, se desliza, sin parpadear, sin respirar, sin habla, y se aproxima a un peñascal que tiene la forma de una inmensa oreja colgada en el vacío. El tiempo de juntar los labios entre el cielo y la tierra y emitir un silbido que remata el monosílabo ¡chac!...

¡Chac, chac, chac...!, repite el eco en la gran oreja de metales tempestuosos, mientras regresa el silbido en forma de hilo de agua, cristal culebreante que corre a despertar a los llama-las-lluvias, pajarillos que entre silbo y lloro reclaman con sus trinos la venida del invierno.

–¡Agua reptil de Caibilbalán, Mam de los Mam –saludan los sabios y nahuales–, agua celeste, agua de los doce cielos, agua que cansada de correr se junta con los grandes ríos y ciega a los peces incógnitos para facilitar su pesca con flechas de punta de piedra!

–¡Chac, chac, chac...! –repiten los Ancianos. Lenguas Supremas de las tribus.

—¡Agua reptil de Caibilbalán, Mam de los Mam —saludan los del séquito privado, los que guardan las puertas, los que guardan las gradas de las mansiones y los templos—, agua que entre los pinos suena a cascabel, agua que encierra a los pájaros de garganta musical o plumaje precioso, en jaulas de hilitos de lluvia!

—¡Chac... chac... chac...! —corean los Alarifes Alados, constructores, ornamentadores, dueños de la greca y el número.

—¡Agua reptil de Caibilbalán, Mam de los Mam —saludan los capitanes— tras fisguear sobre la tierra, corre subterránea humedeciendo raíces que alimentan sustentos de vida y embriaguez!

Un Agorero se adelanta al oleaje de sus palpitaciones, de su respiración, de su ser dejando de ser siempre, abre un libro trenzudo de hojas de tabaco, en las que salpicaduras frutales regaron escritura misteriosa, y lee:

—¡Agua reptil de Caibilbalán! ¡Agua de disolver universos! El espinillo, sin hojas, castigado y oculto, asiste al encuentro de todos los colores con el color del alba. Los pájaros sin ojos oyen el paso del silbido acuático que corre hacia el mar, sin hacer caso de la arena que le anuncia el peligro, blanca, silábica y antigua. Grandes piedras, rostros quietos a la entrada de las cavernas solitarias, donde los helechos improvisan, para pasar la eternidad, tertulia de esmeraldas, ¿a quién pertenece el agua perdida bajo la tierra, navegación de astros y lunas, antes del equinoccio invernal? ¡Agua de los días ahumados! ¡Agua de las nubes que lloran con el vientre! ¡Agua! ¡Agua!...

Todos callan, cómo explicar lo que nunca sucedió en la mesa de las esmeraldas. Jamás dejó de acudir el agua de los doce cielos al llamado de Caibilbalán que ahora silba siete veces como serpiente, nueve veces silba como danta, trece veces silba como pájaro nocturno, sin conseguir una sola gota de agua.

Ligeros como ardillas trepan a los pinos más altos, los oteadores de horizontes. Las pupilas agujosas al Norte, al Sur, al Este y al Oeste. Ningún humo de guerra. Nubes. Nubes.

Piedras agujereadas llevan mensajes para la gente de la costa. Se echan a rodar desde las cumbres por ramblas preparadas estas piedras-correos de Caibilbalán. Apresuradamente, una tras otra. Y a la sombra de cocoteros y palmeras se leen sus preguntas escritas sobre cortezas vegetales. Dibujos trazados con uña de conejo dejan ver la figura del Mam de los Mam, Señor de los Andes Verdes, el silbido como una voluta saliendo de sus labios y seca la oreja de la peña.

No hay tiempo para la respuesta de los agoreros de la costa. Los teules, sin fuegos de guerra, avanzan cautelosos sobre los Andes Verdes. Todo un ejército, ochenta infantes y cuarenta de caballería, propiamente teules, españoles, y dos mil indios guerreros, fuera de los cargadores que conducen a lomo las municiones y el fardaje, de los gastadores que abren brecha con hachas y machetes, y de los lenguas que sirven de intérpretes, consejeros y brújulas.

Mal cálculo hicieron los teules –ojos zarcos, pelo rubio, pellejo blanco–, se les adelantó el invierno. Los primeros aguaceros paralizan su avance. Los golpea el agua que no ven, cegados por la neblina, los golpea el agua que no oyen, ensordecidos por la altura, los golpea el agua que no sienten de tanto lloverles encima. Combaten contra un ejército de cristal armado del rayo, el relámpago y el trueno, árboles que caen, piedras rodantes, centellas y serpientes de fuego. Una mano huesuda, manga de armadura, saca cruces del aire y se las pega en la cara. Otra mano huesuda, manga de sayal, saca cruces del aire y se las pega en la cara. Guerra de religión, no. Guerra de magias.

Dos

Caibilbalán deja su escolta de sabios y nahuales y recorre con sus capitanes las trincheras de palos gruesos ramazones y greda apelmazada. Llueve torrencialmente. El agua se lleva la tierra lodosa que sus hombres reemplazan por piedras en las empalizadas. Fangales y campos anegadizos. Ríos y pantanos hinchados de agua. Los teules no se detienen. Pierden el herraje de sus caballos al ahogarse los indios que los cargan. No flotan los cadáveres, ni se buscan. Los que flotan o parecen flotar son los que avanzan como ahogados contra el aguacero, vivos, cadavéricos. Suben y bajan espadas y cuchillos relampagueantes, como queriendo cortar el agua parada. Si fuera posible. Las dagas, las hachas, las puntas de las lanzas. Pero el agua parada no se trueza. Ni parada ni acostada. No hay posibilidad de cortar el agua. Aguacero con color de tierra dulce. Se masca con las narices que tienen dientecitos en forma de pelo, para comer olores. Huele la yerba mojada, a tallo, a hoja y al ir escampando el aguacero, a jícama y silencio. No escampa del todo. Los teules vadean ciénagas y fosos de engaño para acercarse a las trincheras y fortificaciones de los mam y burlar así la sorpresa y la derrota segura. Si vienen por los fosos, allí perecen todos. Todo un ejército convertido en abono. La guerra sirve para abonar la tierra con seres humanos. Piedras rodadas, piedras de honda, saetas y flechas habrían rematado a los sobrevivientes.

Desde los cerros quetzales, puntillosos de chopos, hondos de lejanía, quemado por el fuego de volcanes, corre hacia lo más alto del país Cuchumatán, Chinabul Gemá. Trepa en las pendientes, salta en las quebradas, vuela en los abismos, rueda por arenales de cauces secos, sin más noción del tiempo que el paso de la neblina blanca, la neblina colorada, la neblina negra, mañana, tarde y noche que hacen más angustioso su no poder acortar la distancia que lo separa del Gran Mam.

No se detiene. Atrás quedan, las cascadas paralelas, como dos trenzas de cristal y espuma a un río de vertiente apresurada, las minas de metales y sal, los monos aulladores, los lugares sagrados, las cabras negras, los ciervos con lana de neblina enmadejada en los cuernos, las dantas, los venados, los conejos, todos sedientos en busca de la misteriosa laguna de Yatzimin. El recuerdo del agua fresca le seca más la boca, pero no puede detenerse y se alivia con las gotas de sudor que humedecen sus labios o que recoge a lengüetazos de sus mejillas chorreadas de viruta salobre.

Caibilbalán, el Gran Mam, debe oírlo. La cuesta por donde trepa, acompañado de nubes bajas, es cada vez más abrupta. Le faltan los pies, mete las manos, le faltan las manos, mete las rodillas, los codos, la cara. Caibilbalán debe oírlo. Pronto será tarde. Debe saber todo lo que él vio, miró, se tragó con los ojos en los cerros quetzales, para volcárselo en los oídos.

Llegar, hablar, decir al Gran Mam lo que ahora en su presencia apenas hilvana:

—Los combates contra los teules y tlascalas, Señor mi Señor, mi Gran Señor, fueron desastrosos para los Caciques de las Macanas de Espejo, en los cerros quetzales. La mortandad tremenda, la derrota total. De nada o poco sirvieron las trapas de zanjas erizadas de estacas, los fosos de embarrancamiento, de poco los soldados escondidos bajo la tierra como en tumbas, los árboles derribados sobre los caminos, el denuedo, la bizarría, el heroísmo, la muerte de cientos y cientos de combatientes caídos en sus puestos, el sacrificio del Jefe Amontonador de Plumas Verdes, asistido en su lucha por el ave más feroz de las guerreras aves, ave cuyo pico perfora túneles en los troncos de los árboles, ave del alba y del crepúsculo, ave que vuela cuando están abiertas las carnicerías del cielo y cuelgan de las nubes desangrándose, corazones humanos. Aquél derriba con un solo golpe de su caybal de dientes filosos de esmeraldas, la bestia que monta el Gran Teul y el Gran Teul se va de bruces con todo y el caballo, muerde la tierra y allí queda, la macana de esmeraldas iba con un segundo golpe a machacar aquel sol de espejos falsos, si una centella de rayo, otros vieron una lanza arrojadiza, no detiene el brazo, el corazón del Jefe Quetzal y la batalla.

Chinabul Gemá sigue informando. Habla, habla, habla, antes que la angustia le cierre la garganta:

—Muerto el Gran jefe, la caballería de los teules arremete incontenible por las brechas abiertas en las filas de los flecheros que lanzan cargas de muerte para rescatar el cadáver que por fin arrebatan a costa de muchas vidas, de mucha sangre. Infantes y arcabuceros se encargaron del resto. ¡Hay que cambiar de táctica, Valeroso Guerrero

Dos

Mam, volver, sin pérdida de tiempo, a la guerra de montaña! ¡Nada de ejércitos en formación, montoneras, golpes aquí, golpes allá...! ¡Tú dispones, Jefe de las Montañas!

Caibilbalán escucha a su guerrero de espaldas al fogón de leña que da lumbre y calor a una estancia larga, amurallada entre paredes blancas. Doble capa de plumas de águila sobre sus hombros. En su pecho, el espejo de verlo todo. Con voz autoritaria interrumpe la arenga irrespetuosa de Chinabul Gemá:

–Una nación organizada como es la nación Mam, no puede echar mano de esas tácticas, Gemá Chinabul. Le está vedado y por eso nuestro ejército saldrá al paso del invasor a dar batallas frontales. Cinco mil hombres defenderán esta planicie, divididos en diez escuadrones, de cinco veces cien hombres cada escuadrón. A la derecha mano, los flecheros, a mano izquierda, los honderos, asistidos por los de hachas y macanas de chayes, al centro los de las armas arrojadizas, varas tostadas, piedras, picas... ¡Éste mi desafío!...

–¡No puede ser! ¡No es posible! ¡No es posible, Valeroso Guerrero! ¡Carecemos de bocas de fuego! ¡Carecemos de caballos! ¡Tráguemen la tierra! ¡Quémense mis ojos en fuego de volcanes para no ver nuestra derrota si salimos a combatir en campo abierto!

Abatido calla un instante y sigue hablando. Sobre su pecho desnudo forman remolinos de luces los collares de chalchihuitls:

–¿Por qué no recurrir, Varón de Esmeraldas, a la guerra de montaña, volvernos fantasmas, agua, fuego, aire, para contrarrestar las ventajas del enemigo? Una guerra de fantasmas que golpee a los teules y a sus aliados, en diez, en veinte, cien puntos diferentes, sin darles tregua ni cuartel...

—Ya dejamos de ser guerreros bárbaros, de esos que bailan y saltan antes de la batalla, Gemá Chinabul.

—Lo sé, es tu enseñanza, pero enseñanza es también la derrota de las huestes que en los Cerros Quetzales batallaban según el arte de la guerra...

—¿Y por eso nosotros vamos a pelear en montonera? No, no y no —recalca el Mam de los Mam, Señor de los Andes Verdes y tras una pausa en la que se oye a Chinabul Gemá tragarse un «Seremos vencidos...», agrega aquél:

—Un país organizado tiene su ejército y este ejército no puede, ya con el enemigo encima, desarticular sus planes, fraccionar sus efectivos y lanzarse a la guerra fantasma.

Las voces alteradas del jefe y el informante llegan hasta las casapuertas de los encargados de guardar las entradas y las gradas de la mansión del Gran Mam.

Moxic, capitán de guardias, ágil, delgado, el cuerpo húmedo de piedra de afilar, en su valentía afílanse todas las armas y afilan sus garras águilas y jaguares, cruza el umbral de la estancia, apenas iluminado y dice al entrar:

—He oído palabras de bravura... —inclina la cabeza ante Caibilbalán y lava con ojos amigos el rostro de Chinabul Gemá—, y perdón si me atrevo a intervenir. Lo hago a cuenta de mis funciones sacerdotales y militares y en vista de las malas noticias que llegan de los primeros encuentros de nuestros hombres con el invasor, noticias que se mantienen en secreto. No hemos podido contener a los teules y por eso yo también opino como Gemá Chinabul, opino que no debemos enfrentarnos con ellos en orden de batalla. En sus manos hay centellas y truenos del cielo que ciegan con su vislumbre, ensordecen con sus estallidos y hieren de muerte. Si dispusiéramos del rayo como disponen ellos quitaría lo dicho de mi consejo. Diezmarán tu ejército, Señor de los Andes Verdes, como están diezmando ya tus vanguardias, abatirán tus defensas y conquistarán los Cuchumatanes, si no dividimos nuestras fuerzas en grupos fantasmas que estén en todas partes sin estar en ninguna.

–¡Nos quedará –interrumpió Caibilbalán– el refugio de la fortaleza! ¡La gran fortaleza es inexpugnable! ¡Nadie me convencerá! Batallaremos, primero, conforme a las leyes de la guerra, si nos derrotan los atraeremos a la fortaleza, sembrados los caminos de venenos de serpientes y desde allí los acosaremos, sin darles respiro ni cuartel, rodándoles encima piedras que los aplasten, sorprendiéndolos con árboles que los acuchillen, nubes falsas que mientras duermen los ahoguen, peñascos de los que salgan manos que los acogoten, arbustos que los persigan o que por detrás de un hachazo les corten la cabeza...

–¡Ésa! ¡Ésa es la guerra que pedimos tus capitanes, la guerra fantasma!

–La emplearemos, Moxic, la emplearemos llegado el caso. Antes tenemos que medirnos con ellos en batallas...

–Que han empezado a costarnos, Poderoso Guerrero Mam, lo mejor de nuestra gente –intervino Chinabul Gemá.

–Lanzamos trescientos flecheros a la primera escaramuza y de cada diez volvió uno –afirmó Moxic.

–Y los infames Emisarios del jefe Teul, hermano del Avilantaro, mintieron, canallas, al informarte que aquellos bravos que murieron en sus puestos habían salido huyendo –siguió Chinabul, la ira apenas contenida, hundiéndose las uñas en la palma de la mano–. Así y todo –añadió con tristeza, abatido–, esos Emisarios se fueron con vida...

–Un Emisario es sagrado, Gemá Chinabul, según las leyes de la guerra, suda sangre de luceros y no se le puede tocar... –corta con voz autoritaria Caibilbalán al tiempo de apartarse de sus capitanes y salir de la estancia blanca, apenas iluminada. Ha oído a los Divagadores, enanos con la cabeza tan hundida entre los hombros que por arriba parecían decapitados y por abajo tener en el pecho ojos, nariz, boca, ombligo y sexo. Risas desdentadas de mujeres contrahechas con pelambres de cabras. Corcovados con cascabeles en la punta de las jorobas. Gruñen, ríen, se golpean al ir subiendo por las escaleras interiores a lo alto de una terraza.

A la risa de los Divagadores, hueca por dentro, llena por fuera –dicen y no dicen, cantan y no cantan, callan y no callan–, se mezclan voces airadas que suben al campamento militar, invadido por gente de todo pelo. Pasos presurosos, eco de armas, remolinos de brazos que se alargan, cuerpos humanos que pugnan por llegar a donde todos empujan, sacando la cabeza, parte de la frente, a veces los ojos, a veces la boca, un hombro, un brazo, a riesgo de sumergirse y morir ahogados, de caer y acabar pisoteados, con tal de aproximarse, de llegar a donde están destrozando dos cuerpos humanos, ensangrentados y ya casi descuartizados.

No los acaban. Aparecen los flecheros. La mesnada se contiene. Mejor sacrificarlos.

Corre la voz. Saltan cuchillos. Mil cuchillos. Mil cuchillos más. La noche es un solo filo de obsidiana. Salieron vivos de la presencia del Gran Mam, pero no de las manos del pueblo. Traían recado de los teules. Son Emisarios. No importa. Es la paz. No la queremos. La paz con el invasor a ningún precio. Hablan las antorchas, las bocas, los ojos. Los flecheros les salvaron la vida para quitársela ellos, para vestirlos de saetas, para detener en sus pechos al que no se detiene. Cantos de guerra. Resinas de olor. Caracoles resonantes. Flechas de venganza. El que jamás se detiene será visitado por la aguda punta del pedernal y se detendrá. En los arcos tensos ya las flechas apuntadas hacia los enviados de los teules, emisarios vestidos de flores amarillas y untados de lumbre de luciérnagas, como dos luceros lejanos.

Tres

En los fuegos arden las resinas sagradas. El humo blanco de copal masticado por las brasas se alza a saludar la aurora. Espirales que suben en columnas a sostener el cielo, la belleza del día, sus ámbitos, sus benéficos dones. Orientes rosados, cada vez más rosados, cárdenos al rasgarse las neblinas, de fuego y oro al dibujarse el sol. Poco a poco se alumbran las nubes, las colinas, los árboles. Porosidad de los seres para la luz y la tiniebla. Absorben la luz y la tiniebla, como la esponja el agua. No anochece y ya es oscuro el bosque. No amanece y ya es claro el barranco.

Caibilbalán siente las niñas de los ojos como piedras de honda aposentadas en sus párpados. Le pesan, le duelen las pupilas después de tantas noches de no pegar los ojos que cerraba para atajarse el llanto de los viriles. Reparte trozos de carne entre sus leoncillos y jaguares. Ha vuelto a saludar a sus hombres. Se le oye acercarse, alejarse, andar. Guardián de la Tierra-Nube, Madre del Maíz, le acobarda pensar que el invasor hallará la colina siempre verde en que abrió su único ojo, ojo del Sol en el cenit, el Grano-Dios.

El Señor de los Andes Verdes sacude la cabeza de cabellos peinados, lisos, negros. Sin el penacho de plumas, sus sienes baten libremente. Levanta los ojos al cielo para llamar al viento. Abrir los brazos. Sentirse arrebatado. Tener alas. Volar a preguntar a los que saben, qué debe hacer.

Su antepasado, abuelo de caciques, su más secreto nombre, el de todos los abuelos «Yo-vine-ayer», le aconsejaría la guerra fantasma. No de otra manera extendió su señorío a las comarcas del Norte. Diezmados los hombres, combatió contra ejércitos de monos. Constructor al mismo tiempo de la gran fortaleza y de otras fortalezas, su «Yo-vine-ayer», su abuelo, combinaba la movilidad de la ofensiva con la estabilidad de las defensas. Los sitios estratégicos que a su paso iba fortificando facilitaban su juego. Pero, entre su antepasado «Yo-vine-ayer» y el Caibilbalán «Yo-vine-hoy» hay una relación de diferencias. Lo sobrecoge pensarlo. «Yo-vine-ayer», intuitivo, temerario, con nociones empíricas del arte militar y él, «Yo-vine-hoy», refinado, calculador, con la ciencia de la guerra recibida de maestros para quienes una batalla no es la danza de flores y cantos de que hablan los poetas, ni la rivalidad en los plumajes, atuendos, garfas de oro, ni la caza de cautivos, ni la muerte a filo de obsidiana...

El Señor de los Andes Verdes lleva y trae sobre sus hombros, la noche entera, el peso de sus dudas. Se interroga. Se responde. ¿Qué hacer frente a los teules? ¿Oír el consejo de Chinabul Gemá, de Moxic y otros de sus mejores capitanes? ¿Fragmentar su ejército perfectamente disciplinado y lanzarlo a los azares de la montonera? ¿No le enseñaron sus maestros que esta clase de lucha sólo debe emplearse en casos de acorralamiento y como recurso desesperado, porque sus golpes llevan la muerte más allá de los sitios en que se combate, la muerte y la destrucción? Ciudades, graneros, campos de cultivo, tomas de agua, sistemas de riego, quedan a merced de las fracciones emboscadas. A la disciplina sustituye la anarquía, a la obediencia ciega el instinto, el capricho, el se me da la gana, que sueltan a la bestia y a la fiera, y a las acciones bélicas circunscritas al campo del combate, lágrimas y sangre en el país entero, el paso de aquellos hombres sueltos, lágrimas y sangre de inocentes, luto y desolación sin fronteras.

Le complace a Caibilbalán, no sólo tener los argumentos, sino encontrar las palabras justas para defender su concepción de la guerra en contradicción con los valerosos jefes que en su pensamiento y en su corazón parecen seguir hablando en favor de la guerra fantasma, contra el plan adoptado por él para la defensa de los Andes Verdes.

Sí, sí, tiene los argumentos y las palabras, pero... le corta el aliento pensar en las derrotas de los hombres-quetzales en los cerros del volcán quemado. ¿Qué fue lo inoperante? ¿Dar batallas de acosamiento para retardar el avance del invasor? ¿No enfrentarlo, como él se proponía hacerlo, en forma dinámica, a la velocidad del rayo? Y si combinara las dos formas de lucha, en las planicies su ejército y en las montañas sus combatientes fantasmas, aunque esto sería apartarse de sus planes, perderse tras los conejos amarillos de la imaginación, en la guerra no cabe la imaginación, la magia ni el augurio, la guerra es arte, la guerra es ciencia.

Los lanceros de su escolta, altos, color de cobre, detenidos a distancia, contemplan el desfile interminable de las poblaciones que por orden de Caibilbalán abandonan las ciudades. Van hacia las cumbres, para estar a cubierto de los males de la guerra en lo más alto del país Cuchumatán. Mujeres vestidas con prendas que tiñe el más vivo color de grana, el violento añil del juquilite o el amarillo tierno de las cortezas que les da carnalidad de frutas de oro. Tras ellas, la humedad del camino con sus huellas tibias y trenzadas, el lloro de los pequeños por la teta y el desvalido llamarse de las cabras, balido y balido, al desconocer el pastor, los árboles, la ruta. Viejos tejedores y alfareros les siguen muy atrás, más por rucos que por viejos, tanto ha que no andan por escarpas, habituados a las comodidades de su casa. Y por lo cargado que van. Trastos, utensilios, artefactos, todo lo que pudieron echarse encima, con tal de no dejar nada a los invasores. El terreno abierto les permite avanzar en grupos bajo los pinos, pero más arriba, en los pasos estrechos, entre roca y abismo, acabará en pena el gusto con que ahora se alejan de la guerra, las espaldas cubiertas por el ejército mam.

–Si muchos son los cielos, este por donde vamos es el mejor... –repite el jefe de la tropa que acompaña a los fugitivos, alzando la voz y acercándose a un anciano que se lleva la mano a la oreja para escuchar lo que aquél le dice–: Hagan de caso que los sacamos a pasear por un vergel del cielo y no se quejen tanto...

–Mi hijo es bailarín –contesta el viejo, ni con la mano pegada al pabellón de la oreja había oído–. Toca la flauta y baila. A veces se queda con los pies en el aire. Vuelve a la tierra, porque si se quedara en el aire, se quemaría. No pesa lo que nosotros pesamos. Pesa lo que nosotros pensamos. Es un bailarín.

Los que transportan las reservas de maíz, frijol, habas, papas, melaza, cacao, pescado seco, cecina, hombres fornidos de frente angosta y anchas espaldas crujen bajo las enormes cargas por cuestas interminables. Suben, suben. Otros conducen sobre la cabeza o al hombro botijos de miel de caña, redes de plátanos verdes, bolsas de sal, aves comestibles en jaulas que son como inmensas torres. Los cerdos y los pavos o chumpipes, corren la suerte de los ganados, van a pie entre la gente y los perros y el polvo húmedo, oloroso a lluvia, a manzanilla, a jengibre, a tamarindo, en contraste con el quemante tufo del chile seco que llevan a la espalda otros cargadores, mucho bulto y poco peso, en voluminosos churlos de petate.

Trepan en filas inacabables, uno tras otro y se prometen para consolarse probar en la región del Talbin, el agua más deliciosa del mundo, alcanzar muy al Norte las maravillas de las salinas de cerro, donde según creencias se juntan los Océanos en nupcias de sal blanca, sin igual, y más al Norte todavía encontrar los famosos murallones de rostro de silencio granudo que lloran lágrimas de punta como colmillos de hielo. Mientras tanto, se detienen a contar los montes blancos, los montes que echan humo, las lentejuelas de las lagunas regadas en la lejanía, más muertos que cansados, pálidas las caras, lechosos los cabellos, grueso el resuello, momento que aprovechan brujos, zahoríes y agoreros para llevar y traer murmuraciones.

–No somos fugitivos –murmuran los agoreros–, nos obligaron a salir de las ciudades, a dejar nuestras casas, todo abandonado, para lanzarnos cumbres arriba en una huida sin fin. Ah, pero, por qué nos sacaron... lo sabemos bien... por no mirar sus caras en el espejo de nuestra sabiduría...

–Y cómo, con qué aguja –murmuran los brujos–, se tejerá el combate, si nosotros nos trajimos la que pespunta los agujeros de la muerte en la telaraña de la vida...

—Los Grandes de la Guerra no nos necesitan más —susurran los zahoríes—, Caibilbalán mismo no quiso saber de adivinaciones, confiado en la potencia de su ejército, se negó a participar en la prueba de los travesaños y si es verdad que nuestra sabiduría ha muerto, qué mejor que morir... No sigamos... no sigamos... que nos den la muerte aquí...

Los que así se quejan llevan en sus envoltorios, dioses que hablan, cabellos de muertos y mitos que se derraman como mieles negras de sueño, ven con ojos tan hurraños que casi rasguñan con la mirada y se quitan las pestañas, pestaña por pestaña, para escribir en el libro de los destinos lo que sólo se puede trazar con punta de pelo que ha visto...

—Se nos mandó a sacar por eso...

—El Gran Mam tendrá la ciencia de la guerra, pero nosotros tenemos la magia...

—Se nos mandó a sacar —alternan brujos y agoreros las voces de sus quejas—, porque vimos en la tira del tiempo que se desenrolla ante nuestros ojos más ligero que a los ojos de todos, lo que va a suceder...

Un viejo de lengua de piedra pómez, ligera, sin peso, señala a un cerro y explica:

—Aquí descansó Siete Orejas, el que ahora es volcán, después de los siete días y las siete noches que luchó con el incendio que devoraba con millones de dientes de oro sus trojes de maíz. Y lo que pasó, pasó. El maíz nacido color de perla blanca, fue alcanzado por la chamusquina y Siete Orejas a duras penas pudo salvar parte de ese maíz blanco, el resto fue quemado, y es el maíz negro, o teñido por el reflejo del incendio, y es el maíz amarillo.

Paxil lo castigó. Lo castigó por no tener cuidado. Paxil es el dueño del maíz. Lo convirtió en volcán.

Seguir camino, dejar atrás lo que los brujos, agoreros y zahoríes miraban (veían no lo que iba a suceder, sino lo que adelantándose al tiempo estaba sucediendo) y oír bajo los pinos que despenica el viento, llorar agujas verdes, llorar agujas verdes, llorar agujas verdes...

Cuatro

La llanura al horizonte. Pinos regados aquí y allá. Aquí sí, allá, no. Allá bosques de lanzas, bosques de lanzas en movimiento. Oscuridad de hollín pegajoso que se vuelve azul de amanecer. Nubes bajas cuyo rápido volar resta empuje al avance de los teules. Lanzas. Bosques de lanzas en movimiento. A la vanguardia, caballería ligera, caballos y caballos de humo al mando de Alonso Gómez de Loarca. El tercio, masa de fondo, atrás. Infantes españoles y mercenarios tlaxcaltecas. Antonio Salazar y Francisco Arévalo, sus capitanes. La pólvora en los ángulos. Arcabuceros, mosquetes y otras bocas de fuego.

Y al encuentro de los teules, trote que acorta la distancia, Caibilbalán, Señor de los Andes Verdes, con sus cinco mil soldados divididos en diez escuadrones de cinco veces cien hombres cada escuadrón. A la derecha, los flecheros, con arcos de diez palmas de largo, capaces de flechar a doscientos pasos. A la izquierda, los honderos. Al centro, los encargados de hacer caer sobre el enemigo la lluvia artificial de varas tostadas. En las alas, los batallones de picas, con picas de veinticinco palmos y punta de piedra de espejo.

Inapagable resuena la arenga de Caibilbalán:

—¡Guerreros... Nosotros y los venados... Nosotros y los pavos azules... De otro planeta llegaron por mar seres de injuria...!

Todo envolvente. La neblina, el viento, las hojas, el horizonte hondo de las llanadas. Tunes, atabales, caracolas acompañan el vocerío del ejército de los Andes Verdes. El jefe de los teules pone espuelas al caballo para salir a recibir al enemigo en lo más abierto de la campiña. Esta señal basta a Gómez de Loarca. Carga al frente de la caballería y rompe la batalla. El flanco derecho de los mam, compuesto de flecheros, no tiene tiempo a replegarse y sufre en el choque el maltrato y la holladura brutal. Entre los jinetes que atacan a filo de espada, a punta de lanza, los mercenarios ultiman a los heridos a golpes de masa. Los mam de las varas endurecidas al fuego se lanzan al ataque para dar tiempo a sus flecheros a rehacer sus filas y cerrar el paso a la caballería. No hay instante que perder. Flechas, saetas, llueven sobre los teules. Sangran, heridos, Isidro Mayorga, Bartolomé Sánchez y Cristóbal de Meza. La caballería trepa por pedregales cubiertos de escarcha. Y allí la de espolear, rutilantes estrellas las espuelas a los rayos del sol, la de rodar las cabalgaduras no herradas por caminos de hielo de diamantes, y la de recibir el tercio que llegaba de último, magulladuras mortales al paso de las galgas despeñadas desde los arrojaderos.

Rápidamente, siguiendo las órdenes de Caibilbalán, se concentra la mayor cantidad de hombres para atacar aquel punto débil en el flanco de la caballería.

Chinabul Gemá, al frente de sus más bravos lanceros, se encarga del ataque. Él mismo golpea, decapita, cercena con su macana de dientes de chayes.

Cuatro

No se ve el terreno tantos son los cuerpos que batallan, el plumerío de los penachos, las rodelas, las ballestas, arcabuces, lanzas, espadas, restos de armaduras, guanteletes que hacen el último gesto de la mano cortada que se cierra. Cesa el empuje español. El mam enfurecido tiene a lisonja la muerte. Muchos se clavan en la punta de las armas de los invasores para impedir con su sacrificio suicida otras muertes, o tiran de las colas de los caballos para derribarlos y dar cuenta con los jinetes.

Holguín, Ojeda, Godínez, Diosdado que no erraban golpe con sus lanzas, ahora apenas las sustentan, entorpecidos por la nutrida pluvia de saetas, varas, flechas, piedras y la avalancha de muertos que se despeñan con movimientos de soldados vivos como si lucharan más allá de la muerte con el invasor.

Chinabul Gemá da órdenes, va y viene de escuadrón en escuadrón. Es suya la victoria. Todos contra aquel flanco débil de la caballería. El tropel de lanceros que lo escolta no alcanza a cubrirlo, tan velozmente se desplaza, y de esto se vale el jefe de los teules que le acecha, sin perderle movimiento.

—¡Ahora!... —se dice aquél en el momento en que Chinabul, guerrero de la macana espejeante, cruza sin escolta el espacio entre dos cuerpos de su tropa. Pica espuelas el teul y le acomete a campo torcido con todo el empuje del caballo.

En el pecho desnudo de Chinabul Gemá desaparece entera la filuda espada. Aún vivo, bajo el penacho de tornasoladas plumas de quetzal, esmeraldas bañadas por los rubíes de su sangre, le recogen sus hombres, pero ya sólo es un despojo.

¿Qué hacer?

Nadie sabe. Surge el desorden en las filas mam. Pronto el desbande...

—¡Ojos cerrados de Chinabul Gemá! ¡Ojos cerrados del mam!...

El grito se pierde en la planicie. Es inmensa la planicie, pero es más grande el héroe.

—¡Ojos cerrados de Chinabul Gemá! ¡Ojos cerrados del mam!

El grito se pierde en las cumbres. Es inmenso el Ande. Son inmensos los Cuchumatanes, pero es más grande el héroe.

—¡Ojos cerrados de Chinabul Gemá! ¡Ojos cerrados del mam!...

El grito se pierde en el cielo. Es inmenso el cielo, pero es más grande el héroe.

Por senderos ocultos suben cientos de montañeses capaces de bordear noches y días precipicios de doscientos estados de fondo con ocho y más arrobas a cuestas. Entre hojas y ramas, palerío podrido por la lluvia, llueve y deja de llover, el jadeo de este ejército auxiliar encargado de enflaquecer hasta el vacío los graneros, las trojes y hacer limpia, como chapulín, de sementeras y frutales. La derrota en la llanura exige aquella forma de guerra, en la que el hombre se torna enemigo de su propia madre, y la arrasa. Tierra arrasada para las plantas del invasor.

Caibilbalán, Señor de los Andes Verdes, trepa entre cargueros, con el capitán muerto en los brazos. Solemne, erguido, la cara bañada en amargo sudor de pensamiento, como si además de los ojos, le lloraran la frente, el penacho, el pelo, el pellejo, los huesos.

Abajo, en la planicie conquistada, los españoles celebran la victoria, triunfo que pronto será bostezo y hambre de seres extraños que deambularán entre las casas vacías, las poblaciones desiertas, las sementeras quemadas, los árboles desnudos.

Cuatro

Suena el agua subterránea, como si fuera llanto el eco de los pasos del Señor de los Andes Verdes, al ir subiendo con los despojos de Chinabul Gemá, hacia lo más alto del país Cuchumatán.

Entre los que cargan maíz, frijol, yuca, papas, chile, cacao, cañas de azúcar, panales, pencas de maguey, cera de arrayanes, aceite de higuerillo, frutos perfumados de colores fulgurantes, va el cuerpo del héroe en brazos de Caibilbalán, cubierta la faz por el plumaje verde del ave de los libres.

—¡Ojos cerrados de Chinabul Gemá! ¡Ojos cerrados del mam!...

El grito se pierde, abajo, en los barrancos. Son inmensos los barrancos, pero es más grande el héroe.

—¡Ojos cerrados de Chinabul Gemá! ¡Ojos cerrados del mam!...

El grito se pierde en lo más alto de los Cuchumatanes, mientras sube el cuerpo del héroe en brazos de Caibilbalán, cubierta la faz ensangrentada por el plumaje verde del ave de los libres.

—¡Ojos cerrados de Chinabul Gemá!...

El grito se pierde en las cumbres repetido por el eco, la tempestad y el huracán.

—¡Ojos cerrados de Chinabul Gemá!...

El grito se pierde en el cielo. Es inmenso el cielo, pero es más grande el héroe.

—¡Ojos cerrados de Chinabul Gemá! ¡Ojos cerrados del mam!...

Cinco

La lluvia inmóvil después de caer horas y horas, telilla de niebla, cáscara de nube, albúmina de mojar, estruendo quedo entre los pinos, astro que no riega luz, sino cristales, pertinaz, sin sueño de noche, despierta de día. Los prisioneros mam en filas largas, interminables, horas y horas parados, horas y horas sentados, acostados horas y horas, tristes de no estar en la batalla mientras la guerra sigue, como el agua de no estar en el aguacero, de verse en la tierra, inmóvil, lodosa, mientras la lluvia cae. Matas de higuerillo verdeazules de hojas que nacen viejas, frutitas como huevos de paloma con espinas, muros blancos, otros color de barro, techos de paja, todo bajo los chorros de agua. Ancianos, heridos y enfermos mam abren y cierran los ojos en la semioscuridad de las viviendas. Esperar. El viejo, el herido, el baldado, el prisionero, se repiten la palabra esperar.

–¡España mi natura, Italia mi ventura, Flandes mi sepultura! –Exclama Pedro Paredes. Moquea y habla. Una saeta le partió el lagrimal.

Ángel del Divino Rostro, otro de los españoles al cuidado de los prisioneros, le enmienda en seguida:

—¡España mi natura, Italia mi ventura, pero qué Flandes ni qué Flandes, mi sepultura, los Andes! Voy a morir buscando donde se juntan el mar que navegamos y el mar que va a la China. Mi teoría es que se juntan subterráneamente. No es un istmo este que separa los dos mares, sino un puente. Y en alguna parte, Pedro Paredes, bajo este puente pasa el agua.

Bosteza. Lo de «Divino» no es con él. Pocas veces se llama «Divino». Del «Divino Rostro de Jesús». Cuando se presenta dice: «Ángel del Terreno Rostro de Dios», y más corto y menos metafísico: Ángel Rostro.

Terreno o Divino, Ángel Rostro se come a preguntas a los prisioneros de guerra, por señas o valiéndose de intérpretes, queriendo arrancarles el secreto de los mares que se juntan allí bajo la tierra. ¿Saben... conocen... han oído a sus antepasados contar algo? Mejor trato, hasta la libertad les ofrece. Saben. Los mam saben que por allí se juntan los océanos, grandes bestias de cristales espumosos, pero nada más. Un prisionero color de cedro verdoso, pequeño enigmático, ojos achinados, le promete llevarle a un lugar en que hay mucha arena granuda revuelta con conchillas de mar y caracoles triturados... y donde el agua retumba. Suena, resuena, retumba, como si hubiera pleito de mareas bajo las montañas. Ángel Rostro lo saca de la prisión y se va con él. Llanos, colinas, abras, repechos, barrancos, gredales, todo cubierto de pinos y bañado de cegatos. El agua que no retoza en la superficie, excava por debajo hasta encontrar su sonido de agua de mar. Pero el guía se le pierde y debe volver solo al campamento. Escarpas, atajos, alucinantes perspectivas, jadeo de la misma tierra. Va curvado, triste, sin más apoyo en el solitario subir y bajar por las cumbres que el vagar de los gavilanes, las formas caprichosas de las nubes y la luz estacionada en la atmósfera de humedad de corola.

–Vivir para ver... –le reprocha con amistoso enfado Pedro Paredes, el lagrimal goteando–, andar a caza de rutas subterráneas cuando lo que importa es comer, llenarse la tripa con algo sólido y no ir de bostezo en bostezo cavilando por dónde pasa ese famoso túnel de agua salada en que diz se unen los mares... ¡Indagad dónde hay comida, voto al cielo!

–¿Comida?... –arguye Rostro–, todos los días en todos los sitios se puede comer y se come, en cambio sólo una vez, Pedro Paredes, se llega a los Andes Verdes, donde en alguna parte se comunican los océanos...

–¡Fábula!

–¡Fábula verdad, que hay fábulas verdaderas y otras que son mentiras! ¡Fábula verdad son estas Indias, islas y tierra firme en que estamos! Antes que la saeta os hiriera el lagrimal teníais a mentira que por allí fluían y comunicábanse los ojos. ¡Tóqueme a mí descubrir el lagrimal por donde los dos mares fluyen, se penetran, se juntan, mezclan sus sales, funden sus colores, reúnen sus peces, aúnan sus corrientes, la del Norte babosa de zargazos, la del Sur amorosa de especias!

De la planicie donde acampan los teules victoriosos, marcha Joanes de Verástegui al mando de numerosa escolta hacia los cerros quetzales, en busca de víveres, sayos acolchados, herrajes, botas y noticias. Leguas a la redonda, mientras tanto, se catean casas, se registran cavernas, se siguen pistas, sin encontrar más que cadáveres de guerreros hinchados, barrosos, carcomidos, y ratas, ratas hambrientas, rubias como ellos, famélicas como ellos, heladas como ellos que tornaban al campamento a juntar más hambre, murria y desesperación, cuando no caían en la inmovilidad del sueño, despiertos o alucinados, víctimas de los hongos que comían o de los tambores que sonaban lejanos e hipnóticos.

El jefe de los teules, corto de piernas, los ojos agujeros azules de cielo, cabellos y barba entre oro y plata de tempranas cuarentonas canas, guarda silencio ante el pedido de sus capitanes y soldados. ¿A qué esperar, el estómago al espinazo y el frío pegado al alma, la vuelta de los que fueron por víveres, si tierra abajo, al occidente de esta planicie, se tiende la Costa Sur, mesa servida con los más ricos frutos de España? ¿Por qué no invernar en un país de sol, calor, vida, donde yerbas, gentes, casas, animales, no trasuden frío de muerto, donde la lluvia si cae, caiga viva de un cielo vivo y no difunta de un cielo más difunto aún?

Blas Zenteno, al que llaman Redoblás, por gigante y hablador, pone agua en la boca de todos anunciando lo que les espera en la costa: clima de pluma de paloma entre palmeras con sombra de pelo de mujer, brisa marina bajo los abanicos de los cocales y a la mano, por el suelo, los cocos, agua y carne de hostia, y las piñas, oro dulce, oro con perfume, y las anonas, plata de sueño, y los plátanos rosados de carne de niño vegetal, y los mangos confitados en trementinas, y la caña de azúcar, y los zapotes rojos, y las granadillas, y las tunas, y los nances, y las cerezas, y los membrillos, y los caimitos, y las guayabas, los duraznos, los matasanos y las piñuelas...

El caudillo español duda, pero, al fin, se deja tentar. Algo humano se mueve bajo su armadura. El dolor de sus huesos. Siente que le halan los huesos para alargárselos a la medida de la noche interminable. Pero lo que más pesa en su decisión es el maleficio de que mueren los caballos. Comen una hierba olorosa a jabón que los emborracha y los mata.

Alrededor del campo de prisioneros, en lugar de fosos, centinelas, y entre los centinelas alguien que da saltos de gusto, alocado, feliz de ser de los que se quedan en los Andes Verdes bajo las órdenes de Bernardino de Oviedo, con diez compañeros y buena copia de tiascalas, guardando a los prisioneros y cubriendo la retaguardia.

Pedro Paredes le riñe:

—Bien está que yo, herido de esta postrimería del lagrimal, no proteste y me quede, pero, vos, Ángel Rostro, preferir el hambre, el frío, las ropas que ya no se nos secan en el cuerpo, y celebrarlo con saltos y visajes, loco estáis...

—¡Todo con tal de no apartarse de donde los mares se juntan bajo la tierra, Pedro Paredes!

—¡Seguir prisionero de la lluvia, de una cárcel de hilos de agua elástica que no dejan de caer nunca, hilos que no se rompen, que no se quiebran, que parecen siempre los mismos! ¡Maldita sea!...

—¡Todo, Pedro Paredes, con tal de permanecer aquí!

—¡Terquería!

—Aquí se juntan los océanos. Cada vez estoy más convencido. Dónde, no lo sé. Pero es bajo estas serranías perennemente verdes, como es el mar. Y por eso enmiendo lo de Flandes mi sepultura. A mí me sepultan en los Andes, en los Andes Verdes, pues si llegara a morir, muerto seguiría buscando bajo la tierra lo que vivo no encontré.

Pedregales, gredas bermejas, sendas de agua lodosa, contrastan con el hermoso coronarse de pinadas y cipreses en los parajes desolados que bajo la lluvia van atravesando los españoles hacia la costa. Qué altos, qué erguidos, qué sueltos, qué anhelos de robar cielo al espacio, los corpulentos y rollizos troncos de ramajes verdes, algunos quemados por la tempestad, color de aerolitos de cobre, agitados por el viento, entre oleajes de nubes, en las cresterías, y quietos, como dormidos, en el silencio de los profundos barrancos turbados por riachos olorosos a lluvia y a neblina.

–¡Allá abajo –se van diciendo los teules–, en el calor de la costa, carne de pavo, pescados de agua salada, dátiles tan exquisitos como los de Berbería! ¡Allá abajo, en el calor de la costa, hojas de tabaco de humo, brisa marina para hincharse los pulmones, velámenes plegados a la espalda del hombre, velámenes o alas que necesitan viento! ¡Allá abajo, el sol... sol en cada arena, sol en cada gota de agua, sol en cada raíz de manglar, sol en cada insecto, sol en cada hoja, y en cada olor, en cada aroma, sol en los olores, liquidámbares, vainillas, bálsamos, cardamomos, zarzaparrillas: ¡Allá abajo el mar caliente, salobre, caliente... cacaotales, miel y distancia!

Todo esto se dicen los teules que descienden espectrales por peñasquerías y precipicios cortados a tajo, entre el silencio de los bosques milenarios y el caer de la lluvia sin sonido, lluvia que empapa con su mirar de llanto. Un caballo se manca. Descabalga el jinete barbado de pelos, palabrotas y escupidas. No tirita, porque aprieta los dientes y hace fuerza para no tiritar. Tiritan las estrellas, los hombres, no. Herradura floja. Arrancarla. ¿Con qué? Con las uñas. Atenaza y tira apremiado para no rezagarse, pero ya se ha quedado atrás y al ruido de pasos que le siguen, cautelosos, empuña el cuchillo, los dedos todavía calientes del arrancón del herraje, de par en par un ojo y con el que le falta, por ser tuerto queriendo adivinar qué es lo que en la breña se mueve. Tigre, coyote, gato de monte... No ve nada. No respira. Los pasos se oyen cercanos, menudos. Algún animal pequeño. Salta al caballo para seguir, pero le alcanza una voz humana que le dice... quién sabe lo que le dice, lo que le anuncia en lengua mam. Por sus gestos y aspavientos un grave peligro amenaza al ejército en marcha. Algo terrible se deduce del espanto que se le pinta al indio en la cara, cada vez que toca el terreno y señala a distancia. Duero Agudo, apodado el «Tuerto», se lo echa al anca para ganar tiempo. No llueve, pero ha llovido y seguirá lloviendo. Deben dar alcance al jefe. El caballo se detiene tanteando los pasos, se levanta hacia atrás, los remos en el abismo. No obedece rienda, no obedece espuela. El indio se apea de un salto para llegar por sus propios pies que vuelan, al jefe de los teules. Uno de los cargadores del fardaje sirve de lengua y traduce al Caudillo español, lo que el nativo, un indio con cara gorda de mujer, informa en la lengua de los mam, idioma de picotazos de pájaro.

—Avanzas —le dice— con tu ejército hacia la muerte por el tallo de un camino que se corta más adelante, aunque sigue simulado por sobrepuestos parapetos de cañas cubiertas de hojas y barro arenoso. Rodarás con tus hombres a barrancos que alcanzan profundidad de pesadilla, mientras Caibilbalán, el Gran Mam, dirigirá en persona el ataque de las rodantes masas de piedra que los sepultarán a todos.

Marcha atrás. Las trompetas transmiten la orden a la vanguardia. Marcha atrás. Fantasmas ahogados en almidón, el pegajoso sudario de las neblinas de la tarde. Marcha atrás. Los pájaros volanderos, colgadizos de rama en rama tienen presencia de augurio funesto. Pájaros hechos de filos cortantes. Los trompeteros advierten el peligro. Marcha atrás. Marcha atrás. Les han cortado el paso. Caballos e infantes, arremolinados, se vuelven, como arrebatándose de las fauces del abismo. Espolean, aúpan. El desbarajuste si en la escaramuza no logran volver en falange y burlar la trampa que les tenía tendida Caibilbalán, por el largo rodeo que aconsejó el nativo que vino a salvarlos del desastre y la muerte. Truenos o retumbar de truenos, sin relámpagos ni rayos, truenos sin más que el trueno destrozando los árboles, convertidos en masas destilantes de savias y clorofilas, haciendo añicos las rocas, reducidas a polvo en el choque con las ingentes piedras arrojadizas, mientras huían venados, conejos, ardillas, cochemontes, taltuzas, zorrillos, puercoespines, tepezcuintles, cotuzas, coyotes mapaches, comadrejas, y huía el jefe de los teules con los suyos, no así los tlascaltecas, sus aliados, cuyos cabecillas se niegan a escapar. Duros, viriles, sagrados, vestidos de plumas, enfrentan las piedras rodantes de Caibilbalán, moles que dejaban a su paso regueros de cuerpos humanos aplastados, hombres y más hombres convertidos en deshechas masas sanguinolentas.

Pero la acometida mam cesa de pronto. Se derrumba la victoria. Un proceloso mar llorando con lloro de cacique busca la breña, la cumbre, la fortaleza. Por segunda vez el Señor de los Andes Verdes trepa al país Cuchamatán con la derrota en los brazos. La primera, materializada en el cadáver de Chinabul Gemá, ahora con el peso del vacío en el que oye su corazón como piedra que va rodando por dentro.

A sus orejas agujereadas por las esmeraldas, llega el lamento de las tribus.

¡Mam!... le llaman, con todo el dolor que hay encerrado en la palabra «padre»...

¡Mam!... ¡Mam!... es como balido de cabras... ¿por qué cesó su ataque en la batalla que ya tenía ganada, por qué no morían españoles, sino indios...?

El desesperado callar de sus capitanes, algunos hoscos, otros atribulados, otros con lagrimones detenidos en los lagos de los ojos o rodándoles como ríos por las mejillas tostadas...

Los tercios españoles al abismo, caballeros e infantes, y el resto del ejército, el indígena, batido en retirada, sin tanta mortandad.

Pero el plan les fue revelado. Alguien, pero quién, quién lo comunicó al invasor...

Las preguntas se golpean en las piedras, sin romperse.

La llanura verdegala se curva al horizonte. No queda más refugio que la gran fortaleza.

Seis

La fortaleza de Zaculeo se llena de rumores, como si penetrara a sus andenes, terrazas, baluartes, juegos de pelota, el agua de aguas de nieves fundidas que corre junto a sus murallones y no las tropas impetuosas de Caibilbalán. El foso que la circunda tiene una entrada secreta y por allí penetran, estrechándose sobre la marcha, de uno, de dos, de tres en fondo, los flecheros de color hojoso, invisibles entre las arboledas, los fundibularios abetunados como sus hondas, con barniz de tronco de pino, los de las varas tostadas, terrosos, y los de las picas, plomizos como piedras.

Atabales y caracolas acompañan el paso desafiante de los guerreros mam en la gran fortaleza. El ejército intacto desfila frente a los capitanes, cuyo desesperado callar aguarda, exige, clama una explicación por la violenta retirada de las tropas, cuando tenían asegurada la victoria sobre españoles y tlascalas en los desfiladeros. La seca sed de sus dientes entre los labios apenas entreabiertos, la ira blanca de sus ojos, pide, reclama, exige, sin palabras, perentoriamente, saber por qué se abandonó el declive de las montañas, antes de exterminar al enemigo y asegurar el triunfo.

En las columnas arden fogatas que iluminan el recinto. Breas y resinas aromáticas encendidas mientras entra la tarde entre los cautivos, atada y sin celajes, y la tierra vuelve con los heridos salpicada de lluvias y de sangre.

A la luz de las teas, hombres color de pino colorado con penachos de plumas verdes van y vienen en lo alto de las murallas, francos y sin armas que ya empuñarán de nuevo. Una bebida caliente de cacao, achiote y miel se reparte en jícaras. El silencio se escucha y oye con los ojos, casi se toca, como si fuera lo sólido de la noche en los momentos en que cesa el croar de ranas y sapos.

—Este latiguear la tierra con los pies para ahorcarme en la soga de mis pasos... —quéjase Caibilbalán con los jefes que lo acompañan, cuerpos y cabezas de sombras recortadas por la cárdena luz que ilumina la gran pirámide, maniquíes negros que se agitan, bajan, suben, se buscan, mezclan, empujan y separan. Sombras de hombres-pájaros, caballeros-águilas, que hablan lengua de águila, hombres jaguares de dientes amarillos, caballeros-serpientes de plumajes verdes. Las gradas de la pirámide central bajan en cascada al compás de los pasos mágicos de los jefes y el Gran Mam.

Uno de todos se detiene, lleva los cabellos teñidos de rojo, así mantiene la mente cercada por el resplandor de la estrella sangrienta, y se dirige al Señor de los Andes Verdes:

—¡Orgulloso Guerrero Mam, por fuera, todo luz y por dentro todo sombra, dejas la victoria en manos del enemigo y te refugias en la gran fortaleza! ¡Pesa sobre tus hombros el haber obrado sin consejo! ¡No agrave ese peso tu silencio! ¡Explica a la faz de tus guerreros lo que no puede quedar oculto bajo la sombra de tus cabellos! ¡Vuela junto a ti nuestra esperanza, mariposas te acompañan! ¡Habla, orgulloso Guerrero Mam!

–¡Valiente Guerrero de la Cabeza Roja y valientes guerreros mam! ¿Quién dirigía la avalancha de las grandes piedras? Mis manos las rodaban por manos de mis adiestrados lanzadores de rocas, los que conocen la velocidad, el peso, el avance, el salto de cada mole proyectada hacia abajo, porque saben los declives, el secreto de las precipitadas laderas, el de las más tendidas, el de las llanuras mansas. Pero, ¿contra quién dirigíamos el ataque? Contra los teules, seres tan despreciables que bien dicen sus frailes con sus biblias que fueron hechos de barro. ¡Sí, valientes capitanes, nuestras piedras arrojadizas no daban en esos hombres de barro, de estiércol, sino en seres de nuestra sagrada carne de maíz, cuyos cuerpos quedaron en las estribaciones machacados, sanguinolentos, de fuera las tripas, de fuera los ojos, de fuera los sesos!

–¡Orgulloso Señor de los Andes Verdes, espalda secreta de los astros, nosotros también vimos en la batalla de los llanos destrozar a los nuestros: cabezas, brazos, piernas saltaban cercenadas al tajo... ¿pararon por eso ellos la batalla?

–¡Valeroso Guerrero Mam –responde Caibilbalán–, adivino lo que además de lo dicho oculta tu frente, tu cabeza vasija de pensamientos, y me explico: retirarnos de las alturas donde bajo las rodantes piedras morían hombres de nuestra vecindad, carne de maíz conducida a la fuerza o con engaño al campo de la muerte florida, en manera alguna significa, ni mucho menos, perder la guerra! Estamos en la gran fortaleza, en la soga de los pies pintados alrededor de la pirámide que circundamos para cortar el tiempo salitroso del sudor y el llanto. La tierra tiene las venas de fuera y el amoroso fluir de su sangre cristalina teñida con la sangre de los guerreros, sirva de conjuro. Pero, sigamos, sigamos, valientes capitanes, sobre las huellas pintadas en torno a la pira u hoguera de sol que mide el pasar eterno de los transeúntes de huesos de ceniza.

Caibilbalán y sus jefes gastan el tiempo del agua con llamas, del aire con llamas, de la tierra con llamas. Sus rostros, sus sombras, sus pasos, sus penachos, sus rodelas, sus arcos, sus flechas, sus lanzas no dejan de girar alrededor de la pirámide enteramente rodeada de guerreantes hermosos, recios y ligeros. Pequeñas escalinatas llevan a lo alto de las columnas a los sacerdotes encargados de alimentar el fuego que los alumbra. Si el sueño los venciera caerían derrotados bajo sus párpados. El tiempo de la destrucción no pasa durante el sueño ni en la oscuridad. Sólo se gasta despierto y en la luz siguiendo la soga de las huellas trenzadas alrededor de la pirámide, pira solar que mide el movimiento del mundo.

Caibilbalán, Señor de los Andes Verdes, adelante. Los jefes detrás. Parte del Señor de los Andes Verdes, son sus jefes. Brazos de sus brazos, piernas de sus piernas, manos de sus manos, dedos de sus dedos, cabezas de su cabeza.

—Estar a las puertas de la noche, mis capitanes —se lamenta aquél—. Estar a las puertas de la noche y quedar fuera. Otros entran a su gran alcoba pintada de negro y duermen. Ni el más infeliz de los mortales está excluido. Entra. Duerme. Sueña. Estar a las puertas de la mañana y quedar fuera de las cosas del sol, despierto y no despierto. Días y días me parece que hace mucho que no amanece para nosotros la paz del cielo. En horas hemos olvidado los colores del alba y el canto de los primeros pájaros, los livianos y pequeños madrugadores. Estar en el baño de burbujas que suben, que bullen en las pozas, y quedar fuera del líquido contentamiento. Ahora, ¡oh Guerreros!, nos amanece, nos calienta el mediodía, nos ciega la sombra, pensando en la guerra, en esa forma de ser fuera de nosotros contra los otros. En el baño no nos decimos ahora estoy sumergido en agua celeste, ligera, tenue, agua del vientre de la madre común, la madre dulce; no nos decimos, mi cuerpo se ha consubstanciado con ella, mis brazos, mis piernas, mis pies, mi cabeza son parte de su cristal y su pompa luminosa, porque mientras nos bañamos bajo las estrellas a medianoche, lejos de estar dentro de nosotros, estamos fuera, pensando en las batallas, en los flecheros, en las saetas y púas envenenadas.

–¡Orgulloso Guerrero Mam, el de las orejas horadadas para las esmeraldas, el de los brazos pulidos con hojas de encino, para los brazaletes el de las delgadas piernas del galgo y ligeros pies, te habla Moxic, uno de tus capitanes! La forma dura de mi palabra, soy guerrero, encierra la verdad. Crudo como carne cruda y pestilente es el silencio de los que aprueban todo lo que el jefe ejecuta o dice. jamás en mis labios esa carne sobrante de la lengua que es el silencio pestilencial de la cobardía o la complacencia...!

–Y por eso, por no haber visto jamás en tu lengua esa carne sobrante que es el silencio pestilencial de la cobardía o la complacencia, estás a mi espalda, valiente Moxic, guerrero mam.

–Prosigo, orgulloso Caibilbalán. Tus sacerdotes vuelcan todas las quejas en nuestros oídos, temerosos de hacerlo ante tu persona. La práctica de augurios y sacrificios necesarios en la guerra, han sido olvidados. Por orden tuya no se ejecuta lo que ellos aconsejan, y poco se atiende a lo sagrado. No tomas en cuenta el vuelo de los pájaros, la consistencia, color y forma del humo de los fuegos encendidos en las cumbres, la inclinación de la lluvia en las quebradas, el reptar de la culebra en la noche fría. Has reñido con ellos llamándolos esclavos de sus hechicerías. Combates sin consultarles, sin su consejo, sin aprovechar los días propicios ni detenerte ante los nefastos. Nefasto era el día en que el valeroso Chinabul Gemá hizo su último viaje hacia las cumbres de los Andes Verdes, en tus brazos.

–¡Has tronchado mi cuello, valiente Moxic, con el peso del que en mis brazos, aún siento que va vivo! Mi respuesta sea la más simple. Mi padre en una de sus incursiones guerreras avasalló comarcas lejanas y trajo, como lo más preciado de su botín, a un sabio que poseía libros y pinturas. Se vino con mi padre al país Cuchumatán buscando los cerros blancos y los montes que fuman tabaco de lava. Archisabio en el arte de la guerra, a él se le confió mi educación. Siguiendo sus enseñanzas combatí con aves de garra, con quetzales que matan de un picotazo, soporté sin tiritar toda la escarcha de una noche sobre una piedra en alta cumbre, vestí piel de venado para cruzar ríos de fuego y con mis pies tejí las cofias de la muerte al borde cortado de los más hondos abismos...

–Todo lo que permanece vivo en la pintura de los que cantan... –le interrumpió Moxic, apartando del jefe las redondas pimientas de sus pupilas, gotas de cólera negra.

–Por mi maestro supe –siguió Caibilbalán, sin detener el paso, giraban alrededor de la pirámide– el empleo de las materias heridoras, el uso del acolchado en los revestimientos, de las plantas aliviadoras, de las curativas, de los venenos mortales, de las substancias embriagadoras, de las plantas hacedoras de sueños. Y fui tan rápido como el proyectil en el juego de pelota, raíz del gobierno de las batallas. Mal podía entonces, ¡oh Guerreros!, atenerme a augurios y magias que no pueden usarse cuando se combate con hombres, no con dioses. Yo mismo he perfeccionado muchas armas, introduje una forma de lucha, más flexible, menos rígida, más acorde con la guerra de montaña, y el arte de hacerse invisible, no con hechicerías, sino usando pinturas que dan al guerrero apariencia de follaje, de tronco de árbol, de piedra de río o de gruta...

–¡Valiente Caibilbalán, salud! –tronó la voz seca de otro de los guerreros–. La magia no puede desecharse del todo en el arte de la guerra. Ignorar la fuerza de los nahuales verdes comunicada a nuestros corazones por el oculto camino del vuelo augural; negar el poder de las guirnaldas de uñas de jaguares amarillos contra la negra sal del convite enemigo, desconocer la bravura del cráneo del abuelo profundo enterrado vivo entre los topos (insinuaba con esto aplicar al Señor y Jefe Mam, la más terrible sanción), es entregar atados e indefensos a nuestros combatientes. Sólo la magia desata la realidad que nos ata a lo poco que somos, a lo poco que valemos, a lo poco que podemos, y multiplica alianzas con lo desconocido y medios de ataque insospechados.

–¡Valiente Guerrero en mi compañía, salud! El atraso de nuestra gente nace del temor que engendran todos esos ocultos e inútiles poderes. Y allí también la raíz de nuestros triunfos en las guerras pasadas. El quiché, mejor guerrero que nosotros, pero más supersticioso, no pudo vencernos. Estrelló su poder contra la gran fortaleza. En lo que no era mágico, sino foso y piedra, castillo y almena, acabaron las lluvias de sus dardos, las puntas de sus lanzas, el ojo de sus piedras. Para ellos, bravos quichés, la magia era todo, y no es nada... –Los sacerdotes que acompañan al Caudillo Mam en la soga de pasos alrededor de la pirámide, casi se detienen–, la magia engendra la guerra-adivinación, arte de adivinadores, la guerra-encantamiento, arte de hechiceros, la guerra-danza, arte de bailarines, y por eso los vencimos, porque nosotros no íbamos vestidos de pájaros y nuestro combate no era adivinación, encantamiento ni fiesta.

–¡Poderoso Caibilbalán, el valiente guerrero de tu compañía te contesta! ¡Salud, Señor de la Gran fortaleza! Sin la magia la guerra pierde su encanto y queda reducida a lo exacto, a que el fuego quema, el agua ahoga, la piedra aplasta, el veneno mata, la obsidiana hiere y hieren la flecha, la danza y la pica. Y sin los escuadrones de vistosos guerreros de rostros y vestimentas de colores, la guerra queda reducida a lo borroso, a lo gris, a lo desprovisto de gracia y de belleza.

–Y fue lo que hizo falta para triunfar en la última batalla contra los teules –intervino Moxic–, oír los atabales, las caracolas, los tunes, las trompetas. Sólo escuchábamos en el cruel silencio, las inmensas piedras, las rodantes, las pavorosas rocas desprendidas como del cielo...

–¡¡¡Diez mil veces mil tigres vengan en nuestra ayuda!!! –gritan los sacerdotes indignados.

–¡¡¡Diez mil veces mil águilas sean estandartes de nuestro ejército!!! –corean los guerreros rebeldes.

–¡¡¡Diez mil caudas de cometas fosforescentes alumbren la soga de nuestros pasos mágicos alrededor de esta pirámide, corazón hambriento de corazones de cautivos!!! –vocean otros jefes.

—La guerra es cacería mágica... A la caza de hombres se le llama guerra... —comentan los sacerdotes agitados como astros fuera de sus órbitas.

Moxic pide que se oiga al Caudillo Mam, el cual intenta explicar en medio del tumulto, brazos y puños contra él, que sólo existe la realidad, que no hay dioses que valgan, magias que sirvan, adivinaciones que no sean falaces, encantamientos que no sean engaños...

—¡Todo poder es magia! Es la centella del rayo que no se transforma en piedra imán, sino se convierte en hombre de mando y cómo entonces obedecer a un jefe que no cree que es él, él, mago de tempestades, por qué obedecerle, para qué obedecerle... —así van repitiendo los sacerdotes entre los soldados amotinados en la explanada central de la gran fortaleza.

—¡La derrota ha comenzado, la derrota, la destrucción! —gritan los cabezas de fila, rasgándose las vestiduras, arrojando sus escudos y sus armas, arrancando de sus cabezas las hogueras de plumas, de sus cuellos los collares de lágrimas de cristal de roca, llanto de constelaciones.

Los Augures se acercan a Caibilbalán y envolviendo su voz en humos aromáticos, le preguntan:

—Si no apruebas la guerra cimarrona, aquella en que los hombres no luchan como hombres, sino como fantasmas, por qué no escoges la guerra florida...

—¿Las guerras floridas? Cacería de hombres, son como las cacerías de venados, ni más ni menos...

—¿Niegas los nudos de la magia —intervienen los capitanes—, los nudos ciegos del envoltorio, las esteras de nudillos de los huesos?

—¿A qué negar, valiente, lo que no existe?

—Mam de los mam... traicionas... —cien voces se le fueron para encima.

—Afirmo —detuvo la avalancha de palabras y ademanes de protesta—, ¡oh Guerreros!, que de antemano estamos vencidos por el invasor, si nos aferramos a la guerra como cacería sagrada, en la que más que la lucha importan las formas bellas del combate, la riqueza de los trajes, el acabado de las máscaras, el colorido de las plumas, la música, los símbolos...

—Sin la magia estamos perdidos —repliéganse momentáneamente los capitanes, sin dar crédito a lo que oían, el desamparo en la cara— y acabará el Señorío de las altas cumbres, de las altas nubes, de las aves de alto vuelo...

—Se me enseñó el arte de las batallas —insistió el valeroso Caibilbalán— descartando todo lo que no dependía de lo humano. Bien estarían los augurios, profecías, el conocimiento prenatural de las cosas, dijo a los hechiceros, si fuera a guerrear contra los elementos o el dios de los teules, pero mi lucha es de hombres contra hombres, y encantatorios y brujerías salen sobrando.

Y tras una larga pausa, más que pausa un largo cansancio:

—No hay razón para temer tanto al invasor. Nos defenderemos en la gran fortaleza. Los derrotaremos aquí. Su tumba se llamará Zaculeo la inexpugnable.

—Eso fue, Mam de los Mam, lo que perdió a los defensores de los cerros quetzales, replegarse, retirarse a sus fortalezas... mejor mil veces si ordenas a tus hombres que se rieguen en las montañas, como semillas de una inmensa y única batalla sin principio ni fin...

—Aún es tiempo, Caibilbalán —intervino el más viejo de los capitanes—, la fortaleza está siendo sitiada por los contingentes teules traídos a marchas de agobio...

—Sí.

—Sí, sí, aún es tiempo —dijo otro de los jefes de plumas verdeazules—, si nos despintamos de aquí y nos convertimos en águilas y tigres de las montañas, la guerra será nuestra. No sea la fortaleza una trampa en la que se nos quite el único bien que le queda a un pueblo invadido: ¡la guerra!...

—¡En las altas atalayas no se sienten reverberar los ojos de los vigías-hijos-de-gavilán!... —se lamentan voces que azotan como lluvias...— ¡En las bocas de suministro de agua dulce y alimentos secos y salobres, falta el soplo de los nahuales que riega valor en las bebidas y comidas de los guerreros! ¡En los subterráneos no se arrastra la respiración de los brujos-culebras, sabidores de cómo se hace el amasijo de niebla y ceniza para cegar al enemigo en el combate, sabidores del uso del huracán y la culebrina para arrebatar las armas de las manos de los atacantes, y sabidores del secreto de los volcanes que lavan con lava las huellas del teul, calcinando por eternidades la tierra donde puso sus plantas!...

—No me convenceréis —cortó Caibilbalán, Señor de los Andes Verdes—, no haré uso de la magia, ya alejé de mi consejo a los ahumacabezas...

Siete

Declarado culpable de la derrota del ejército mam y mortandad sin cuento de sus hombres, Caibilbalán, Señor de los Andes Verdes oye, sin parpadear, los ojos en el vacío, los dedos entrelazados, la sentencia pronunciada contra él por los Ancianos del Consejo y Lenguas de las Tribus. Se le condena a la degradación, de quetzal-guerrero, el más alto nahual, pasa a modesta taltuza, el más infeliz de los nahuales, y se le destierra para siempre al país del lacandón y el mono.

De los templos sea expulsado, seguía la sentencia, en las casas niéguesele la sal y el agua, quiébrense los caminos como tallos endebles bajo sus pies, séquense las fuentes con su imagen, lloren las piedras al frotarse en ellas su sombra de pluma negra.

Confinado al país del lacandón y el mono, como desterrarlo a otro planeta. En los Andes Verdes –su ombligo, su luna, su juventud, su vida...– picachos, colinas, barrancos, quebradas, filones, caminos de greda bermeja, agua fresca, pura, virginal, casi escarcha, todo cubierto de pinares. Pinares en las enjutas cresterías, pinares en las hondonadas, pinares sobre pinares, hasta donde el horizonte alza el vuelo huyendo como un inmenso pájaro azul de los pinos que lo enjaulan bajo el cielo de congelado añil profundo.

En el país lacandón –su exilio, su vejez de guerrero-taltuza y acaso su muerte–, la selva cálida, húmeda, el agua podrida, la sabana sin fin, los micos sociables, los monos peludos, las serpientes de barbas amarillas, los venados, las ciudades de piedra blanca, sin desenterrar, la escalofriante esgrima de los colmillos de los jabalíes, el retemblar de la selva y el atronar de los árboles, palmeras, escobillos, guamales, derribados al paso de las dantas que se abren camino en lo más intrincado del bosque, como trombas, sin contar el corre, ve y chupa sangre del perico ligero, mamífero de cuerpo y cabeza blanca, mostachudo, feroz, ni las familias de cantiles, cantil tamagaz, cantil bocacolorada, cantilcola de hueso, cantil terciopelo, ni los pavos dorados, los pavos azules, los patos zambullidores que al menor ruido desaparecen como si se los tragara el espejo del agua, las guacamayas negriazules o verdiamarillas, los aguiluchos distantes...

Caibilbalán, guerrero-taltuza, se interna en la cueva de las columnas de fuego. Millares y millares de hormigas coloradas luchan por contener un río de azufre que penetra a una gruta azul como la noche. Lucha de colores. El rojo cortándole el paso al amarillo para que no invada el azul. Lucha de substancias. La sangre cortándole el paso al incendio para que no llegue al mar dulce. Millares de hormigas, incontables, voluntariosas, compactas, tratando de contener el avance del mineral amarillento que busca el respiradero de las turquesas sumergidas.

Las taltuzas mofletudas no se detienen. Van, vienen, entran, salen de sus agujeros, incansables. Sus ojitos mínimos, sus grandes manos, sus temibles uñas, taladros horadadores y verdaderas rizagras para extraer los raigones alimenticios. Galerías subterráneas, galerías untadas de fuego de naranja, jaulas de piedra donde en el silencio navegable oyó resonar sus últimos pasos de hombre, antes de tomar forma de taltuza, el mísero nahual de su destierro, e instalar su vivienda en un agujero de greda suave, sin más sábanas que el polvo y unos cuantos chiles colorados para evitarse visitas, ya que los que por ser vecinos, se aventuraban a entrar, salían de estampida estornudando, tosiendo, lagrimeando, moqueando, casi asfixiados por el polvillo del chile bravo.

Así y todo le visitan Gallinas-ciegas, bultos informes de lodo y sobresaltos de larva que golpea constantemente la membrana que la apresa. Estas chupadoras de raíces hediondas a fango, oscuridad y miedo lo hacen sentirse más solo. Escarabajos cascarudos y cascarrabias que al despedirse, en lugar del sabroso «ya platicamos», ronronean, «ya escarabajeamos». Cintopiés que se marchan y al rato vuelven a preguntar si por casualidad no dejaron olvidado por ahí uno de sus cien pies, y a los que hay que despedir tras buscar inútilmente el pie por todas partes, con un nuevo ceremonioso «¡Adiós, don Escolopendra!». Gusanos ondulantes, cubiertos de espinas de fuego, encargados de medirle el alma al diablo y a él, alma de tuza, por aquello de ser tal-tuza, y que de tal maíz (Señor de los Andes Verdes), tal tuza. Tarántulas que de entrada tratánlo de «tú». Lagartijas fosforescentes. Caracoles lentos, arenosos, cuernitos y tirabuzón de babas, sin pañuelo para limpiarse. Alacranes bermejos, venenosos, friolentos. A todo pavor, todo honor. Entran y salen en silencio, las tenazas de vidrio con movimientos de brazos de director de orquesta, seguidos de un cortejo de viudas negras, arañas de beso asesino, sin más antídoto que el inefable estiércol humano y de las tenebrosas arañas grandes como cabecitas de fetos decapitados.

La primera salida de su agujero, como la de todo desterrado, fue por la comida. Escapa de las cuevas de las columnas de fuego en busca de alimentos necesarios al hombre. Si como taltuza sacia su hambre a base de raíces, cepejones de árboles de cacao, barbajas peliformes de hortalizas, madera verde y trencas de cepas conductoras de exquisitos aceites, todo pulverizado, refinado, guardado en las bolsas de sus mejillas, el que asoma en los líquidos espejos de las pozas, que es también él, no se contenta con las raíces y prefiere, menos exigente en sus gustos, pozol de maíz con miel de caña, miel de panal sorbida directamente del rubio pulmón de cera y la bebida de la sagrada embriaguez, el balché, terremoto del cuerpo, incendio del corazón, tempestad de la cabeza. Con el balché, lo material, huesos y carne, se derrumba, el sentir se quema y en la tormenta del pensamiento, rayos son los dientes, relámpagos los ojos y truenos en ondas negras los cabellos.

—¡De tal maíz, tal tuza!... —emplean los brujos y sabidores, al saludarlo en una de las ciudades blancas, la fórmula verbal que oculta y denuncia su verdadera identidad de roedor y hombre que asoma en las quebradas, barrancas y senderos en ropa de campesino, más desnudez que ropa, palabreando enseñares, enseñando a su gente el valor del no hacer, del no pensar, del no sentir, la pasividad, el silencio, la inmovilidad, la no existencia, en espera del sexto sol que empezara con la quema del hombre del quinto sol, el sol actual, y su mundo, como si fuera un fuego de artificio.

Las hojas de los árboles convertidas en lenguas verdes repiten las últimas noticias, traídas por el viento, del sitio y defensa de la gran fortaleza. El forastero, tan ajeno a cuanto le rodea, en su no existencia real, no existe como hombre, existe como taltuza, como hombre es sólo un aparecido que no es lo que es y tampoco lo que no es, cobra conciencia de su pasado de Caudillo y Señor de la Guerra, al oír lo que cuentan de la gran fortaleza sitiada por los españoles y defendida por Moxic, aquel capitán hecho de piedra de afilar, húmedo mollejón en que se aguzan las puntas de cuchillos y flechas de obsidiana y al que se acercan águilas y jaguares para afilar sus uñas y sus dientes.

Moxic, corren las noticias que no vuelan, ordena, guerrero de recursos insospechados, preparar los estandartes de cascabeles. Cada estandarte, agitado por los tremolantes portadores de las insignias de guerra, hace el ruido de una cascada. Y no son uno, ni dos, ni tres estandartes los que resuenan al mismo tiempo, sino cientos, miles y miles en cataratas ensordecedoras.

Los teules y otros algunos de sus tlascalas auxiliares, se apropian, a riesgo de enloquecer por el ruido, de cuanto panal encuentran, para obstruirse las orejas con cera de abeja, lo que les hace moverse sordos, sin entenderse, aun cuando adivinan con los ojos lo que hablan, hasta llegar a las manos, cuando, en la desesperación de no oír y no quererse quitar la cera, se insultan con señas obscenas, las manos en las partes injuriosas, ademanes y visajes aprendidos de la perneta de los indios.

Por momentos, en aquel transcurrir de días y noches, días sin día y noches sin noche, hablándose sin oírse y oyéndose con los ojos por señas, se acobardaban los teules. Sin armas mágicas a qué mantener el asedio a una fortaleza de encantamiento, cuya rendición exigiría la boda del jefe español con una princesa indiana, la transformación de todos ellos en dragones o, más corto, lluvias de agua bendita u otro congraciamiento teológico, en lugar de los testudos o improvisados paraguas de que se servían, cuando se acercaban a los murallones, para cubrirse de la lluvia de piedras, o las escalas de asalto, los semipuentes en los fosos y las bolas de fuego lanzadas con ayuda de catapulgones, como llamaban a las catapultas pequeñas.

—¡Taltuza, corre, escapa, escóndete...! —no alcanzan a decir los que escuchan al forastero y están en el secreto de su doble identidad, pues más tiempo emplean ellos en pensarlo que aquél en transformarse de hombre en taltuza, huir y desaparecer.

Cerca de allí acampan uno, dos, tres, cuatro españoles locos, sonámbulos, perdidos en la selva. Largas sus sombras a la luz del tramonto, sombras con las piernas como hojas de tijera que se abren y se cierran, se abren y se cierran a cada paso, tijeretazos que ya no cortan lo que cortan, la distancia. Se desploman, muertos de fatiga, junto a una pirámide a mitad enterrada, dejando caer sus armas y escaso botín, andrajos los jubones, rompidas las botas, las puntas de los codos fuera de las camisas en hilachas. Largo alargo ocupan sus cuerpos el lugar de sus sombras al acostarse y se quedan inmóviles, despiertos, sin conseguir pegar los ojos por el dolor de los huesos, la humedad derrite el reumatismo, la fatiga del alma, los tábanos, los moscos, las noticias llegadas del sitio que españoles traídos de refuerzo tienen puesto a la gran fortaleza, y la ambición de rivalizar con el Almirante de la Mar Océana, si descubrieran la conjunción de esa mar con la mar que va a la China, lo que no tenía nada de imposible, pues, vistas ambas mares desde lo alto de las montañas, fundíanse, apenas separadas por una franja de tierra verde, en un solo infinito azul.

Ocho

Ángel Rostro, Duero Agudo, Quino Armijo y Blas Zenteno perdieron la huella de sus compañeros, sus caballos y aparejamientos, por haberse apartado de ellos en la más ambiciosa de las incursiones: descubrir el sitio por donde se podía pasar navegando de un Océano a otro. La última noticia que tuvieron de la conquista de los Andes Verdes fue la de la toma de la gran fortaleza por los españoles. Un hombre tiñoso, tiña de arcoiris, todos los colores del iris en las manos y en la cara, un dedo azul, un dedo verde, otro rojo, violeta la frente, amarillos los párpados, una oreja naranja y otra oreja celeste, se cruzó con ellos en una ciudad desierta, deshabitada, de pirámides y edificios flancos, rodeada de jardines y huertos maravillosos frutos, y por señas y dibujos de constelaciones, quiso darles a entender algo de la confluencia oceánica que ellos iban buscando en la superficie o subterránea, dado que la estrecha faja istmeña, con todo y ser tierra firme, sólo era un puente debajo de la que se juntaban las aguas de los dos mares. El extraño aparecido se les perdió, desde entonces amasaron distancias sin encontrar alma viviente, hasta asaltarles por veces la horrorosa duda de si se habrían quedado solos en el mundo, aniñamiento que no les cortaba el resuello, que les dejaba los pies gravosos puestos en la tierra, comparado a las noches de espanto y pesadilla en que ambulaba en ellos la idea del hechizo, condenados a ir a pie hasta el fin de los siglos por aquel paraíso de lagos y volcanes, a ras de cumbres en que rebaños de escarcha bala humo de evaporación al calentar el sol, horas después por mesetas templadas y horas más tarde por las costas del mar que sopla calor de incendio para mantener vivas vegetaciones que son formas del fuego.

Frente al horizonte marino, por apesadumbrados que anduvieran, les flexibilizaba el ánimo la posibilidad de salvarse, contento que se comunicaba a los rígidos movimientos de sus armaduras, como si la esperanza también llegara al hierro. Saldrían de donde los hechizaron, que hechizados andaban por haberse apartado de sus compañeros de armas, y como Dios gobierna las naves y los destinos se harían al mar en la primera que pasara de la flota de Indias o volverían al real por algún camino invisible, pues todos los visibles los tenían andados. El calor de la costa, la sensación de estarse quemando, los obligaba a devolverse tierra adentro, a buscar mejores climas. Acampaban en las mesetas. Alfombras de ciruelas, gotas de pintura amarilla, gotas de pintura roja, al pie de árboles exhaustos de cargados. No propiamente ciruelos, sino jocotes, ciruelos de por esas tierras, a cual más rico y perfumado.

Avanzaban hacia donde les amanecía la cara. Andar debían, pero quedarse era lo que les pedía el cuerpo. Los cuatro en gran compañía, pese al aislamiento individual que impone la armadura. Y por las cuentas de Blas Zenteno, sería la Natividad de Nuestro Señor Jesucristo, cuando se detuvieron bajo un árbol de ramaje explayado, sostenido por un tronco tan vasto que los cuatro no lo abarcaban ni dos veces puestos en brazadas, poblado de gorjeos semejantes a voces humanas. Alzaron los ojos sorprendidos y no vieron a nadie. ¿Habrían llegado al país de los árboles que hablan con las hojas convertidas en lenguas verdes, o serían esas aves de parla las que les conversaban?

Ángel Rostro dio y tomó en capitanearlos. Era el menos abúlico. Sacó la voz de mando, más para que lo oyeran los tres soldados que para hacerse comprender del inmenso cimborio que los cubría, por si entre sus frondas verdes y mechones blancos, la prematura vejez de las ceibas, se escondieran caballeros desdichados y su palabra ayudara a desencantarlos:

—¡Por Santa María, San Magín, San Yago y San Miguel...!

Y como si efectivamente colmaran aquel árbol gigante seres de encanto, al oír que les hablaban, asomaron frutos con ojos, no se les veía cuerpo, sólo aquellas formas de cabezas, de muchas cabezas mostrando curiosidad de bestiezuelas por los recién llegados, a los que miraban en sus corazas como grandes tortugas caminando en dos pies, verticalmente.

—¡Por segunda, tercera y última invoco a Santa María, San Magín, San Yago, San Miguel, San Gabriel!

Sin esperar, las redondas cabezas con ojos sacaron cuerpos desnudos de estatuas de madera, descolgándose entre la tronazón de las ramas, por aquí unos, por allá otros, hasta contar trece.

Al bajar y relacionarse les ofrecieron unos frutos con sabor a harina que habían dejado soasándose en ceniza de fuegos enterrados cerca de allí, frutos esféricos de cáscara dura, rugosa, que a los hombres tortugas les supieron a pan caliente. Luego, para que les pasara del galillo el migajón de la pulpa diéronles agua nativa que llevaban en cascarones vegetales en forma de ocho, cantimploras que llamaban tecomates, abiertas por arriba en la parte más angosta y nalgonas por abajo para asentarlas sin peligro de que cayeran y se derramara el líquido. Y después de darles de comer y de beber, poco lo necesitaban, pues ellos lo que tenían era hambre de ver gente, les llevaron en procesión por un camino de piedras celestes que debía ser agua sólida, recubierto por un todo de cañuelas tejidas con trama de canasto, soporte de bejucos y campánulas en lluvia de botones y cálices abiertos. Eran muy dados a las reverencias los que salieron a recibirles, vestidos de alas de mariposas sobre tenues fibras de hilos vegetales. Se les aposentó en la falda de un adoratorio tan suntuoso como una basílica a la que sólo faltaban las santas imágenes y las campanas.

–¿Y los clérigos, y los frailes, y el zafarrancho –gritó Duero Agudo, soldado al que le faltaba un ojo, contrariedad que sacaba a relucir cuando podía–, dónde están que no los miro?, ¡pues aunque me manca un farol, el que me queda es suficientemente suficiente!

Duero Agudo, además de tuerto, dormía a los ronquidos. Soplo y ahogo. Por deslenguado pasa las noches en el infierno de la roncadera y a la mañana siguiente no me acuerdo, decían sus compañeros. Sólo que el infierno no es para él, sino para nosotros. Y hablando de aquellos a quienes infería tal maltrato: Ángel Rostro nombre y figura por su cara de cera, sus pocas barbas rubias y su cuerpo volátil, Quino Armijo no pasaba de ser Quino Armijo y a Zenteno lo distinguían, arrancado de su corpulencia, la pelambre hirsuta y el hablar vertiginosos.

El Tuerto, sobrenombre que enfundaba a Duero Agudo en un rencoroso calar al que se lo decía, descubrió que los nativos de por esos Andes gesticulaban ante sus dioses, convulsos, parajismeros y como en el galeón que le trajo a Indias sesenta días de navegación conociera a un hombrecillo de nombre Zaduc que en lugar de rezar hacía muecas ante una cruz hecha de telarañas, y el cual no confesó ni comulgó al salir del Puerto de Santa María, acordó decir a sus compañeros que los naturales de por esos pueblos cojeaban de la misma herejía que Zaduc.

Sesenta y un días, y no sesenta, duró su navegación repartidos entre los más viles trabajos que eran los del olor letrino, trasegar el sebo bravo y por ir de sobranceros dar una mano en todo, aunque todo lo compensaban a lo largo de la noche, con el gusto del desvelo enconoso de rebeldías y el placer de conversar con Zaduc, hombre menudo y torrencialmente ido por la barba de hilos de azafrán, buey de pelos bermejos que le robaba la poca estatura que tenía. Zaduc militaba en la secta de los saduceos gesticulantes, para quienes el Maladrón era el verdadero mártir del Gólgota, ajusticiado como bandolero siendo filósofo, político y escriba, descendiente de Sumos Sacerdotes, atado a una cruz, convertido en bestia humana siendo un estoico, casi un epicúreo, como lo probó su imperturbabilidad en el suplicio y la suma apatía al callar quien era y aceptar la muerte anónima.

Todo lo que vio el tuerto Agudo de las contorsiones, aspavientos, respingos, jeribeques, bufonadas, mohínes, alharacas, mojigangas de los indios tiburones, aborígenes de cabelleras de cerdas negras muy largas, piel y hueso de cara cobriza de pómulos mongólicos, nariz de pico de águila, ojos pequeños y boca sin labios de tajada de sandía provistos de dobles dientes incisivos y colmillos, confirmóse en el gran rito de los atropellos, porque casi se atropellaban los que danzaban al centro de los ocho círculos fluyentes y oscilantes, celebrado allí cerca, alrededor de un montículo, para aplacar al Gigante Dios de los Terremotos.

El alba sorprendió a los indios tiburones ya en movimiento. Y ese día y la noche de ese día y al alba del día siguiente y ese otro día y esa otra noche, durante nueve días y nueve noches, cuatro círculos de jóvenes bullentes formados alrededor de un montículo, alternaban su danza de saltamontes con cuatro círculos de jóvenes que se balanceaban de lado y lado hamaqueándose como sincronizados por un péndulo. Los saltígrados, embijados hasta la coronilla, igual que hombres de fuego, conjuraban con sus brincos, cabriolas, piruetas, botes y rebotes, la amenaza del fin de las ciudades tumbadas por temblores de trepidación. Prueba de que los mares se juntan allí bajo la corteza terrestre son los terremotos en los que la delgada cáscara del suelo hace olas, pierde su solidez y se torna casi líquida. Mientras tanto, los círculos de jóvenes oscilantes, embadurnados de tizne de carbón, conjuraban con su vaivén de hamacas humanas, el peligro de los terremotos pendulares, los temblores de oscilación.

Al centro de estos ocho anillos jadeantes, cuatro círculos bullidores, cuatro oscilatorios, la masa del gran movimiento, los parpadeantes y los bostezantes repartidos en las faldas del montículo. Cientos de niños y mujeres parpadeaban tan seguido y tan sutilmente días enteros que no habría cristiano a igualarles. Era el temblor de las pestañas de los pinos a la hora de la catástrofe. Viejos y viejas, añudados en ceguera de siglos, abrían y cerraban la boca, bostezo tras bostezo, como si tuvieran mucho sueño, mucho sueño, todo el que se necesita para el dormir definitivo. Mejor que les tocara a ellos la muerte por terremoto que a sus hijos, nietos, biznietos o tataranietos. Adolescentes desnudos, cubiertos de amuletos de ojos de venado, se llenaban la boca de aire para luego pasarse la hinchazón de un carrillo a otro. Era una forma de pedir que la Tierra no jugara con ellos, pasándose el aire de los retumbos de un volcán a otro. Y siempre en el gran movimiento seguían las cuadrillas de los que castañeteaban los dientes, dobles, triples filas de dientes, como tiburones; de los formidolosos olfateadores del llanto que les corría por la cara; de los que cerraban y abrían los puños a la altura de sus orejas, recubiertos los dedos con dedales de caña, para imitar el ruido de los carrizos en la tierra convulsa, en los cañaverales que ondulan a la hora del terremoto. Incontables antebrazos en alto y hacia adelante, al parecer quebrados, porque dejaban las manos colgando como brochas empapadas en ansias y trabajos, iban de un lado a otro rítmicamente, al compás de centenares de cabezas que giraban de hombro a hombro, vueltas hacia atrás y de vueltas hacia adelante y de los sigilantes enloquecidos que tambaleaban sin caer.

Y siempre dentro del gran movimiento, masa humana repartida en la falda del montículo, entre los ocho anillos trepidantes y oscilantes, a la hora de la tiniebla aparecían jóvenes con el sexo en la mano, manos y sexos que daban luz a favor de un unto de manteca luminosa de cocuyo; adultos encuclillados saltando y asaltándose en simuladas luchas de animales en celo; hombres de bocas espumosas, mascaban jaboncillo, y ojos vidriados por el jugo hechicero de los hongos, se sacudían bajo aguaceros de espinas; y los que se retorcían suavemente como antorchas de humo, y los que doblados por la cintura, la cabeza entre las rodillas, alzaban y bajaban la espalda, con comerse de oleaje humano para mostrar cómo debían sostener la tierra, lejos de todo terremoto, los Gigantitos que la cargaban.

Varones disfrazados de árboles frutales cruzaban, al salir el sol, el espacio del gran movimiento. En los brazos levantados llevaban ramazones de flores y frutos, fuera de los que se cubrían las cabezas con paños empapados en sudor de estoraque y palo de bálsamo, y los que simulaban ser árboles de palo de corazón, árboles de la vida, todos en su danza de trapala atrapala, mostrando con gestos de fingida angustia que ya no soportaban sobre sus ramas floridas el peso del aire, el peso del cielo, la masa atmosférica que se bamboleaba y hacía temblar la tierra.

Sin parar, frenéticos, delirantes, los cuatro anillos de jóvenes saltarines alternando con los cuatro anillos de jóvenes que se movían en hamaca, rojos, embijados, aquéllos, éstos color de lava verdosa; y al centro, en la masa del gran movimiento, los que corrían para soltar la piedra de la honda que no llevaban, haciendo girar el brazo sobre la cabeza como si en verdad combatieran, los jovenzuelos opulentos que retrocedían apuntando con el arco que tampoco llevaban, a la altura de sus rostros empapados de añil, y los bostezantes, y los parpadeantes, y los que se quejaban, y los que suspiraban, y los que trastumbaban como borrachos, y los que caían al suelo y trataban de huir revolcándose, frotando la cara en el más bajo polvo, y los que desquebrajaban sus ademanes con ademanes contrarios, y los caudalosos que remedaban piedras rodantes por el esparto de la colina, todos encerrados entre los bullentes y los oscilantes, bullentes que se empinaban y desempinaban, sube y baja casi respirable, bullentes que flexionaban las rodillas para acentuar más el movimiento, bullentes voladores que surgían igual que peces, baile que acentuaba el balanceo de derecha a izquierda de los oscilantes, y terrible la combinación del moverse de abajo arriba y el hamaqueón, del fluctuar y el saltar al mismo tiempo de los trepidantes.

Y antes se cansaron aquéllos de verlos que ellos de moverse y gesticular bajo el signo del terror a las fuerzas destructivas que mugen y hacen temblar valles y cumbres, sentimiento que los dominaba, no obstante la trabazón festiva de algunos visajes, el mascarón doliente de otros, y la unción religiosa con que se acercaban en oleadas humanas a las piedras, a las inmensas piedras sagradas, a las gigantescas piedras deformes ante las cuales llevaban a cabo sus conjuros para aplicar a Cabracán el supremo hacedor de terremotos.

Nueve

Blas Zenteno apoyaba al tuerto Agudo. Los indios tiburones eran gesticulantes. Pasado el gran rito, por los montes que caen hacia el Sur, más en los barrancos, descubrió indios pendientes de árboles secos como cruces. Sus muecas. Sus contorsiones. Imágenes vivas del Maladrón. No espiraban el ánima. Al fin se adormecían. Colgaban desnudos como frutos con sexo, totalmente pálidos. Algunos llegaban a morir. Atados con bejucos, bañados por el arrullante vaho de los pinos, parecían mineralizados ante la mudez vacía del abismo.

Armijo lograba hacerse oír cuando Zenteno y Agudo se cansaban de hablar. Amigo de indios muy principales, por sus tatuajes y arreos, supremos brujos, supo que estos grandiosos y agitados ritos celebrábanse una vez por año antes de las siembras, las construcciones y las querencias, para poner de parte de las tribus al caprichoso Señor de los Terremotos, al Hacedor de Temblores, pues, ¿de qué vale folgar y tener Hijos, sembrar y tener maizalerías, construir, edificar y poseer casas de materiales duros, terrón y piedra, si aquel ser plenipotente abre la tierra con sólo querer y se lo traga todo, y lo que no se traga lo aplasta y lo que no aplasta lo quema, y lo que no quema lo vuelve pestilente?

¡No queremos morir tragados por la tierra! Este su primer pensamiento, la súplica esencial de los nativos. ¡No queremos hijos aplastados por delante, aplastados por detrás! ¡No queremos siembras quemadas! ¡No queremos casa caída, casas quemadas! ¡No queremos mujeres muertas bajo peñascos! ¡No queremos animal pestilente! Estos sus otros pensamientos a la vista del volcán coronado de fuego, de ríos de agua hirviendo, de lluvias de tierra menuda, polvo calizo, arena fría.

Y con estos pensamientos en sus cabezas se dan a fingir durante las ceremonias, con gestos, actitudes, ademanes, movimientos, el terrífico miedo que se apodera de la gente que siente el pavoroso galope del suelo bajo sus pies, la corcoveadura de la bestia que muge dolorosamente mientras se deshace de todo lo que lleva encima. Desequilibrados yerran unos como locos, otros quedan paralizados, cuales clavan los ojos en tierra, origen de su desventura, cuales ven hacia el cielo interrogantes, cuales se dejan caer abiertos de brazos, despatarrados, sin faltar los que huyen, los que aúllan, cuales se arrancan como si escaparan de casas que se vienen al suelo con todos los gestos del pánico en el encaje de la cara, cuales temerarios parecen volver atrás por uno de los suyos, torpes, adundados, gemebundos, cuales se desploman, se arrodillan, se levantan, se arrastran sin saber de dónde asirse, de dónde agarrarse, a merced de lo que no se sabe qué es, dónde empieza, cuándo acaba, y de lo que no hay medio de librarse, de oponer algún poder humano. Imploran en sus ceremonias con el horror de la catástrofe pintado en las caras para mostrarse como las más miserables de las criaturas ante Cabracán, el del hueco corazón con grandes piedras adentro. ¿Se apiadará de ellos viéndolos tan sumisos? ¿Será benigno contemplándolos tan faltos de valimiento? ¿Quedará satisfecho con el símbolo de sus mímicas rudimentarias? ¿Le bastará el espectáculo aparente de la desolación, la calamidad y el hombre acoquinado como la más pobre de las bestias bajo su azote?

Duero, el tuerto, movía la mano como tachando lo que explicaba Armijo. Cada quien en la masa del gran movimiento ve distintos pasos, sin ser muchos los ojos de muchos a mirarlo todo.

–Debí llamaros, Quino Armijo. Sin los ojos no es fácil de creer –alardeó Zenteno, gigantón hirzuto y vociferador–. ¿Veis la manera que estoy? –abrió los brazos en cruz–, ansina los vide sujetados y haciendo gestos, de lo cual tomó saber que eran...

–¡Gesticulantes! –apuró a decir el tuerto.

–Debí llamaros como testigos de lo que no es de creer si no se tiene visto por los mismos ojos de uno. En cruz, así como estoy.

–¿Irrumpisteis entre ellos para descabalgar al diablo?

–Las armas y las ganas no me faltaron. A cuchilladas pude romper las sogas que les sujetaban, pero todo yo me vi de niño y recordé las callejuelas de Torre Vieja, donde perseguían a los crucificados del Maladrón, a los gesticulantes.

–Por sabido se calla... –empezó el tuerto, pero Armijo estuvo pronto y en voz más fuerte le cortó.

–Por ignorante se habla... ¡Voto a tal! Los indios sujetados a los árboles, en cruz, son los que se acusan de adulterio en sus confesiones públicas y se cuelgan ellos mismos o piden que los cuelguen para limpiarse de culpa y no morir aplastados a la hora del temblor, por ser creencia que los adúlteros tienen tal fin.

—¡Por estas pocas barbas que me salieron en Indias, ved de dejarme hablar! —tronó Ángel Rostro, desesperado de rascarse los contados pelos pajizos de su cara de cera, sin conseguir que le escucharan—. Y vos, Duero, y vos, Blas Zenteno, desque estamos extraviados por estas sierras, no guardáis la lengua de blasfemia y de ello que siempre andemos perdidos.

Luego, Rostro que los capitaneaba, explicó lo que había. Muchos de los participantes en el satánico rito que acababan de presenciar se metían el demonio en el cuerpo con picaduras de tarántulas y bajo el influjo de un veneno que no mata sino enloquece, sobreveníanles ataques intérminos de gestos y convulsiones frenéticas, en los que jamás desfallecían, por el contrario, a más adolecer de fatiga más fuego ponían en desplazarse de un lado a otro, saltar, dar volteretas, bullir, hamacarse, sin conocer cansancio porque también el diablo les asistía con su soplo infernal.

Lo supo referido por una india que trataba carnalmente con él, si puede ser carnal el amor con una mujer que al tacto es hoja, flor al olor, fruto al mascón y espina al deseo de poseerla. María Trinidad le impusieron por nombre al bautizarla provisionalmente con agua en la cabeza y sal en la boca, bajo la lengua. De niña diz que fue adoctrinada, pero volvió a la gentilidad. Siempre estaba con ellos y les servía de habla.

—¡Que yo lo he visto en Italia! —argumentaba Ángel Rostro—. ¡Que la tarántula provoca mal de San Vito, y más los vi a éstos en sus mentiras y maldades y más pensaba en ello!

—Pues que así lo tenéis visto, para vos sea, que yo también tuve en ojos tarantulados en Extremadura y si mudan muchas maneras a compás de músicas, jamás tan reciamente por ser aquélla una desventura y éste un fingimiento.

Y tras Aquino, que así decía, Duero preguntó con sorna de tuerto:

—¿Y no será por tarántulas que hubo Maladrón?

Rostro le explicó que los picados por algunas de esas arañas malignas se cuelgan de cabeza de los árboles, y ansí diz que están mejor, y esto dicho porque el tuerto Agudo aludía a los indios que Zenteno vio colgados de los árboles en los barrancos.

Quino Armijo mostraba los dientes desiguales entre las barbas (¡Estas barbas que se han de comer mis manos!), riendo de cuanto los otros hablaban, siempre que no riñeran y sacaran los cuchillos. El tuerto y Zenteno con el ruido de la mala doctrina que uno a otro se soplaba a la oreja para mantenerse fieles al Supremo Ladrón, en el más rudo materialismo, y Ángel Rostro con la noticia de las tarántulas que tenía de labios de la Trinis, diminutivo de María Trinidad, sabidora de estas cosas por haber crecido arrimada a un brujo enredador de sueños y realidades.

Quino Armijo trataba de sacarlos del error. Ni tarantulados ni maladronadas. Nada de eso. Los puntos sobre las jotas les explica la significación de cada danza, en el conjunto de danzas de la gran ceremonia que en honor a Cabracán, el que Hace los Terremotos, para aplacarlo, y del Señor del Movimiento, para alimentarlo, acaban de presenciar. Los cuatro círculos de jóvenes convulsos, bullidores, burbujeantes, cuerpos pulidos con esmeril de luna, al cuello collares de ópalos-girasoles, usan su danza frenética para imantar y disolver los sismos que sacuden la tierra de abajo arriba. Los círculos de jóvenes en hamaca, tiritones, tartaleantes, en trajes de niebla que eran como tastanas de gajos de naranjas dulces, al cuello collares de ágatas coloradas, balanceábanse para cortar el aliento a los sismos oscilatorios. Y en el gran movimiento, vasto y silencioso, sombría alegría, solemnidad sepulcral, eco difuso y profundo, escenas mimadas para conjurar la desolación, la ruina, la agonía, la derrota del hombre indefenso, impotente, víctima de los terremotos, de las fuerzas telúricas desencadenadas, de la tierra convertida en bestia caracoleante.

Ángel Rostro les ofreció en cazos de barro un líquido turbio, a manera de vino, que llamaban los indios «chicha de jocote», ellos «vino de cirgüela», embriagador como ninguna otra bebida, y unos pavos tostados en su manteca y cuyas vísceras hediondas fueron sustituidas por plantas aromáticas, y tortillas de maíz talladas a medida y finura de la santa hostia, y un pernil de venado asado al fuego libre, sin contar las frutas que las había de todas, de costa y de tierra fría, ni los frijoles que ya no se contaban porque eran obligatorios en caldo y otros guisos, siendo el mejor endulzados y en forma de relleno de tamales pequeñuelos hechos con la pulpa de una casi legumbre que llamaban plátano.

Al tuerto se le escapaba del cuenco del ojo sin ojo, una mecha de carnosidad que él volvía hábilmente al agujero vacío como hila de candil, había andado con la cabeza entre los matorrales echando una mano a unas hojas que tostadas al sol y quemadas en braseros daban un zahumerio adormecedor, propio para no sentir el tiempo y borrar toda apetencia y necesidad corporal.

Agudo y Zenteno, hermanos de humo, como se decían, juntos fumaban en la misma caña esa planta recién descubierta llamada tabaco, pasaban el tiempo conversando de Zaduc, el hombrecillo del galeón. Blas Zenteno exigía de Duero Agudo que recordara todos los detalles de su trato y sus charlas con Zaduc. El humo del tabaco separa la memoria de las cosas visibles, de los objetos que nos rodean, y es entonces más fácil recordar. Absorbían el delicioso, el paradisíaco humo de aquella planta misteriosa, hasta lo más hondo y luego lo expelían poco a poco. La sensación de un viaje inmóvil, de ir, de ir, de ir, de ir siempre...

El tuerto se regresaba al ojo sin ojo la mecha lechosa respirando con la garganta atrancada, sofocos o ahogamientos que con pescozazos y palmos en la espalda le aliviaba Zenteno, para luego seguir respirando suavemente el humo que los envolvía en una nube de paz, sin tiempo ni espacio.

El hombrecillo del galeón se escondía para gesticular, chillidos de ratón y llanto mantecoso, mientras sus facciones entraban en actividad: el bigote como jinete sobre el hocico corcoveante, la quijada huida hacia un lado para soltar un quejido que era sólo el vacío del grito entre sus dientes amarillos entre su barba torrencial, buey de pelo que lo hacía desaparecer por instantes, un párpado muerto aplastándole el ojo de la aflicción y el otro ojo tan abierto, el ojo de la ira, tan abierto que se salía de órbita. Gesticulaba en cruz, de rodillas, inmóvil el cuerpo, inmóviles los brazos, sólo la cara en la batalla de la muerte.

Blas Zenteno, el gigantón de Torre Vieja, supo algo de esta secta llamada de los gesticulantes, adoradores del Maladrón. Una noche de Viernes Santo, siendo él muy niño, los persiguieron con hachones encendidos y quemaron a más de uno. El olor de la carne humana quemada. Las murallas de Torre Vieja. Su padre, don Nicolás de Zenteno, con el hachón de fuego rojizo de sangre de gesticulante.

Y una lluvia fina de llantos lejanos que empezó a caer en la sequedad de la tierra.

Todos recuerdos del galeón y Torre Vieja, y ahora ellos en el humo de un mundo nuevo, sin tiempo, sin espacio.

Diez

Ángel Rostro dispuso la partida. Nada peor que el acobardamiento del ánima por el acomodamiento del cuerpo. Las cosas hay que hacerlas bien, decía, hacer las cosas bien es hacerlas a tiempo. La Trinis les dibujó en el suelo una cabellera de ríos y riachuelos que alternando con lagos, lagunas y esteros, iba de allí a la otra mar, a la mar con gente; pero al explicarles la ruta quiso que uno de ellos se dejara picar por la tarántula, por ser necesario llevar guía de araña para no perderse entre tanto pelo de agua.

El tuerto Agudo, que mostró siempre ser hombre de guerra, no tuvo inconveniente en someterse a la terrible prueba. Se acorazó con los párpados. Ocultas intenciones doblaban su coraje. Si se le daba sudar el veneno y que el sudor fuera de ojitos de araña, millones de ojitos de araña, siendo que éstos tienen millares de facetas luminosas, fácil le sería encontrar la soldadura de los dos mares, el injerto de un Océano en otro Océano que venían buscando. De ser así, se les haría perdidizo a sus compañeros y les robaría el descubrimiento. Esto no «empedó» (así malhablaba), para que con voz de héroe antiguo declarara que hacía el sacrificio de dejarse morder por la tarántula, para salvarse él y salvar a sus camaradas de armas del encantamiento de aquel país de higueras, luz con profundidad de espejo, atmósfera con aromas de maderas calientes, clima de pasatiempo, poblado de maravillas desde el manatí, pez-mujer o vaca de agua, hasta los pájaros y aves de plumaje más bello, sin contar que no había que ganarse el pan, por estar tan a la mano los árboles de pan. Y qué más mimo que respirar para llenarse los pulmones no de aire, sino de perfume, bañarse en las aguas ligeras y vivir colgados de los oídos por los trinos de los cenzontles. Y qué más mimo que vivir en tierra de miel por ser de miel la tierra.

Estaba en la naturaleza del tuerto ser temerario. Con su mano se sacó el ojo. Su padre enfadado le retó a que se lo sacara, tanto amenazaba con hacerlo. Pues se lo quebrantó.

La Trinis trajo las grandes arañas en un recipiente de barro cubierto de hojas. Sudaban veneno por los pelos, dormidas en un pestañoso sueño de ocho abiertas pupilas o gotas diamantinas, inmóviles, espectrales.

Rostro, Quino y Zenteno estremeciéronse, estupefactos y casi paralizados, apartando la vista de la tumorosa araña con ojos de gato, feroz y repugnante, que la Trinis puso fuera. La misma india estaba sin poder tenerse sobre sus piernas temblorosas. El tuerto no movió un solo hilo de sus músculos de la cara. Parpadeó ligeramente y respiró hondo al sentir el piquete no más fuerte que el de una avispa. Las respiraciones profundas son el mejor contraveneno. Si lo sabrá él que respirando profundamente evitó que le causara la muerte una ramera que lo quiso envenenar en Cádiz. Aquella mujer era más peligrosa que las arañas cuyo dormir vaciaba siglos. Tenía el vientre de gesticulante enloquecida, las piernas atenazadoras, el vaivén del oleaje en los senos y juntaba los labios no para besar, sino para abrir el pozo insondable del furor. Piel pálida de ámbar, ojos negros, tristeza de aborrecida.

Pero esta vez no le valió respirar hondo, con ruido de ahogo en las narices, hasta hincharse de aire, porque poco a poco se apagó en el sueño y mientras Armijo que se había lanzado sobre la Trinis, sólo defendida a medias por Ángel Rostro, la golpeaba enfurecido, teniéndola por el pelo, Zenteno, desentendiéndose de esta lucha humana por acudir al que tendido en un camastro luchaba con la muerte, recibió la picadura de la misma araña en el mollero del brazo. Se le heló la sangre después de una fuerte conmoción interior y la horripilación de todo el cuerpo.

Sin esperar a que volvieran los indios de sus siembras y cacerías, maizales y venados, se dispuso emprender la marcha llevando a la María Trinidad como rehén, para que respondiera con su vida si moría del piquete de la tarántula alguno de los dos infortunados.

Bajaron hacia el Norte de muy altas sierras en busca del mar habitado, del mar con carabelas, adentrándose en una complicada madeja de ríos en que estuvieron varias veces a punto de dar muerte a la Trinis a quien arrastraban atada de las manos, acusándola de haberlos lanzado por aquel laberinto acuático para que desaparecieran, aunque alguna piedad le tenían cuando los atarantulados cerraban los ojos para guiarlos. Ellos sabían por dónde. Giraban sus cabezas como flores de sol para orientarse y seguían adelante. El sudor los ayudaba a ver.

Millares de ojitos de araña brotaban de sus poros abiertos por la fiebre. Por momentos las fuerzas les faltaban. Quedábanse pegados al lodo, a la maleza. No parecían moverse, sino desangrarse. Las sanguijuelas, los mosquitos, las espinas, los jejenes, las grandes moscas verdes, las negrísimas moscas chicas. Los tarantulados giraban sus cabezas-girasoles con tres ojos, dos de Zenteno y el único del tuerto Agudo, en busca de horizonte, de salida en aquel sucederse de lagunas ríos y ríos lagunas, entre islotes de vegetación salpicada de flores amarillas y camalotes de varas vestidas de corolas lilazul que resbalaban con ellos por el leve y mantecoso deslizarse del agua, agua que daba la sensación de pelusa de somnolencia. Inmovilidad flotante. Peces-lagartos. Su nadar inmóvil. Tortugas estáticas de cabeza de culebra. Troncos de árboles podridos cuyo interior se deshace en polvillo luminoso. Alguna ave lacustre. Otra y otra. Blancas, plomizas, negras, doradas. Su respirar rumoroso, sus alas agitadas, sus graznidos y, de pronto, el silencio, la caída vertical, el zambullirse y el recobrar el vuelo con un pez en el pico. Chuluc... chuluc... el salto de las ranas al intrincado mundo de los juncos para no dejarse llevar. Sapos con viseras de hojas carnosas atentos al ataque celeste. Pero no era el mar. Eso se decían los tarantulados y sus compañeros. Olía, olía, pero no era el mar, el sitio en que se juntan los Océanos que ellos iban buscando. Los tarantulados giraban las cabezas de girasoles con ojos, menos el vacío cuenco de la cara del tuerto que destilaba, como todos, de la cabeza a los hombros, lodo verde. Había que seguir. No podían detenerse. Las primeras piedras bajo sus pies. Sí, sí, las sentían. Piedras de algún camino perdido. Lo removieron todo, los reflejos del sol, collares luminosos, el sacro vello que reviste el sexo del agua hasta volverse alga y al llegar la noche, como si también hubieran removido el cielo con sus blasfemias, la más espantosa mortandad de estrellas. Se detuvieron. Desembarcar en las ciudades palpitantes, allí profundas, allí escondidas. Estambres de lluvias sueltas. Se detuvieron. Tantas veces se habían detenido. Esta vez con el lodo hasta la cintura. Era el fin de todos. No podían seguir ni volverse. Una sensación blanda, de moledura. Dejarse caer en el agua inmóvil que aunque llevaba corriente por bajo, no les arrastraría. Estaban condenados a no salir ni muertos, a quedar flotando medio sumergidos, sobre raíces fofas, barbudas de caracoles.

Once

El día de Todos los Santos, del año de Todos los Diablos, como decía el tuerto, ojo de sangre con pestañas de patas de araña, los recogieron unos indios bautizados, olorosos a trementina y navegación fluvial, y conducidos al campamento de un tal capitán Juan de Umbría, la india María Trinidad fue engrillada y Ángel Rostro tradujo a palabra castellana muy redonda las penurias y estropiezos sufridos en aquellas tierras, algunos tan increíbles como el del frenético concurso infernal en que mientras unos daban hamaca a sus cuerpos, otros se solventaban y abajaban.

Fray Damián Canisares se encargó de confortarlos. El tuerto y Zenteno sufrían vigilias, delirios, somnolencias opresivas y diarreas de sudor. El sudor les corría como diarrea fétida por el cuerpo. Y lo más funesto: se sacudían horas enteras igual que arañas.

Fray Damián precisaba:

—En tierra de gentiles no se peca más que en tierra de cristianos, pero sí en otra forma, ya que allí donde los sentidos andan sueltos, todo parece natural y no industria del demonio. Amancebamientos, diabólico pecado, sodomías...

Duero Agudo, sin dejar de mover el ojo vacío, interrumpía a Fray Damián:

—A vuestra humanidad le pasaría algo: a nosotros, no.

Y de este mal entendido, como explicaba el tuerto, envejecido en sus malicias, nacieron muchos conflictos agravados por la prédica sorda que los tarantulados hacían de las doctrinas de Zaduc, tan a medida de la cerril mentalidad de la soldadesca, porque el jayán que sabe lo que le espera en la otra vida, poco gusto pone en creer en ella, y sí mucho en negarla. ¿Y cómo podían no adorar al Maladrón los escapados de galeras? Y los resentidos hijos de quemados, reconciliados y apóstatas, y los herejes, y los moros, y los judaizantes. Pero, fuera de los carcelarios y los impuros de sangre, también los cristianos de la manga ancha preferían la cruz cimarrona del impío, que la espiritual. ¡Menos ángeles y más tejuelos de oro! ¡Menos indios conversos y más esclavos en las minas! ¡Menos Cristos y más cruces del Maladrón, Señor de todo lo creado en el mundo de la codicia, desde que el hombre es hombre!

La ruda imagen del Maladrón, su turbulencia, su crueldad en la befa postrera para el inocente, contrastaban tan poco con la conducta y estampa de los acampados en aquel pueblo de forrajes, que la doctrina de Zaduc se propagó entre los de espuela, sin llegar a los hidalgos, entre los que había, como en los campos de trébol, de tres y cuatro abolengos. Pero la simplicidad de los soldados que apenas rezaban, mal podía avenirse con las prácticas gesticulantes y los que lo intentaron fue para hazmerreír de los demás. Sin embargo, espontáneamente cayeron uno tras otro con las rodillas en tierra y los brazos en cruz haciendo muecas horrorosas, desde aquel 3 de Febrero de 1562, en que Antolín Linares Cespedillos, natural de Almagro, en La Mancha, obtuvo que le devolviera la vista el Maladrón, invocándolo con gestos tan desesperados que volvió músculo de payaso su congoja y lamento su helada piel de ínfimo.

Fray Damián fue el último en saberlo.

—¡Portugueses! ¡Criptojudíos! ¡Lusitanos! —gritó el francisco asombro de púlpitos recorriendo con los pies ligeros del aire que lo mueve todo, las casas de los cristianos viejos.

Los indios cobrizos del color de la tarde, visibles a distancia en la planicie, amontonaban a brazadas los pastos cortados para las caballerizas del campamento. Hombres dando abrazos parecían a lo lejos. Ya para caer el sol se puso todo color mostaza. Detrás de Fray Damián, que se movía como una campana que andara, iban Amador Fonseca, Sebastián Gomilla, Juan Narváez, Sancho Rojas, Pedro Santa Castilla, Antonio Tudela y otros a pedir, suplicar y requerir auxilio al Capitán Juan de Umbría, hombre de piernas muy largas, altanero y mofletudo. ¡Ahorcar! ¡Quemar! ¡Decapitar! ¡Descuartizar!, era todo lo que se oía en la audiencia.

Al Capitán zancudo, como le llamaban, las palabras se le perdían entre los soplados cachetes y más era saliva con sonidos espaciados lo que le salía a los labios. Así y todo, ordenó lo debido: Leer el Edicto General de la Fe, poner en cárcel a los reos que lo eran: el manchego Antolín Linares Cespedillos, ciego curado alias «Carantamaulas», los infectos Duero Agudo, alias el tuerto, y Blas Zenteno, picados de tarántulas, y María Trinidad la apóstata, y habidos los citados reos, en día de mercado, arrodillarlos en la Plaza Mayor, con candela verde en la mano derecha, y darles de latigazos hasta hacerles escupir sangre, es decir hasta reventarles los pulmones, no sin declararlos antes hijos de la ley muerta.

Hubo que huir. Escaparon esa misma noche. El tacto del ciego curado les valió en la sombra. Carantamaulas los guiaba. Ángel Rostro los alcanzó más tarde acompañado de la Trinis, algunos caballos y perros.

—¡Brujos, naguales, ídolos... y ahora esta patraña del Mal Ladrón! —Exclamó Ángel Rostro desde la cumbre de su caballo zaino, pero al darse pausa y ver quiénes le seguían, caballos, perros y la María Trinidad, guardó silencio.

Martajaba sus pensamientos buenos y malos. ¡Voto a Dios! Les habría mordido las orejas para ver si las tenían, que antes se me secó la boca que ellos oír que el Blas Zenteno y el Duero Agudo, picados por las arañas, no estaban en sus cabales, y que el tuerto por heroísmo, para tener Norte, y salir de donde estaban, y Zenteno por amistad y cristianismo al acudir al compañero que parecía morir, cayeron bajo el flagelo nervioso que los hace lamentarse de continuo por haber perdido el tiempo, el tiempo es para ellos algo así como el cielo y se pierde cuando no se aprovecha en el atesorar, el gozar, el buen vivir... ¡Están endemoniados!, repetía el mofletudo. ¡Mal rayo lo parta! Argumenté, aunque me dieron ganas de decir ¡que mueran con el diablo!, que si se bañaban de gusto en ver espejos de oro y plata bien pulidos era por verse ellos, no por ser aquellos fragmentos parte del divino material que ellos adoraban... Se veían en los espejos, en las fuentes, en los ojos de los otros ¿por qué?... Por verse... que estas inclinaciones también son de su enfermedad, así como los gestos, cien y mil distintos... Grité que era mal de San Vito, pero Fray Damián me contradijo porque diz que el mal de San Vito da vómitos, congelación del espíritu y afonía... Se zangolotean, para sudar y aliviarse, le contradije... ¡Están endemoniados y a cuestión de tormento sean puestos!, repetía el mofletudo... ¡No, por qué han de estar endemoniados!, rearguía ya... ¡Por herejes!... ¡Duermen y los herejes no duermen!... ¡Al fuego! ¡Al fuego!, vocifera Fray Damián, ¡para eso se desincorporan del escuadrón del real, para vivir entre idólatras y apóstatas!, ¡tanta máquina de trabajos padecidos para desembocar, como quien no dice nada, en la saducea infamia, en la negación de la verdadera vida, en el ultraje al cordero con la befa del inmundo materialista que lo retó en el tormento! ¡No! ¡Al fuego! ¡Al fuego!...

Marchaban a leguas forzadas, Duero, Zenteno y Carantamaulas, sin abrir la boca, como no fuera para tragar aire. La Trinis con sus botas de hombre en que le bailaban los pies y que somataba en el suelo. Los perros adelante. Por donde fuera. Y hasta que ya iban lejos, Ángel Rostro se acordó de Quino Armijo. Se les escondió para no seguirlos, aunque les ayudó a preparar alguna comida y pólvora.

Marchaban sin rumbo. Por igual los perseguían infieles y cristianos. En lo más indómito del monte, cuando sentían que los devoraban, no las fieras, sino las espinas de la maleza fragosa que defiende el acceso a las montañas mejor que cualquier ejército, la cara de Fray Damián Canisares se les presentaba igual que si los persiguiera en espíritu, y los empujaba a seguir adelante, sacándolos de la semiinconsciencia de la fatiga de andar a caballo, Carantamaulas con un higo en el ano que más le hubiera valido pagar en otra forma sus pecados.

Pero no solamente en espíritu los perseguía Fray Damián. Sin curar del peligro de errar sólo por pueblos levantiscos, salió el siervo de Dios, con el rostro de pedernal, como el valeroso Ezequiel, en su persecución. ¡Réprobos! ¡Voltarios!... ¡Girasoles!... les llamaba trastumbando por los escasos caminos, sin más que su breviario, descalzo, desnudo, sólo llevaba encima su sayal... ¡Réprobos!... ¡Voltarios!... ¡Girasoles!... qué madriguera no pasó, qué río no quebró, qué montaña no anduvo repitiéndose con Pablo: «Nada trajimos al mundo y nada hemos de sacar de él, sino las obras buenas o malas...». A veces deteníase y exclamaba: ¡Qué jornada más larga!, pareciéndole que había muerto y que andaba entre zarzales a la puerta del cielo.

Esa noche, la noche de un día, porque ya no sabía ni en qué día ni en qué noche vivía, Fray Damián estaba de rodillas rezando, millares de grillos a su alrededor parecían contestarle el rosario, cuando se le arrobó el alma, perdió el cuerpo como bajel abandonado por la tripulación de la sangre, esa tripulación pirata que alimenta los sentidos, y despierto vio detenerse en aquellas selvas ardientes, un ejército de fantasmas barbados y rodear a tres hombres, de los cuales, uno que colgaba, como ahorcado, tenía los estigmas de la pasión en las manos y en los pies, el otro, también colgado, no las tenía, ambos desnudos, y el tercero vestía armadura y yelmo y aunque asentaba los pies en la tierra, vivo y mandando, temido y poderoso, veíase también inmóvil fruto de muerte ahorcado en memoria, porque para el futuro de los siglos no pendería su cuerpo, pero su memoria sí. Fray Damián, sorbido por la visión, oyó al de la armadura dirigirse con el acento del ladrón malo, al que tenía los estigmas de Cristo y mofarle: «¡Agora di a tu pariente que estás en un lecho de rosas!», y contestar el suplicado: «¡Si vuestro Dios existe, mañana estaré en un lecho de nubes!».

Fray Damián no despertó. Lo embarcaron, sin recobrar el alma, en Puerto Caballos, costa de Hibueras, donde las redes de pesquería no llevan plomos, sino pesas de oro. Dormía, dormía profundamente, lo ataron para que no se lo fuera a llevar el oleaje en caso de tempestad y hasta las Islas Canarias, que a banda de babor quedaron fúlgidas, fue hablando de su terrible visión.

Y sin recobrar el alma murió de modorra en el Convento de San Francisco de Salamanca, su tierra nativa, cuando repicaban las vísperas de la Epifanía de los Santos Reyes.

Doce

Se detuvieron por inspiración de la india que se bañaba, cosa del diablo, en todos los ríos y se lavaba los brazos y la cara en cuanta poza de agua nacida o de lluvia encontraban. Ella misma se adelantó y salió de un escondite a darles la buena venida y como los tarantulados eran impresionables, niños grandes se creyeron llegados y negáronse a seguir, dando por sepultado su andante paso en las gastadas calzas.

Antolín Linares, el ciego curado, con un rosario de ardillas que no le paraban encima, haciéndole sólo alegrías. Corren con las patitas, cuatro por cada una y eran muchas. Corren con el húmedo hociquín, *hosc, hosc, hosc...* Corren con la cola más grande que ellas tras las patitas en un moverse de pelos al brincar, trepar, bajar, apelotonarse, ágiles, lambisconas, alegres, juguetonas.

Las ardillas color de plata vieja y de oro blando subían, bajaban, se revolvían, ligeras, vivas, inquietas, sin parar un segundo sobre el cuerpo, la cabeza, los hombros, los pies, las rodillas, los brazos de Carantamaulas peinando, cepillando, abanicando con sus colas, cosquillando con el *hosc, hosc, hosc...* de sus hocicos buscones y millares de pasitos interrumpidos por saltos oblicuos.

El ciego curado habría podido dibujar al tacto la mujer que sobre él formaban las ardillas en movimiento. Maña vieja esta posibilidad de imaginar seres al tacto. Del fluir del agua nace la corriente, del respirar, la vida, del ir y venir en todas direcciones de aquellos seres inestables, la mujer que mantenía despiertos sus sentidos.

–La mujer que sobre el cuerpo os forma el pasatiempo de las ardillitas, bien podía dejaros, Antolín Linares –dijo Ángel Rostro– penosos como andamos, aunque habréis de saber que ya me voy acostumbrando a la desdicha, pues hasta para eso hay que tener juventud, para oponerse a ser desdichado. A la vejez, las desdichas, por ser parte del oficio de viejo ni importan ni hacen mella.

–¿Queréis decir, capitán –Carantamaulas lo llamaba capitán porque lo era y por lisonja–, que la mayor desdicha está en la ambición de lo que no se tiene, tan propia de la juventud, de la mocedad dueña de tantos caminos, caminos que se van quedando atrás, hasta llegar uno de viejo con sólo el sendero fatal del más allá que se nos torna cada día, cada hora, cada instante que pasa, en más acá...?

–¡Caminos que son alas, Antolín Antolinares!

–¡Alas, capitán! De nacencia habemos siete ángeles con nosotros para darnos guardianía, cada año se nos aparta uno y a los siete sólo nos queda el que será nuestro custodio siempre, hasta finar. No lo sé de cierto, pero por pensado tengo que al partirse esos seis ángeles primeros, nos dejan las alas que son las ilusiones, doce ilusiones que año tras año la vida nos va cortando o bien se nos mueren en el cuerpo.

—¡A mí, Antolín Antolinares, ni se me murieron ni me las cortaron!

—¿El amor os las quemó, capitán?

—No os doy razón. Al pie de mi escudo se lee: «No digo lo que maldigo».

—Pero la Trinis os ha en un envoltorio de ceguera en que la rabia es paciencia...

—Y en mala hora, Antolín Antolinares, en mala hora... —y tras una pausa en que dejó vagar sus ojos de animal acorralado—... por una mujer que no es mujer... vedme aquí con estas pocas barbas que me nacieron en Indias, «bocas barbas», porque pícanme en las comisuras de los labios, bajo la nariz, en el bigote, y en el mentón, vuéltome yo mi enemigo, mi contrario, sosteniéndome el vivir por dilatar mi muerte sin esperanza... ¡De una mujer Antolinares, esperamos bien, mal, odio, indiferencia, pero de un árbol, de un arbusto con pies y manos, do queda la esperanza sino allende lo imposible! ¡Pero, por mis pecados, detened esos animales, detenedlos que me inflaman!

Las ardillas no paraban, girándulas de colas que también eran espumas, para abajo, para arriba, por la cintura, en las hombreras, tras las orejas, sobre el pecho, entre los dedos de las manos, por la espalda, *hosc, hosc, hosc*...

—La vegetal hermosura —prosiguió Rostro con pausado hablar— os hace deteneros y admirar atributos que no son para despertar instintos; pero cuando ese arbusto puede enlazarse con las ramas, posar en vuestra carne los besos de sus flores, rodearos del color de la esperanza, el corazón, hay que dar voces de loco. Más tenéis vos, quién lo dijera, con esas ardillas que son cosa viva, que participan de vuestro existir y del recuerdo de la ramera que te sirvió de lazarillo en Génova.

—Esta mujer mía me hace pensar en lo que me tengo dicho: Antolín, sois el único que recogéis agua en cesto. Alrededor mío las ardillas tejen el cesto, el cielo es el agua y yo lo recojo en forma de mujer...

—Y como no sois leño, esa mujer de cosquillas os sirve para la pugna...

—Como a vos, capitán...

—¡No es igual!...

—Yo la imagino a solas, para mi placer la saco del movimiento, del inofensivo movimiento de las ardillas, y vos la imagináis humana porque dicho me tenéis que no es mujer, sino es árbol.

—¡Mas os llevo ventaja, Antolín Antolinares!

—Yo suelo os darla en el juego, dichoso desdichado que piensa volverse al real...

—Con vosotros...

—¡Nosotros hemos llegado!

—¡Mal bestia, te arrancaré la lengua! ¿Adónde habéis llegado? ¡Pulla es esa de quedaros! ¡Es chanza!

—¿Y adónde, Capitán, se llega nunca, para no decir que hemos llegado? ¡Os alucináis con lo propio y con lo ajeno sois cuerdo! ¡Pregonáis herbolarios amores y os importa un buen mendrugo el que los gesticulantes caminantes hayamos llegado al país del gesto pétreo, del gesto nube, del gesto lago...

—¡Pues si no os salen raíces, os llevaré conmigo! ¡Y mesmo que os salgan!

—¡Vos sois capitán de guerra!

—¡Y vos hechicero!

—¡No va por ahí, el hechizo es el polvo de creencias barridas y sucio debo andar porque hago la limpieza! Los ciegos vivimos tan fuera de la realidad que cuando recobré la vista no creí ver con los ojos, sino mirar con las entrañas, se me entró el mundo hasta donde era yo oscuro soñador, aplastó mis oscuridades, como chinches de hacer mije, y apenas si pude escabullir mis dedos cuando quise librar de las masas machacantes del mundo real, fantasías tan dulces como el alma, el cielo, todo eso que en el mundo en que yo despertaba, hablando en plata, no existía.

–¡El diablo os juntó para perderos!

–¡Y vos queréis salvarnos, pobres excomulgados, para que os paguen en encomienda de indios vuestra devoción! ¿Cuántos indios queréis por entregarnos, capitán?

Las cuchilladas de Ángel Rostro, ciego de cólera, se cruzaron sobre el cuerpo de Antolinares como antes las juguetonas ardillas. Éste alcanzó a sacar su daga, pero ya una trozadura feroz le bañaba de sangre el jubón y Blas Zenteno, puesto entre ambos, los despartió a empellones (¡Por Belcebú, teneos! ¡No seáis majaderos! ¡Voto a Dios!) alejándolos, bien que tan belicosos estaban que lanzábanse injurias que también parecían cuchilladas.

El tuerto curó la herida de Antolinares y hubo tiempo para hacerlos amigos, mientras colocaba sobre el tajo sangrante jirones de telarañas color murciélago.

–Abandonado de mis compañeros de armas y sin amor... –quejóse con todos Ángel Rostro, visiblemente arrepentido de la gresca–. Cuántas veces, ¡qué diablos!, he deseado volverme loco como vosotros, dormirme y sentir los pies dentro de la tierra como si fueran adentrándose en la tiniebla mis dedos mucho, mucho, hasta ser lonjas raigambres, y al despertar alzarme con el cuerpo convertido en tronco, los brazos en ramas, el cabello en hojas y el pensamiento en un nimbo de luz celeste! ¡Sólo así daría cese a mi desventura que es alejarme de vosotros por quien me alejo!

–¡Hembra sin defectos se llama soledad!... –dijo el tuerto, a quien el veneno de la tarántula traía siempre medio acalenturado y con torpeza de cuerpo.

—¡Y al tuerto eso de hembra se le importa una higa! —agregó Zenteno.

—¡Una higa, sí! —se le oyó hablar a Antolinares—. No un higo, porque este que yo tengo en el ano importa mucho!

Terminada la cura, con las telarañas se le atajó la sangre y más encima le ataron hojas de anona, Antolinares alejóse abierto de nalgas, andando como sentado, en busca de sus ardillas. No le dio tiempo de librar el brazo. Ya estaban sobre él y hace un parpadeo se oían en lo alto de un mangal. Sobre él, alrededor de él, envolviéndolo en un remolino de pelos, uñas, chillidos y cosquillas.

Trece

Al verse desobedecido, Ángel Rostro empezó a desconfiar de todos. No conseguía arrancar a sus compañeros, pegados por el sueño de la Trinis al terreno que en redondo circundaban andamiajes de montañas y donde ayer cayeron rendidos de fatiga y hoy iban y venían en el acarreo de materiales para medio parar algunas chozas, mientras edificaban casa y humilladero consagrado al Maladrón.

El que se siente en peligro recela y ve sombras por todas partes, tal ocurría al capitán Rostro, a quien el ánimo se le pegaba al hueso en esa hora en que el sol sufre mengua y la tarde adviene y el ruedo de las montañas va creciendo desnudo, apretado de angustias, negro, silencioso, para dejarlos a ellos en el fondo con los sapos, los grillos y alguna luz o voz humana.

Desde la riña del otro día, por palabras cuchilladas, lo amenazaba la presencia o ausencia del agazapado tuerto, cada vez más barbudo y más entregado a sus prédicas y gesticulaciones rituales, y la de Zenteno, alto, membrudo, algo así como su centinela, y el *hosc, hosc, hosc* de las ardillas que seguían al mañoso Antolinares picado de virgüelas. También sentíase amenazado por la Trinis y su coloquio con los indios en una lengua que no entendía, y a quienes sacaban de montes y labranzas para adoctrinarlos en una creencia tan parecida a sus ponzoñas idólatras en lo de las muecas, los visajes, los dengues y bailetes.

Duero, el tuerto, lo mareaba siguiéndolo por todas partes so pretexto de razonarle que la religión de Jesucristo no era concertada para hombres como ellos dados al trato de lo material, en la guerra con la sangre y en la paz con el oro. Paz y guerra. Oro y sangre. El mundo, el demonio y la carne placentera de añadidura. Su hablar de vizcaíno le dolía más por el sonido silbante que por lo que farfullaba y porque siempre estaba cabe a él, muy cerca, con el ojo pugnaz entre las barbas y los puños de pelo de las cejas. Machacaba lo que le bebió á Zaduc, el hombrecillo del galeón, y no se le daba nada, por malo, tentar las cosas de Dios con las manos sucias, como dicho se lo tenía Rostro. Las entrañas del ojo vacío se le movían entre membranas y pelos, al tronar contra los Ángeles, soltando una babita de agua sucia como lágrima lagañosa que le embadurnaba el lado derecho de la servidumbre, nombre que los gesticulantes daban a la cara, medianera entre ellos y el crucificado cuyo desdén por el cielo hízole padre de las cosas materiales. Y mientras le lloraba el cuenco desalojado, del lado izquierdo el brillo de la pupila pugnaz, casi de tarántula.

En ese ojo se le refleja el infierno. Todo el infierno. Se le vació el ojo del cielo. Si no estuviera loco ya estaría muerto. ¿Qué culpa cábele si perdió el ojo del cielo y le quedó el del infierno? Porque en todos los órganos tenemos así, salvo en la cabeza, la boca, el corazón, el estómago, y las naturas, donde están juntos el cielo y el infierno.

Así pensaba, alacranando los dedos de coraje en la empuñadura del puñal, el Capitán Rostro, al oírlo afirmar: La materia es el origen sencillo del hombre y su sencillo fin. La materia es suficiente para explicar al ser humano que toma origen en la naturaleza de los padres, vive a expensas de lo real y se extingue con la muerte. Aparentemente sí, le contestaba Rostro, cuando no se consumía en el pesar de que estuviera loco, para no callarlo de una puñalada. Aparentemente sí, pero el hombre nace del amor, vive de la caridad de Dios y vuelve al cielo. ¿Por qué venir entonces, de ser cierto lo que habéis dicho, Capitán, arrebatando a los moradores de estas tierras descubiertas, sus riquezas? Ángel Rostro se alejaba, pero el tuerto seguía. Acordaos de Dios, aunque sea para blasfemar, parece haber sido la consigna, y sí que nos hemos acordado... ¡Tened la lengua, maldito, mala bestia, eh, que no tengo en la mano un mondadientes! ¡Creéis en la otra vida y os comportáis como que no existiera!, alzaba la voz el tuerto para poder sobre la voz de Ángel Rostro, cuya palidez de tierra seca mostraba más al desnudo sus ojos iracundos. Las ratas con que los indios nos acompañan en sus dibujos ¿qué os inspiran, Capitán? Asco, asco... En el humilladero del Maladrón pintaremos en un muro muchas ratas, de todas formas y tamaños, huyendo de un continente hediondo a sangre, a hoguera, a podre, soldados con caras de ratas hartos de guerra, de inquisición y de hambre vuelta intriga.

Blas Zenteno no lo perdía de vista, mientras soportaba al tuerto, por temor a que lo desmontara de sus razonamientos de un mal golpe, esforzado y belicoso como era, bien que verdad por verdad, prefería rabiar hablando al acoso que significaba el que sus compañeros no le dirijeran la palabra.

Materialista, escéptico y casi siempre deprimido, Zenteno al principiar la conquista era idealista, crédulo y animoso. Los hechos lo cambiaron. Una piel traes y otra piel te llevas. Están los crucificados tan cerca uno del otro y tan distantes. Zenteno se agarraba el cráneo entre ambas manos, apercibido por el tuerto de la necesidad de pensar con su cabeza. Como el cuerpo y el alma, tan cerca y tan distantes. Los crucificados no están en el Gólgota, sino en nosotros. Son el cuerpo y el alma de nosotros. El hombre tiene dos agonías. Juntos los crucificados y separados por espacios infinitos. Juntos en agonías del hombre desasosegaban a Zenteno. Él, que era de vertiginoso hablar, no sabía, no encontraba qué decir. Los dientes de sus dedos entraban y salían por sus pelos hirsutos. Pensar con su cabeza. Cómo iba a ser posible si le había salido zacate.

Y más lo desasosegaba cuando el tuerto Agudo le llamaba: Blas Zenteno el hombre de las dos agonías. Aunque verdad que no era sólo él, sino todos. Hasta los indios. Aquellos seres vegetales y sonámbulos. Hombres-hojas, hombres-flores, hombres-frutos (así los encontraron en el gran árbol la primera vez que los vieron), con andar de bejuco y habla de agua. Terribles sueños guerreros, pero sueños, como los monstruos del fondo del mar y los seres que viven en las estrellas. El pelo, la piel, el contacto de sus manos, todo era vegetal, plantas con movimiento con ojos, boca, sexo. Ellos y los venados —como dijo Caibilbalán–, ellos y los pavos azules poblaban aquel mundo de golosina. De otro planeta vinieron por mar seres de injuria.

Ángel Rostro buscaba en aquel vallecito entre montañas, no más bello que otros muchos andados, algo que a sus ojos revelara por qué debían quedarse allí, sin encontrar cosa mayor de las que encierran estas tierras: frondas rumorosas de pájaros, flores de matices tan vivos que parecían estallidos de color, frutos grandes y pequeños, todo encerrado en una olla formada por un círculo de montañas elevadísimas, salvo hacia Poniente en que la tierra llana caía con fácil declive hacia una laguneta de agua lodosa con picante olor a sal.

Desde una pequeña eminencia del terreno se dominaba el valle que Blas Zenteno, el nómbralo todo, bautizó sin más explicación con el nombre de «Valle del Maladrón». El tuerto lo confirmó de un cabezazo.

El «Valle del Maladrón», donde la luz diamantina por su pureza en el aire ligero los lavó de tanta evaporación de aguazales y marismas, que los hincharon de humedades, y de las amargas neblinas de las altas serranías, que les ahuecaron nasales y pulmones hasta helarse de cielo... El «Valle del Maladrón» fue para el tuerto y Zenteno el sitio del olvido que tiene el color del sueño en que se cuelan los dolores, para que de éstos sólo quede lo dulce. La dulzura del dolor vivido produce en los que sobreviven a las contingencias de su existir azaroso una pátina de bienestar profundo.

¿Y esa laguneta con picante olor a sal, pensó Ángel Rostro, con caracolillos y algas marinas en sus pequeñas playas?

El presentimiento le palpitaba como un doble corazón. Fincarse en aquella rinconada significaba estar cerca de donde amalgaman sus azogues los océanos. Lo que iban buscando. Por lo que se apartaron de sus compañeros de conquistas. Ellos no querían conquistar, sino descubrir. Descubrir las compuertas en que el Eterno ordena a los dos grandes bueyes azules «¡Juntad vuestros testuces!», y los deja uncidos al itsmo que tiene forma de yugo.

¿A qué entonces la engañifa de que se quedaban allí para rendir culto al Maladrón?

—¡Amargo de mí, presente en vuestros avatares! ¿Cuál el privilegio de aqueste sitio? ¡Decid! ¡Hablad!... ¡Soy vuestro Capitán! ¡A Blas... a Duero os hablo! ¡Blas Zenteno! ¡Duero Agudo! ¡Sólo vuestros nombres hanme quedado amigos! ¡Más vivo y menos entiendo que os hayáis mudado en enemigos con los mismos nombres!

La luz daba en las peñas y se les metía tan adentro en las caras que de vuelta los iluminaba del fondo a la superficie.

Rostro insistía:

—¿Buscáis la paz en el quedaros quietos, porque la guerra es andar, andar, andar? Pues volved a vuestros lares y parad la guerra al sentaros entre los que tienen conservado en amor vuestro recuerdo.

Otras veces Rostro se lamentaba de haberlos defendido ante Juan de Umbría, echando el mal lado que tenían a cuenta de las tarántulas.

—¡Debí callar! El piquete de la araña no os envenenó el alma, antes lo mucho que el hombrezuelo del galeón enseñó a este despepitado del ojo derecho... que no hay premio en la otra vida para las buenas acciones y castigo para los que infernan la tierra... Que lo material buscamos cuantos andamos en esto de conquistar y ganar tierras... Pero esto va en mi descargo que he mucha culpa en haberos salvado: va en pediros que sigamos a lo que venga...

No lo oían. La tembladera del veneno que aún los sofocaba, el imperturbable horario de sus ritos, arrodillados gesticulaban a la salida y puesta del sol, absorbíales el tiempo que no empleaban en el maleficio con los indios, en astrologías, cambiando de piedras preciosas en sus ombligos, según los días, y en guardar una especie de pimienta olorosísima en cantidad para tener a su tiempo y revolverla con la argamasa con que repellarían el humilladero del Maladrón. Si el incienso y la mirra son de Cristo, este olor a pimienta, fuerte, másculo, sería el del rey de los ladrones.

—¡Pimienta gorda, negra, luctuosa! —se enterraba las uñas al apretar los puños el Capitán, increpándoles el que mezclaran sus temerarias herejías con las creencias de los salvajes—. ¡No estáis locos o estáis locos! Quino Armijo, el prudente, os estuvo explicando que los indios no creían en vuestro terrible padre, sino en Cabracán, que ellos se sangolotean y añudan la cara con todas esas muecas y mímicas en rogativas al diablo de los terremotos, del que temen todo mal, para que se apiade de ellos, ellos que sin que tiemble están temblando y sin terremotos y derrumbamientos de cerros viven pavorizados... ¡Y maldita sea esta india Trinidad, la madre que la trajo al mundo y yo que me acosté con ella! En lugar de humedecerme las bragas y morder el bocado, la arrimé a mi cuerpo, como un bálsamo, y ¡qué carne de palmito, fresca, dura, aleccionada! A vosotros os picó la mala araña y el saduceo, vaya convulsiones, vaya gestos, pero a mí me picó una hembra la entraña, y maldita otra cosa que yo pueda, si tras ella voy, la ansío, la busco, me siento morir si la desecho... ¡Capitán! me grito y Capitán me encuentro... Pero ¿qué es eso de Capitán?... Una palabra sin sentido junto a la Trinis... Capitán...

Catorce

—¡*Titil-Ic*!

Si el Capitán la llamaba por su nombre indígena, la Trinis venía más a prisa. Entonces ligera pluma, menudo cascabel, mina de pelo negro en ondas de agua golpeada, ruido de risa en las niñas de los ojos.

—¡*Titil-Ic*!

Le sonaba a lisonja ser llamada por el Capitán, *Titil-Ic* y no Trinis, *Titil-Ic* y no María Trinidad.

—Traigo tunas y beber fresco... —dijo al acercarse al Capitán apenas cubierto su cuerpo moreno por una túnica de algodón vegetal color ocre, los brazos y el cuello adornados con sartas de caracoles, jades en las orejas y dientes como piedras preciosas en la boca de abastecidos labios.

Las moscas zumbaban bajo los mangales en seguimiento de la miel gomosa que por los troncos chorreaba de las ramas cargadas de nubes de mangos. Detrás de la india el cenzontle saltarín que jamás la abandonaba y que ella manifestaba ser su protección, su ángel natural, el pájaro de las cuatrocientas sonajas en la garganta.

Entre las hojas amarillas los pasos sonaban a cansancio seco, a fatiga tostada por el sol. Ángel Rostro se detuvo donde empezaba a huir el valle hacia la laguneta almagrada entre cañaverales que eran ejércitos de bravos y finísimos guerreros, portando lanzas altas. En los repechos que salían y se montaban en los hierbazales, florecillas en forma de espuelas de caballeros subían y bajaban a dar batalla a los alancedores de las cañas bravas.

—¡Tunas, señor!... —repitió la india mostrando las frutas al Capitán.

A Rostro más que tunas le parecieron huevos verdes, huevos de pavo verdes, de un verde mate más claro que el verde oscuro de las hojas en que venían acolchadas.

—¡Fruta golpeada no buena, señor: guarda el dolor del golpe y da dolor!

Y como Rostro alargara la mano, ya los dedos sobre una de las tunas, *Titil-Ic* arrebató el canastillo.

—¡Espina! ¡Espina!

—¿Espinan?

—¡Sí, señor! ¡Sí, señor!

Y en diciéndolo depositó suavemente sobre la hierba el canastillo y tomó uno de los frutos cuidando de no espinarse, con el índice y el pulgar de su mano izquierda apoyados en los extremos para luego con la uña del dedo pulgar derecho, filosa como una navajuela, hender la cáscara a lo largo. Abierto el fruto sacó la tuna al despegar la cáscara con los pulgares enterrados en la algodonosa capa interior, gozo de nieve del que emergió la pulpa tan celosamente guardada, siempre fresca para mitigar la sed de los que cruzan el desierto.

—*Titil-Ic,* suelta de lengua...

—No, señor, *Titil-Ic* eclipse de luna, luna en tinieblas de granizo...

—No lo sé bien, mas sé deciros, desque hicisteis a ésos comunicación de vuestro sueño están más locos... —aceptó el fruto y tras morderlo gustoso, conservaba en la pulpa sabor a tallo— y yo, el cielo es testigo, más desesperado.

Los perros ladraban a lo lejos. Surgían al horizonte las primeras chozas de cañas y paja peinada en los techos piramidales.

—El agua de los sueños no es guardable ¿veréis de saberlo, señor? Otros secretos adentro, los sueños siempre afuera, vistiendo lo que no es sueño.

El cenzontle desde su hombro inclinó la cabeza del lado de su voz, como si entendiera lo que decía *Titil-Ic* y siguió el eco con la cabecita más inclinada, más inclinada, hasta quedar con el pico para arriba. La voz de *Titil-Ic* también volaba, iba hacia arriba, hacia donde las nubes hacen *rupurucunú, rupurucunú* y se deshacen.

—¡Marranos! ¡Perros! ¡Me debéis la vida y me negáis vuestra amistad! ¡Os guardáis de vuestra verdad, lo verdadero, pero entre el cielo y la tierra no hay nada oculto! ¡*Titil-Ic!*, dó está el lugar en que se encuentran y juntan los dos mares, el mar-océano de España y el mar-océano de China? ¿En cuál de estas montañas tajantes escondido? ¿Queréis robar mi parte en la gloria del descubrimiento interoceánico? ¡Ea, protervos! ¿Por qué no confesáis, calados de aparente piedad por vuestro Maladrón, que sois ladrones?

El cenzontle había volado. La india pelaba, ajena al discurso, otra tuna.

—¡No, *Titil-Ic*... —rechazó la fruta—, si es con silencio y engaño!

—Os refrescará la nuez...

—Jugáis con las palabras... —tomó la tuna— ... y jugáis conmigo —dijo al morderla y ya no esperó a tragar—. ¡Estos valles para mí sombríos no os enamoran por placenteros; pero guarde que he de saber por mis medios cuál de esas piedras eminentes, cuál de esos intratables riscos, esconde los dos mares! ¡De ver a las peñas, de hablar con los montes, de preguntar a los bosques, harto estoy! ¡Y de vosotros es, culpantes, de quienes me toca saberlo! ¡La refriega no se acaba yéndome yo a caballo y vosotros a sacar pedazos de oro! ¡Somos llegados a tierra gesticulante... edificaremos el humilladero del Maladrón... arrodillaos... poneos en cruz... haced muecas de agónico!... ¡Pie con pie y a estocadas si queréis que os deje el campo! ¡Os he descubierto el juego y éste es mi alarde!

–¡Alit! –llamó *Titil-Ic* al cenzontle que salto a salto se fue acercando, ya cerca de ella voló a su cabeza y en su cabeza se posó tras de la oreja y por allí sacaba el pico, como un arete animado de vida.

El Capitán Rostro se paseaba, para abreviar el tiempo, igual que en la antesala de algún Grande de la Corte. ¿A quién esperaba? ¿En qué audiencia se movía armado de todas armas como andaba, sospechoso de que sus compañeros le fueran a dar muerte?

–¡Bien haya quien leales tiene! Trabajosos y destrozados, ¿cómo podéis ser desleales? ¿Qué otra señal esperáis?

–¿Qué palabras son ésas, señor? A vuestros soldados dije: quedaos aqueste lugar, «lodo que tiembla» esconde un tesoro, por ser ellos distintos de vos, como vos mismo me lo tenéis explicado. ¡Ellos buscan, van tras lo material, su dios es un ladrón y fuera de lo que es cosa, no creen en nada! ¡Cosas, cosas materiales, no espíritu como mi Capitán! ¿Por qué razón, sin causaros afrenta, iba yo, señor, a comunicaros que «lodo que tiembla» esconde un tesoro? ¡Tal fue mi sueño, mi visión, mi ventura! Hubiera sido como comunicarlo a Alit... –el cenzontle de la oreja había saltado a su hombro–, hubiera sido como comunicarlo a Alit... ¿Qué le importa, si tiene alas, que «lodo que tiembla» esconda piedras preciosas y peñascos de oro en su profundidad? Vos adoráis al Dios que en el cielo os guarda, que os manda dejarlo todo, desentenderos de la materia torpe, de los bienes materiales, tenéis alas...

Ángel Rostro paseó los ojos codiciosos por la superficie de la lodosa laguna, más llena de misterio a la caída de la tarde. Luego habló:

–¡Bien hayáis por mí cuidado; pero cómo explicaros que a Sansón se le deja sin fuerza si se le corta el cabello y la fuerza de la guerra, gastadora de hombres, caballos y recursos, debe buscarse en el oro...! ¡Oro, plata, piedras preciosas! Y la guerra se hace para Dios... Pero algo más tramáis contra mí... No conozco el mañana, María Trinidad –la llamó por su nombre cristiano para darse más valimento; *Titil-Ic* había ido pelando otra fruta y mientras hablaba púsola en sus manos–. No conozco el mañana, pero... –al tiempo de morder la fruta viose las manos ensangrentadas.

–¡Otra clase de tuna, señor, tuna sin espinas... –se apresuró a decir *Titil-Ic*, al ver pintados extrañeza y temor en sus facciones– tuna pitahaya, señor, pitahaya, corazón en cáscara de lengüitas de armadura!

–¡Hubiéselo yo traído con armadura! ¡Hubiésemos todos el corazón con armadura propia!

Pero otro fue pronto su quebranto. Horrorizado arrojó la fruta mordida. Toda la crueldad de los sacrificios humanos y él oficiando como sacerdote. La cuchillada en el pecho de la víctima y el corazón afuera igual que una pitahaya desnuda de su armadura. Se vio las manos ensangrentadas, sintió los labios ensangrentados, hasta en el peto tenía gotas de sangre.

La india vino en su ayuda con el agua del cántaro. El cenzontle movía la cabecita hacia donde el líquido bañaba sus manos. Dientes, lengua, galillo, todo limpio. De la tarde sólo quedaba el bochorno canicular.

—¡María Trinidad, santiguaos conmigo! ¡En el Padre, en el Hijo y en Espíritu Santo nombrados!

—La María Virgen, faltó...

—¡Nos vamos a degollar todos! ¡Todos! ¡Y no seáis vos la primera, María Trinidad!

La india no contestó. Disminuida exteriormente por la amenaza, pero en lo profundo con todo el dominio de su pensamiento que era guía de ella y de aquellos desdichados.

—Señor —dijo después— el cielo se oye granar como mazorca al salir las estrellas, por ser maíz todo lo que brilla allá arriba...

Pero el Capitán Rostro con la oreja ruca por las detonaciones de las bombardas de cien batallas, no percibió el delgadísimo sonido de su voz.

Quince

El desconfiado Capitán no se apeaba del caballo, temeroso de no poder desandar el mal camino que bastante andado tenía y menguado el ánimo ante la amenaza de sus compañeros de convertirlo a la secta de los gesticulantes, sin que se diera cuenta ni pudiera oponer su voluntad. (Lo que en verdad temía Rostro es que lo fueran a volver piedra por robarle el tesoro.) Bastaría, según el tuerto, que un temblor de tierra lo agarrara con los pies en el suelo para hacerlo partícipe de la abominable sangolatina, de la que ya sólo se iba salvando por el Ángel de su nombre, aunque lo de Rostro contradecía porque hasta cierto punto su apellido le daba el instrumento para las muecas. Sobre el temblor él temblando. Sobre el temblor él en un soplo de minerales helados de estar quietos sacudiéndose de arriba abajo. Sobre el temblor él en incendios de calor producidos por piedras de rayo golpeadas en lo profundo del terreno bamboleante, inestable. Sobre el temblor él con la cara convertida en nudo de muecas y los brazos en ademanes llameantes.

Antes lo matan que bajarlo del caballo. El fanatismo del tuerto y Zenteno por aquella nueva forma de adorar al diablo, en la imagen de un ladrón, y su codicia para quedarse ellos dos con el secreto de aquel mar que buscaban, hecho con los cuerpos de dos mares océanos, los hacía desafectos e ingratos. Muy olvidada se tenían de la hermandad de las armas y aún más, que los salvó de perecer a manos de los indios tiburones cuando cargó con ellos, ya atacados de repentes giratorios diz que para orientarse en el laberinto del agua derramada del cielo y surtida de la tierra, con el caldo de la tarántula en los sesos, los ojos y las babas, y tras salvarlos de los indios, casi en seguida los libró de morir a latigazos por blasfemos, idólatras e inmundos, en aquel pueblecito de iglesia de paja y casas con olor a tomillo, cuya cristiandad se partió en dos bandos a raíz del grave entredicho en que al final anduvieron las Potestades, personificadas por el Capitán Juan de Umbría, y Fray Damián, ninguno de los dos dispuesto a ceder terreno en el derecho primo a juzgar a aquéllos.

No se apeaba del caballo ni para dormir. Dormía sobre el animal dormido. Hombre y bestia pasaban las noches en un solo sobresaltado sueño. Cuatro ojos cerrados y un solo cuerpo verdadero. Hasta las necesidades mayores, sabrosas de satisfacer a gusto, las hacía colgado de las ramas de algún árbol para no poner los pies en la tierra y ser poseído de convulsiones gesticulantes o transformado en piedra. Trepaba del caballo al árbol con natural apuro. El zaino esperaba de la brida, vuelto hacia él, nunca le fue fácil descargar la tripa ante testigo, o contemplando el horizonte cuando cansado de verlo en aquella postura, armado de todas armas con las nalgas al aire, se volvía como a contar las nubes, las aves grandes, buitres o milanos, mosqueando las orejas para espantarse los colegios de insectos de mil tamaños y zumbidos que atraía el sieso del amo asido a las ramas, los pies en el tronco, la cabeza entre las rodillas, doblado en dos como en el vientre materno, puja que puja. Más maldecía que defecaba: «¡Me ca... en el Maladrón! ¡Me ca... en los gesticulantes! ¡Me ca... en Zaduc, en el galeón que lo trajo y en la madre que lo parió! ¡Sobre vuestra religión del diablo quisiera estar así!». El sudor le bañaba la frente. «¿Muecas?... ¿Muecas?... ¡Sí, más muecas que caca, y no por la salvación del alma, sino por la salvación del cuerpo! ¡Y Dios os mande como castigo, ya que sólo creéis en el cuerpo, hacer del cuerpo en esta postura hasta la eternidad de los siglos!» Y se oía el ruido de algo que caía desde lo alto del árbol haciéndole exclamar: «¡Vaya fruta! ¡No os perdáis el racimo que no hay más...!». A cabezazos apartaba ramas y ramillas molestas, ocupadas sus manos en sostener su capitana humanidad en el vacío, sin soltar la brida para que no se le fuera a ir el caballo que era como perder la salvación del alma. Y no pocas veces, forzado por las circunstancias, quedábase sostenido de una mano, la rienda mordida entre los dientes, para defenderse de las hormigas coloradas, quemantes, las arañas, los gusanos... La tripa se le retorcía en el nudo ciego, llena la boca de saliva, fresco el sudor, el golpe de la sangre en las sienes. No fuera a tener la albóndiga, almorrana o higa de Antolinares de tanto estar a horcajadas. Pero mejor todo esto junto que poner pie en tierra y volverse piedra. Todo lo perdería si lo volvían de piedra. El alma y el descubrimiento del entrebeso azul de los dos mares. No pensaba descabalgar, pero de hacerlo, antes de convertirse en piedra, prefería caer bajo el flagelo agónico de sus compañeros tarantulados y gesticulantes, al menos así no lo perdería todo y cobrado lo suyo en oro y piedras preciosas, ya quedarían años para el negocio de recobrar el alma. Se ven tan cerca los crucificados. Se abrazaría, primero, al Maladrón, el tiempo necesario para hacerse rico, muy rico, y luego, contrito y arrepentido, abrazaría a Cristo. Aligerado de vientre, después de una friega de hojas, cuidando no fueran a ser de chichicasta, una buena friega para quedar limpio, saltaba al caballo y a espolear, a mover los pies como los gatos que arrojan tierra con las patas traseras sobre lo que han hecho, sólo que él era distancia lo que iba arrojando.

Tenue viento. Pedregales de nubes hacia el horizonte. Oyó el ruido del caballo en el agua. Apenas le aflojaba la rienda corría al abrevadero. Chaplás, chaplás, chaplás, chapoteo fabuloso por el reino de la gruta goteante, los helechos negros, las orquídeas carnívoras, a través de una capa de linfa tan celeste que muchas veces indujo a Rostro a inclinarse a tocarla con los dedos, turbándose al sentir que era líquida y no sólida turquesa.

Se detuvo donde quiso, en lo más hondo, y mientras saciaba la sed atrasándose en el tragar, Rostro asomó la cara al espejo profundo, para cerciorarse una vez más que no eran piedras preciosas las que el zaino bebía, porque de ser bastaría a su codicia dejarlo hasta reventar la cincha, sacarlo de allí, paso a paso, alejarse en seguida para que sus compañeros no le siguieran, abrirle la panza y recibir el tesoro. ¡Cuánto desaliño en sus pocas barbas y cuánta nueva arruga! No era su cara. Largos los cabellos como un indio tiburón. Los ojos fijos en lo vago. No era su cara y sí era, cómo se ve que le ha llovido, sucia, pañosa y con arrugas, pentagramas de las goteras del vacío que descubrió en sus dientes, al abrir la boca frente al espejo del abrevadero, en una mueca de risa.

Hijodalgo mal avenido con su señor padre que llegó a negarlo, buscó la guerra para ganar nobleza en las hazañas. ¿Dónde no combatió? ¿Cuándo anduvo lerdo en el asalto? ¿Retrocedió alguna vez frente al enemigo? Su arrojo de Capitán de entradas le arrastró a la aventura que ahora pésale en mucho. Sin poder volver al real ni tener otro socorro que el de Dios, yerran con él sus temerarios compañeros de empresa, Armijo, Zenteno y Agudo, sin encontrar alma viviente, hasta topar aquel árbol con cabezas en tierra de los indios tiburones. Mal encuentro que ése. En el ensalmo mágico de aquel árbol gigante empezó la derrota, siguió a manos del amor vegetal en el más recóndito y doloroso ayuntamiento con una india púber, y terminó en el desvarío de atarantulados doblados de heresiarcas.

La cabalgadura levantó la cabeza y se sacudió. Por poco da con él en el agua y como el agua es más susceptible de encantamiento que la tierra, de haber caído se va al fondo transformado en piedra. Aseguró los pies en los estribos, horrorizándose ante el peligro de volverse piedra, piedra con facciones humanas, pero piedra, piedra aparente, porque dentro estaría él, en la más fría soledad mineral, paralizado, constreñido, rígido, frente a naos de todo calado, veleros, bergantines, carabelas, galeones, que pasarían navegando de un Océano a otro. Eso se proponían aquellos gestidelincuentes quedarse con el fabuloso secreto y negociarlo ellos a precio de oro, honores, títulos nobiliarios, acomodos matrimoniales o privanzas reales. La bestia dejaba de beber y chapoteaba despacio, cha... plas... cha... plas... cha... plas... Su alma quedaría dentro de la piedra en la más sorda, ciega, muda e insensible de las prisiones, bien que de ellos ninguno se cuidaría por eso de hacerle el daño, antes les importaba en nada el alma por ser contrarios a su existencia, razón de más para petrificarlo sin remordimiento y sin tenerlo a pesar. Y si no existe el alma ¿a qué habéis venido? ¿A qué sois conmigo? No otra cosa es la conquista sino un deseo de expansión del alma. ¡Voto a tal! Se me rieron en las barbas al contestar insolentes: ¡Ved de ser más verdadero y hablad de lo que existe! ¡El alma fuese parte en estas cosas de conquista y andaríamos vestidos de Ángeles! ¡Pero si tampoco existen los Ángeles! ¿Verdadero?, nadie lo es conmigo, nadie... ¡Ni yo mismo! Y si en un ejército hay diferencias y contradicciones tenedlo por demasiada probanza de que el alma existe, pues de no hacernos Dios tan grande merced, obedeceríais como irracionales. Nos dio el pensamiento y en pensamiento, el alma. ¡Entonces el alma no existe, saltó a la palestra el tuerto Agudo, por ser el pensamiento materia viva del aire sometida al fuego! El chasquido de su lengua era el de la cola de Satanás, al querer explicar la causa de las causas. La bestia dejaba de beber y chapoteaba despacio, cha... plas... cha... plas... Otra vez les pregunté: ¿por qué permanecemos aquí?, fingiendo ignorar sus intenciones, ¿hay algo oculto en esa laguneta de lodo? Y como es dicho que la ambición quebranta el hilo de la amistad, lo supe por experiencia. ¡Por mi santa fe católica!, mientras ellos codiciaban lo del nexo entre los mares, para malos fines, yo me prometía ofrecer el secreto a España. El vociferante hirsuto de Zenteno me hizo sabidor de mil mentiras, multiplicando palabras falsas para callar lo cierto. Nos fue revelado, dijo, que en este lugar se hizo el hombre de una sustancia más cercana a la vida que el vil barro. Hólgueme con ellos de saberlo por la industria que ponían en ocultar la verdad y por no ser arrebataquistiones, pero nada creí de sus dichos, sobre ser el hombre hecho de maíz, en asamblea de dioses y animales. La bestia dejaba de beber y chapoteaba despacio, cha... plas... cha... plas... Joyas, minas... ¿sabrían ellos lo oculto?... Después de la última riña se desapartaron. Juntamente estaban ellos tres, Zenteno, el tuerto y Antolinares, y él a solas con el caballo. La Trinis le huía y él huía de la Trinis. El amor es la enfermedad más doliente. Quejábase de ella por mitad y por mitad de él. Las redes de las ficciones con tanta risa tejidas suelen cortarse a filo de lágrima, no por sabida usanza menos cruel.

Cha... plas... cha... plas...

Solo él con el caballo, pero no por menoscabo o flaqueza de ánimo, sino por bien para todos. A paso de ataque salió la bestia del bebedero. La picó con las espuelas. Del campo se levantaron codornices de pluma tibia. No le fue difícil golpear una. Atontada la recogió y acabó de darle muerte. Otra le golpeó el pecho y allí se quedó, pues pronto estuvo a ponerle la mano encima. Aleteaba. El corazón de la víctima en los sacrificios. La tuna de sangre. No la comió, la mordió. ¿Por qué le dio pavor la fruta y no las codornices? Desplumadas las comía casi calientes ayudándose con pequeños y perfumados aguacates, de los que comía tantos como quería bajo el árbol, mientras el zaino ramoneaba algunas yerbas.

Tenía pesar de sí mismo al ir comiendo salvajemente la carne de las palomas, pues sólo las carnes de los perniles, alas y pechugas comía, pero mejor en esos trabajos que en el enojo de oírlos hablar, cuando juntábanse a comer tortas de maíz cocinadas sobre los llamados comales, frijoles negros hervidos con sal, asaduras de venado, y gallinas tostadas a fuego lento.

Se dejaba tentar. Más de una vez el zaino trotó hacia las chozas. Además de la comida, el tenderse a dormir en una estera blanda, largo a largo, abandonado el cuerpo.

La noche lo regresaba. Se amontonaba ante él, como si le anunciara la perdición en que iba a caer si no rechazaba a cuchilladas la afrenta de ser venidos ellos y todos los conquistadores bajo los estandartes del Maladrón, no por entendido derechamente lo de ladrón, este el peor doblez de sus vituperios, pues por ahí también se entendía, sino por haber sido el dicho hombre, varón de muchas virtudes, del cual se deshicieron los fariseos por sus ideas materialistas, cortándole las orejas y haciéndolo pasar por salteador de caminos. ¡La cruz que traemos no es la de Jesucristo, vociferaba Zenteno, sino la del Maladrón, sin ser esto un descrédito para nos, conquistadores de aquí y de allá, porque la prédica de este hombre también crucificado, acepta la existencia del bien, sostiene la necesidad de la virtud, busca la felicidad humana, el bien como utilidad, la virtud como categoría física y la felicidad como aprovechamiento placentero de lo que disponemos y a sabiendas de su gozo sin reservas, por no existir otra vida después de ésta! ¡Ésta y se acabó!

¡No, pero no!, contestaba él, medio despierto sobre el caballo o trepado en un árbol de jocote, donde pasaba a veces parte de la noche para dejar descansar al zaino. ¡Basta, malditos! ¡Todo menos aceptar vuestro alarde! ¡Infames como el bandido de lengua de culebra venenosa que insultó al justo en la agonía, criminal de dientes de serrucho que hubiera querido, no morder, sino cortar los huesos al justo, en la agonía! ¡Bestia carcelaria! ¡Ladrón de caminos!...

¡Pues si es por lo de bandolero...!

Se despabilaba para oír al tuerto, voz y sólo voz en su imaginación.

¡Pues si es por lo de bandolero y no por lo de Señor de la muerte sin más allá, también llevamos su cruz, después del saqueo de estas tierras a sangre y fuego!

¡Lo tomado de estas tierras nos pertenece, no porque lo robamos!, gritó; enfrente sólo tenía la noche inmensa: ¡Nos pertenece por derecho de conquista, es como el que toma lo que es suyo y que ha tenido en abandono y olvidado!

¡Por la señal de la cruz del Maladrón, persignaos, Conquistador!

Se marchó sin decirles adiós, seguido de un perro que tal vez era cristiano y mucha andadura hizo en un solo día por la prisa que tenía en descabalgar donde no hubiera peligro de encantamiento. Un día y una noche fueron pocos. Anduvo hasta amanecer el tercer día en que al apearse resbaló de la montura con el peso muerto del cuerpo mostrenco, quebrantado de los muslos y riñones, ardorosa la vejiga, sin poder tenerse en pie, tanto le castigaba el dolor. Inmóvil, endurecido por el sufrimiento, hasta el final del día estuvo echado, sin soltar la rienda, contento de ver al perro que se le acercaba a lamerle las manos. Seguir, pero antes arrodillarse a dar gracias a Dios y a su bendita madre, Nuestra Señora. El perro lo oía rezar, el caballo lo oía rezar.

—¡Cómo duele, Señor Jesucristo, la enemistad en la raíz de la carne! ¡Socorro, Señor Jesucristo, por ellos y por mí; pero más por ellos que por mí, pues me dais, dulce Señor del alma mía, a probar el amargo tósigo y no a beber el cáliz de tu ira! ¡Miserables de ellos, Señor Jesucristo, y dichoso de mí!

Mas al verse la brida en la mano, soltóla como si le quemara los dedos y con la frente apoyada en la dureza del terreno, apretó los párpados para que le corrieran las lágrimas y no le ahogara el llanto.

—¡Benigno Dios, no me juzgues! ¡Invoco tu santo nombre y no dejo la brida! ¡Dudo de tu poder porque no suelto el caballo! ¡Son mejores ellos que te rechazan y no yo que te quiero a medias!

Se levantó a espantar al zaino, olvidándose del dolor y del peligro de andar en la tierra desnuda, y siguió a pie, desentendido de la cabalgadura para probar a Dios su confianza, por arboledas tupidas y pedregosas distancias, sin dejar de repetir:

–¡Dadnos, Señor, el pecho de las duras trincheras para apoyar nuestras frentes, la guerra santa y no la paz, la máscara eterna en dignidad y no las máscaras fugaces de la desvergüenza!...

Dieciséis

Duero Agudo, hambriento, realmente hambriento, cayó en aquel galeón destinado a las Indias, con tan poco equipaje que más llevan los que van de un pueblo a otro como peregrinos, orfandad que se comunicaba a sus bolsillos y las que de disimular no había por ser muchos los que como él marchaban en las mismas condiciones, más perseguidos por las deudas que por otros males.

Sin estar debajo de banderas, pues embarcó huyendo de los acreedores, agria disputa hubo por no tener con qué pagar los costos y matelotaje y a punto de que lo echaran al mar, terrible fin para sus mozos años, lejos de perder el ánimo parecía dispuesto, por decir que mejor estar entre los peces voraces del mar ibero, que tierra adentro entre sus acreedores, y porque se ahogaría menos un ojo, ya que le faltaba.

En oficios de marinería, para grumete tenía veinte años, más maña que otros para limpiar las armas, cortés como el capitán y el despensero, diligente como el guardián, borracho como el capellán, conocedor de las pólvoras por la hedentina, como el contestable, su verdadera ocupación fue ayudante del calafate, y en oficios de marinería compensó los gastos de la travesía a los Antañón Canaseca, propietarios del galeón, según aparece del proceso inquisitorial en que se vio envuelto.

En la inmensidad del océano se perdía la noción de movimiento al faltar la costa y seguir al horizonte el líquido silencio del agua bajo cielo monótono y sin cambio. Adelante se desplazaba la nao capitana, a la zaga los buques de carga, entre los armados que los custodiaban en línea de barlovento y a retaguardia el galeón de velas redondas y doble vela latina en el palo de mesana.

Agudo, más conocido en la travesía con el sobrenombre de «Duero Tuerto», zurcía la bocamanga de su jubón, cumplidas las faenas que le encomendaba, muchos días de navegar llevaban sin que él terminara de contar las nueve mil tachuelas y catorce mil estoperolas, y martillos, y hachas, y azuelas, ni de medir los azumbres de vino, ni de combatir las ratas en las entrañas de los cargamentos.

Zurcía la bocamanga... Sí, zurcía la bocamanga de su jubón... Pero ¿por qué había de olvidar que zurcía la bocamanga de su jubón?

Si es difícil dar crédito a los ojos ante ciertas visiones, sin faltar personas que para estar más seguras, cierran uno y otro alternativamente, catando por separado lo que con los dos tienen visto, cuán poco puede creer el que para alumbrarse el entendimiento en ese sentido, sólo dispone de un farol, caso en que estaba Agudo, mientras remendaba el jubón, ante un hombrecillo de barbas largas que gesticulaba, en cruz y arrodillado.

Y no eran muecas hechas al azar, sino al parecer siguiendo un canto, el ordenamiento rítmico de una música ejecutada con visajes, en juego con todos los músculos de la cara, los ojos, los labios, las barbas, en el terrible silencio de los mudos que quieren expresarse y hacen gestos.

Pero fuera de estas gesticulaciones ordinarias, todos los días al salir y ocultarse el sol, el Catedrático, como llamaban al hombrecillo, llegado el viernes movilizaba sus facciones presa de una actividad titánica: el bigote como jinete sobre el hocico corcoveante, la quijada huida hacia un lado para soltar un gemido que era sólo vacío grito entre sus amarillos dientes, un párpado aplastándole el ojo y el otro ojo iracundo; de rodillas y en cruz detrás de una nube de barbas blancas azafranadas.

Cortezas de pan, fuera del bizcocho, con aceite de oliva, queso y tocino, granjearon al «Duero Tuerto» la amistad del Catedrático, siempre volátil, sin peso, pues parecía hecho de abajo para arriba. Recuerda la primera vez que conversaron. «¡Haced preguntas!», le dijo avivando sus ojillos y mesándose las manos, habían paseado por la cubierta de infantería entre la gente de mar ocupada en sus belenes que son siempre los mismos.

—¡Haced preguntas! —le repitió—. ¡Haced preguntas!...

—¿Por qué tienen las ratas los ojos de vino tinto? —le preguntó.

—Porque el faro que las alumbra quema un combustible demasiado inflamable extraído de la uva.

Las ratas cuando estaba borracho lo veían el tuerto con ojitos de rubí y como formaban legiones en los oscuros meandros de la nao, varias veces sintió miedo entre tantos miles de chispitas de sangre. Encogió las piernas. Se le paseaban por el cuerpo. Manotada aquí, manotada allá. Fofas, peludas, heladas y dejando tras sí una raíz larga y pegajosa. Las colas de las ratas lo envolvían en dedos flaquísimos de muerto, dedos ya sin coyunturas, flexibles latiguillos y no lo soltaban más; pero él Duero Agudo se les iba por el sueño de la borrachera, seguido de rubíes.

–Haced preguntas...

–¿Cómo os llamáis?

–Zaduc de Córdoba... Hay que adelantarse. Los encandilados en cuyas costas no se ve mar, sino silencio y luces, deben abrir la brecha, sus ojos deben quemar las sombras, la tiniebla sin cabellera de la muerte y por el fuego celeste ascender libres del cuerpo que en ceniza convertido caerá blandamente, sin llegar al fondo manso de las cosas nunca, porque seguirá cayendo siempre...

–No os entiendo...

–No debes entender, sino oír. Y estará por descifrarse el idioma de las cosmogonías, donde, sin cabalgar por céspedes oscuros, volveremos de la muerte con la cara, las manos y los pies blancos...

–¿Qué queréis decir?

–Cara, manos, pies y todo lo demás inexistente, vacío interior de estatua de bronce; pero qué mejor que tener sólo la cara, las manos y los pies, sin los espaldares en que gravita el peso del aire, el laberíntico vientre, la solitud del sexo; y ser menos todo lo que somos ahora...

–Bueno, queréis decir que no morimos del todo, volvemos de la muerte del todo no morimos.

–¡No tal! Morimos del todo, corporalmente acabamos, pero vuelve de nosotros la conducta definida por la cara, las manos y los pies; semblante, manualidades y andanzas; manos y pies blancos.

–Por ser del esqueleto...

–¡No tal! Por ser de ausencia presente; el blanco es el color de la ausencia presente.

En labios de Zaduc bailaba la pregunta. Anduvo para un lado, para otro lado.

—¿Quién os dio esa ánima ambulante? No la traíais. El vino, el vino...

—¿Y quién os dio a vos, Zaduc de Córdoba, esa manera de orar? A la boca de la noche, cuando cantan el Pater Noster y Ave María, vos gesticuláis. No entiendo por qué.

—No debéis entender, sino ver...

—Os dais trabajo en traducir en tanta máscara como mosén de juglería vuestras preces.

—Merced es que os explique. ¿Entendéis la lengua hebrea?

—No.

—¿Y la lengua latina?

—Romance y basta...

—Y en romance estas cosas dan en errores, piérdese lo alegórico en lo literal.

El galeón cabeceaba en un hervidero de crines blancas, espumosas, a lo largo del Golfo de las Yeguas, igual que un caballo entero.

—¡Ni husmo de comida! La mar gruesa apareja la menestra fría, Zaduc de Córdoba —y tras una breve pausa—, eso quiere decir que no podéis traducir lo que parláis en gestos con vuestro Dios...

—¿Dios?

—Profetas quise decir...

—¡Ni Dios ni Profeta!

—¿Ladrón, entonces?

—¿Ladrón? ¡Maladrón!, y no porque fuera mal robador, escriba de su talla no hubo otro, sino porque los fariseos además de ladrón, lo llamaron malo...

—Mas, si no era malo ni ladrón, qué era... me queréis decir qué era, diablo de barbas azafrán...

—Un sabio en las ciencias de la ley humana, escriba y político que se alzó contra las abusiones espiritualistas de su tiempo y de todos los tiempos —el tuerto se metió con los dedos uñudos la tripa de carne blanquísima en el ojo vacío, mientras Zaduc agregaba—: Descendiente del Rey de Reyes, Hircano, y de Aristóbulo el Grande...

—Con todo y todo lo colgaron de una cruz como a cualquier salteador de caminos...

—Y sólo así pudieron crucificarle —sopló entre sus lluviosas barbas azafranadas, la boca de Zaduc—, aprovechando el proceso de otro reo, reo de culpa más pequeña para ellos, porque sólo se creía Dios...

—Y... ¿creerse Dios es delito? —abrió hasta el ojo hueco, el tuerto, como queriendo ver con su pequeña inmensidad, vacía.

—Creérselo uno, no. ¿Quién no ha tenido la debilidad de creerse Dios? Hasta yo que soy incrédulo me siento a ratos el Dios del Mar y creo jugar con las olas, barajarlas como naipes azules...

—Pero, es o no es delito creerse Dios —interrumpió el tuerto picado por la duda.

—Es y no es delito, como pasa con todos los delipolitósticos —saboreó Zaduc la palabra delipolitósticos, barbas flotantes al viento del mar.

—Pero, ¿qué idioma es ése, hebreo, griego, latín...?

—El nuestro idioma, Duero Agudo, el nuestro, sólo que para darle más sazón meto una palabra en otra, alternando las sílabas, delipolitósticos suena mejor que delitos políticos. Pero os decía que es y no es delito creerse Dios.

—Cada vez ando peor de las entendederas, ¡abrutado de mí!, y con esas explicaciones de es y no es y esas palabras de sonidos intercalados, a desesperar... ¿es o no es delito creerse Dios?...

—Pues es y no es... —sostuvo entre sus dientecitos de niño viejo Zaduc de Córdoba, una risa punzante, antes de añadir—: Es delito, delito de lesa divinidad, porque aquel que se proclame públicamente Dios, es el más rebelde de todos los rebeldes conocidos y por conocer, pues se alza, se subleva contra los dioses existentes, la religión y las creencias de su tiempo. Y no lo es, no es delito, a los ojos de aquellos que creen en él, que lo ven, que lo miran Dios, que lo saben Dios, que lo huelen Dios, neófitos, apóstoles, corifeos y coribellas dispuestos al martirio por defenderlo y propagar sus ideas.

—Locura entonces la de tu Maladrón, creerse Dios, sin tener quién, quién le siguiera...

—¡Jamás, nunca se creyó Dios! —restalló, no se hizo esperar las respuestas de Zaduc—. ¡Nunca! Por el contrario, sólo se consideró lo que era, hombre. Y ser hombre, es ser anti-Dios. Lo crucificaron por sus ideas materialistas. Como buen saduceo reía cuando le hablaban de la inmortalidad del alma, de la resurrección de los muertos y de otras paparruchas por el estilo... Y así se explica su carcajada. Colgado de la cruz se rió cuando Jesús le ofreció el cielo... Murió en su ley... En la santa ley de Sadoc, el justo, el que tres siglos antes de la muerte del Maladrón fundó la secta de los saduceos, como yo...

—Y como yo —arrimó el tuerto—, si cambio de crucificado y me decido a hacer muecas en lugar de padrenuestros. Observado lo tengo por vos, los saduceos en lugar de letanías y rezos dan suelta a la más extraña mímica sacra, contorsiones, gestos, ademanes, monerías, cucurrucuñas...

—¿Qué palabra es ésa?

—¡Invención mía! Tú las intercalas, yo las invento, Zaduc o Sadoc como el fundador...

—Esta manera silenciosa de orar, sin palabras valiéndose de muecas burlescas y visajes horrendos, se introdujo como reforma a la Ley Antigua del Saduceísmo, después de la muerte de Nuestro Padre en la cruz. Como de él se inventó –hasta llamarlo Gestas, nombre de triste origen, pues viene de geta, no pocos le llaman Getas– la caricatura más ingrata, para hundirlo en el descrédito por los siglos de los siglos con cara de jayán, rufián y réprobo contraída a la hora de la muerte por las convulsiones de la agonía, y la tempestad de los remordimientos, sus continuadores y discípulos acordaron hacer sacra la pantomima trágica y rendirle culto con el quiquiribaile facial...

—El quiquiribaile de todos los que mueren Zaduc de Córdoba. Nos despedimos de la vida haciendo caras... Y si no se llamaba Gestas, cuál su nombre verdadero...

—Probablemente Hircano, era descendiente de Sumos Sacerdotes...

—Aprieta el hambre...

—Por eso, Duero Agudo, más vale emplear la boca en otro menester que el de mascar y engullir...

—Vamos, Zaduc, que ya huele a grasa de pescado y habichuelas, pan que se quema y...

—Más vale regüeldo que bostezo...

Diecisiete

Al Yucatán se dirigió Duero Agudo entristecido en gran manera por el mucho afecto tomado a Zaduc de Córdoba, cuyo navío bajó hacia el Sur, y por lo mucho conversado entre ellos sacó doctrina de materialidades, sin dar noticia a otros más, hasta topar en la conquista de los Andes Verdes con Blas Zenteno, por tener este fulano de Torre Vieja algún saber de todo aquello.

Las chozas dan sombra de árbol no de casa, es más techo de ramas que tejado, y por entre las cañas adosadas para formar las paredes, colábase esa tarde, cortando el perfume de mejoranas y romero, husmo de chile chocolate, como llamaba *Titil-Ic a* un ají rojo, grande, de redondeada punta, bárbaro y endemoniado como picante, sin ser tan bravo como el chiltepe.

Antolinares estornudó interrumpiendo escandalosamente las tosidas asmáticas del tuerto y espantando a los perros echados que saltaron para huirse de allí, mientras Zenteno se restregaba la nariz para quitarse de la punta la brasa asfixiante del chile soasado. ¡India maldita!, pensó ordeñándose el narizón igual que teta de vaca, pintado en la cara el arrugamiento del que ya, ya suelta el *¡aaachi!*, sin llegar a soltarlo, pues sólo va tras *¡aaa...!* tras *¡aaaAAA...!*

Antolinares, después de una serie de carraspeados dijo por señas a Zenteno de continuar lo de Torre Vieja.

–Las casas no parecían esa noche de materiales duros, sino juguetes, y por las calles, como en una ronda, los cristianos cazaban a los gesticulantes a palos. Mi señor padre y otras gentes de armas porfiaban entre ellos sobre los yerros de estos hombres, y yo oía callado por mejor oír. Saduceos, decían, de los más renegados, de los que niegan la inmortalidad del alma, la existencia de los Ángeles y proclaman la santidad del Maladrón, y la parvedad de su culpa debe medirse desde el punto de vista de Dios, de ellos, de nosotros, de Torre Vieja, de nuestros abuelos enterrados, de nuestros padres, de nuestros hijos, de nuestros nietos, y por otra parte debe medirse en relación a los cargos que tienen, a su edad, sexo, condición, dignidades, saber y entender.

–Yo poca doctrina tengo en esto –explicó Antolinares– por venido a vosotros, a vuestras creencias en forma súpita, al abrir los ojos y ver, efecto milagroso de las gesticulaciones que me aconsejasteis; pero entre soldados puede hablarse ¡voto a Dios!, y a los venidos a estas conquistas se nos acuerda lo de Jesucristo, sólo cuando habemos miedo o tenemos el talego lleno, que antes estamos en tomar a los indios sus riquezas que en adoctrinarlos. En ello, por mí visto y practicado, no encuentro contienda: somos unos rapaces materialistas. Empero, la duda se me aposenta y anda por el cuerpo en lo de la eternidad. No me resigno a no tener eternidad ¡maldita sea!

El olor picante de los chiles chocolate que la Trinis asaba cerca de allí traía al tuerto Agudo tan en sofoco y toses que apenas podía hablar; pero hizo el esfuerzo.

—No es no tener eternidad del todo, Antolinares, sino cambiar de clase de eternidad. Para nosotros, gesticulantes del Maladrón...

—¡Que no era ladrón!, ¿eh? —interrumpió Zenteno— ¡*aaachij*! ¡*aaachij*!

—Para nosotros, Antolinares... ¡*aaachij*!...

—Hablamos como a soldado por ser de seso duro; no pongáis muchas cosas ocultas, Duero Agudo.

—Os decía. Para nosotros los gesticulantes todo lo que no es materia no existe y el hombre tiene eternidad, no como prolongación de su persona, de su unidad, pero sí como prolongación de sus desintegraciones infinitas de la plural armonía de sus secuencias.

Zenteno estornudaba con mucho de vociferación en el gesto, explosión y sacudidas. Logró hablar.

—En Torre Vieja decían: el hombre tiene eternidad en sus descendientes y por eso no deben ser válidas las uniones sin hijos...

—Y en su conducta, Antolinares, en su conducta... —tosió el tuerto varias veces y siguió—, como decía Zaduc de Córdoba. De la muerte vuelven la cara, las manos y los pies blancos. Facciones, acciones de la cara, de la vida, manualidades y andanzas. Y así como a los mercados entran y salen mercaderías, al Campo Santo entran y salen conductas.

—¿Y Dios qué es? ¡Nosotros nos acordamos de Dios más de lo necesario donde no debíamos mentarle! ¡No sabemos de él más que la palabra!

—Y no se debe saber más... —explicó el tuerto—; Zaduc de Córdoba, de que yo le pregunté lo mismo, contestóme; puede decirse de Dios lo que no es, no lo que es.

Titil-Ic, después de asar los chiles chocolate, vino a la choza donde los barbudos conversaban entre estornudos y toses, trayendo un recipiente con agua y algunas piedras color de azufre verde, diz para quitar el maleficio del husmo del chile quemado que ahoga, escuece, punza, raspa, por ser su olor pescado con espina en lugar de escama. Al momento la atmósfera quedó limpia, respirable.

–Después de la muerte no hay más allá –repitióse Antolinares para convencerse de lo que no se quería convencer– ni infierno ni gloria...

–Zaduc reía de los cristianos porque siempre que enumeran los comarcas de la vida futura ponen el infierno antes del cielo...

–¡Voto a Dios, es lo que más miedo da! –intervino Zenteno– ¡y el hombre es miedo, miedo, miedo! ¡Es un animal miedoso!

–Eso quiere decir –concluyó Antolinares– que muerto el perro se acabó la rabia...

–Más o menos –del ojo hueco se le salía la mecha de carne al tuerto– pues la rabia sigue; la rabia radica en el menstruo del sexo rabioso, en el menstruo de la mujer y forma parte de nosotros que más o menos rabiosos somos un poco eso: guerras, conquistas, sangre...

De un gran ticano tomaron agua fresca. La paladeaban lenguateando, bañándose las fauces. El husmo del ají chocolate les había dado sed de quemada en la boca.

–¡Que no era ladrón!, ¿eh? –dijo Antolinares golpeando la espalda de Zenteno– ¡buena la tenéis conmigo!

–¡Pues qué había de ser!

–¡No, si no lo he dudado!

–Era un filósofo que no aceptaba paparruchas angélicas –vociferó Zenteno– sólo el tiempo es incorpóreo, todo lo demás es real, material, corpóreo. A los fariseos les hubiera sido muy difícil, si no imposible, obtener la condena de un hombre de mentalidad romana.

—Sí —dijo el tuerto— pensaba un poco como Cicerón y por eso no lo llevaron a Pilatos: lo sacaron de la mazmorra al tropel que conducía a Jesucristo, acompañado del compañero que renegó de sus ideas en la cruz: y cuánto coraje hubo al no dejarse arrastrar al espejismo del más allá, para erguirse y afirmar ante la muerte que allí acababa todo.

—¡Pienso en Él y la palabra coraje la asocio a cordaje! ¡Os lo juro así! ¡Cordaje, jarcia de vela hinchada por la tormenta! —intervino Zenteno con su vozarrón habitual— ¿entendéis?... El hombre con coraje posee un cordaje especial entre los músculos, cordaje que no lo deja ablandarse, coraje que lo sostiene duro, firme, altanero... —giró la cabeza de cabellos casi siempre de punta, peloduro que le valió el apodo ahora olvidado de Carantamaulas, buscando con el oído de qué lado llegaba el silbo de las aves nocturnas, para augurar fastos o nefastos días.

Duero Agudo, el tuerto, comentó:

—Entre los saduceos, los más allegados al Maestro que murió como un ladrón tiñoso, surgió la idea de recordarle, silenciosamente, repitiendo los gestos de su tortura y agonía, y así lo hicieron. En grupos se juntaban a gesticular, sin mover los brazos, sin mover el cuerpo. Y esta regla es ahora más importante. Sirve para establecer la diferencia entre los gesticulantes del Maladrón y los discipulantes que son aquellos que además de gesticular, se sacuden enloquecidos, como los Apóstoles, cuando bajó sobre ellos, en lenguas, el Espíritu Santo.

—Por eso se dijo con razón —añadió Zenteno—, que los indios más gesticulantes parecían discipulantes, sin otro Paracleto que las bebidas embriagantes que tomaban, para estar al unísono con el trastrabillar de la tierra durante los terremotos.

–Zaduc explicaba –dijo el tuerto dirigiéndose no sólo a Zenteno, sino a Antolín Linares que estaba allí silencioso– que lo más difícil para la secta fue mantener la pureza del gesto agónico.

–Aunque estos indios –se interpuso Zenteno, siguiendo el hilo de sus pensamientos– tiran a cabras y hasta ahora hemos tenido que aceptar, que en los despeñaderos donde celebran sus ritos, más se atienda a la convulsión corporal que al gesto agónico.

La noche cerrada. La Trinis, *Titil-Ic* su nombre indígena, miraba caer las estrellas, sin contarlas, ¿para qué si era lluvia?, mientras los teules, sin dejar de hablar, acercábanse al fogón armados de dientes y apetito. Entre sus carrillos deshacíanse unas rarísimas raíces que con todo y cáscara se tostaban o cocían. La cáscara color de hábito de franciscano, despegábase fácilmente y surgía, con blancura de nieve, el delicado mundo interior del tubérculo. Gustadas estas yucas –quince clases había, eran venenosísimas y la más grande aventura de su raza antigua fue hacerlas comestibles–, tomaban caldo de tortuga con bastante chile y tortillas de maíz redondas y delgadas unas y otras más gruesas rellenas de frijoles o vegetales amorosos.

Titil-Ic servía la comida en escudillas y pailas de barro vidriado.

–¿Estáis preñada, *Titil-Ic*? –preguntó el tuerto, en busca de un jarro de agua para beber un buen tanto.

–Sí que lo está... –respondió por ella Antolinares, al tiempo de acariciarle los cabellos, siempre olorosos a agua limpia, y de pasarle la mano por la media comba del vientre.

El tuerto Agudo, tras apurar el agua, entre tosidas necias, tosidas necias oídos secos, y maldiciones por estársele destilando el reumatismo en una de las rodillas, se apretó la cabeza entre las manos como exprimiéndose el pensar. Las serpientes mudan de piel, reflexionaba, como las mujeres mudan de hombre, maña que sacaron del Paraíso y en estas mudas o cambios, a veces salen ganando y a veces... en el caso de la Trinis *Titil-Ic,* ni mejoró ni empeoró. Ángel Rostro, el que pretendió capitanearnos, celoso como el que más, cambiaba de lugar si al pararse el sol al lado de ella, su sombra la tocaba, y Linares... bueno... Linares... Linares... cela de él mismo, cela de las piedras en que la india aposenta su trasero, porque diz que hay piedras machos que serían *piedros,* del agua en que se baña, de los alimentos que toma, del aire que agita sus cabellos, en los alimentos y bebidas puede ir el embrujo del rival, del cenzontle que la sigue, y de los que sin querer la contemplamos, yo con un solo ojo, cunear las nalgas al ir andando.

El resplandor naranjo de la luna rojiza regaba tenue claridad de fuego dulce...

La Trinis susurró:

—Por desvestir la estrella de la tarde, el mensajero se volvió ceniza...

—Oídos prestad, Antolinares, que es como vos debíais de llamaros, para no tener que estar diciendo Antolín Linares...

—¡Voto a Dios! Me habéis dado el nombre de mi hijo. Le pondré Antolín *Titil-Ic.*

La india se estremeció al oír el habla de dos razas en una sola voz que le decía:

—¡Cruce de cruces en tu vientre... la cruz de Cristo y la cruz del viento, el trueno, el relámpago y el rayo y todo a comenzar en tu ser habitado!

Dieciocho

A trancos por las cañadas, Antolinares, seguido de la Trinis, mesuraba distancias, como alguacil medidor nombrado por el silencio, la madera, la piedra, los animales, las flores, las mariposas, las lluvias, que ya bastante había adelantado en el trabajo de poner nombres propios a los picos montañosos, árboles muy visibles por su tamaño, rinconadas notorias, cuevas, promontorios, playados, desfiladeros, ciénagas, en todo lo que llamaban el Valle del Maladrón y legua a la redonda.

Zenteno cavó un tronco de palo colorado para zurcar la laguneta de almagrosa color, como quien va y viene por la superficie de un mundo misterioso. Los remos golpeaban en el agua, como martillos en resonante caja de caudales, por ser donde la india decía existir un tesoro.

–Hácenos falta un buzo, Duero Agudo. Lo hubiéramos y el fondo de «lodo que tiembla» no guardaría más el secreto, porque vaciar el lago sería obra de cataclismo...

–Obra de ser grandes a decir nos falta más, Blas Zenteno; de ser muy grandes señores...

–A fe mía, no os entiendo. Con todos los títulos de realeza habidos y por haber, la bisagra de los dos mares seguiría en el fondo y nosotros aquí de grandes de España, rema que te rema...

–De ser muy grandes y serenísimos señores, tendríamos en poco el connubio de esos Océanos, pliegues de esmeraldas y turquesas del manto del Rey de España, del Rey Nuestro Señor, y lo dejaríamos allá guardado en el fondo de este lago, bajo las mil llaves de oro de las estrellas, como un tesoro intocable...

–¡Ni buzo, ni cataclismo, ni indios para buscarlo, entonces! –exclamó Zenteno–, aunque la verdad es que los indios huyen a los montes cuando se les pregunta por dónde se llega al encuentro de los mares...

–Sí, sí, hácennos falta hombres de resuello bajo el agua, Antolinares se probó y estuvo sumergido hasta el ahogo; se puede vivir sin ver, pero no sin respirar.

–¿Habéis descubierto, Duero, y allá vamos, ved, entre la pausa de las playuelas y el monte cerrado aquel, cosale el talco? ¡Voto a Dios! Es igual que arenilla tomada por imanes y petrificada por inmensas congelaciones de la tiniebla de la luna. Desembarqué hace días y creíme llegado al país de la nieve negra.

–*Titil-Ic* palidece cuando se le habla de este sitio, al que Antolinares llama «Alcoba de la reina negra»...

–Los indios le llaman *Ajec mucen-cab* –explicó Zenteno–, lugar del Oeste, de la color negra oculta en la tierra...

–Algo llegó a los oídos de su Majestad en Flandes de estas sierras de navajas, donde andar sin cuidado es causa de quebrantamiento de huesos y safaduras.

Algunos indios bogaban en cayucos pequeños por las aguas herrumbrosas del «lodo que tiembla», envueltos en mantos de lana blanca y algunas formas de redes para la pesca de mojarras que las había de jeme y de cuarta, antes o después de atrapar, entre las piedras de las orillas bañadas por el vaivén del agua, cangrejos en buena cantidad, todo para cuecer un caldo turbulento decía Antolinares, por lo turbio y por su poder inflamatorio.

–No son sacerdotes –explicó la india que les esperaba con agrados de frutas– sino alarifes; blanca es la cal de las mansiones por fuera, blanca es la cal de las mansiones por dentro...

Y no dijo más por la priesa angustiosa que Duero puso en pedirle vinieran a su presencia para hablar de la construcción de la casa y humilladero del Maladrón, cuyo voto hicieran antes de partirse el Capitán Rostro, destinados al amparo y culto de la nueva Fe.

Los indios alarifes, por lengua de la María Trinidad, oyeron lo dicho por el tuerto, pero entendieron se iba a elevar un adoratorio al Gigante Dios de los Terremotos y sus ojos de frutos dulces, aniñados, se animaron de una suave alegría por las cosas. Nada los desembarazó tanto de su mutismo como el anuncio de lo por edificar. Hablaron entre ellos con palabras y acatamientos de regocijo y alborozo, tomaron la mano diestra del tuerto (éste la retiró para darles la siniestra, la del Maladrón), y lleváronla a sus frentes, y por la lengua de la india hiciéronles saber estar prestos al trabajo y ser propicia la época por acercarse la celebración de Cabracán.

Duero Agudo, valiéndose de su lengua, la india, les dijo que hacía un año habían asistido a dicha festividad en tierra de los indios tiburones, y tan contentos pusiéronse que el más viejo de ellos se quitó el encubrimiento de lana, sacándoselo por la cabeza, se le doblaron las orejonas prietas, y lo extendió en el suelo para luego tenderse encima, desnudo, como andaba, invitando al tuerto a reunirse con él en la misma postura.

Prestóse Duero al convite y tras yacer tendido un momento con el indio a la vista de los demás alarifes y la india, de Zenteno y Antolinares, el más cetrino de los alarifes sacó de bajo su manto de lana una flauta de caña y la tañó largamente.

El edificio, casa y humilladero, de un solo cuerpo en forma de herradura, para dejar una buena porción de plaza o patio, se abriría hacia la hondonada en que se asentaba la laguna, hacia el tesoro del «lado que tiembla». Habría una planta baja de peñasco muy cimentada y un segundo piso de piedra más ligera, aposentos para caminantes, escondites para los perseguidos y al centro una torre no más alta de lo justo para dominar los horizontes en redondo. Los materiales estaban a la mano, principalmente un barro cuya baba pegaba la piedra como ninguna otra argamasa. Los maderámenes de las maestranzas y vigas menores se labrarían en los cercanos bosques, de donde se cogería el bejuquillo para lo de atar en los techos, parales y varillas para sostener las tejas, pues lo más se dispone con ensambladura.

El humilladero, vista la imponente fábrica desde la laguna, quedaría a la izquierda, sin más apriencia que la de una guarida de ladrones, para conservarle así su sabor de desafío. Al centro, para ser rodeado por todos los creyentes, se alzaría la cruz del Maladrón.

«No tomaréis orgullo de vuestro padre que fue como todo ser vivo y pensad que como él, vosotros sustraéis lo necesario y lo superfluo de los bienes comunes de la vida, vosotros y vuestros hijos, con garras y colmillos.»

Esta sentencia de Zaduc de Córdoba se grabaría en el pórtico.

Se trajo cacao martajado y revuelto con agua de anís, en jícaras, para obsequiar a los alarifes, con cuyo agrado se marcharon, y al quedar solos Agudo y Zenteno, *Titil-Ic* acercó un brasero que representaba a un viejo mostrando el sieso, para quemar las hojas cuyo humo producía a los barbudos un mareo grato, una ebriedad que les restaba peso.

En la choza vecina, Antolinares esperaba a la india bajo el fustigante juego de las ardillas. Al asomar a la puerta, cuán espigada a pesar de la preñez, aquél sacudióse de las bestiezuelas que jamás conocían punto de quietud, y la apretó entre sus brazos. Si las ardillas le formaban una mujer imaginaria sobre el cuerpo, ahora la tenía de carne y hueso. Pero era torpe. Fuera del sobresalto de la mujer que lo cubría, sin existir realmente, nacida de los toques que sobre las distintas partes del cuerpo dábanle los roedores, era torpe. Con la Trinis entre los brazos, siempre olorosa a agua, recién bañada, era torpe. El agua la hacía más ofrecida, la preñez más hermosa de carnes, más húmeda de boca, más espejeante de ojos, brillo de pupilas que empapaba de negro sus cabellos regados sobre sus hombros y adelantados pechos. Cohibido por el contacto de la mujer real, no de la fingida por las ardillas a saltos y carreras, caía en lo de siempre: pedir a *Titil-Ic* le fustigara con una vara de membrillo, varias traía preparadas, vara flexible de corteza oscura que en la flagelación tornábase amarilla. El maravilloso placer de sentirse bajo las ardillas cosquillosas aventajado en lo de la cara, pues si aquéllas no, el látigo de oro sí le saltaba en los cachetes, en la frente, sobre los labios, tras las orejas, por la nuca, por las barbas. Asomaba los dientes, entrecerrados los ojos, castigándose él mismo con las uñas el higo que por buena parte había, hasta caer de rodillas, doblado por la cintura y arrastrarse con gesticulaciones de agonizante pintadas en la cruda palidez de la cara, las luengas barbas revueltas, babosas, sucias de tierra. Helado, rígido, quejumbroso, amparábase de la india a manotadas blandas, como de algo disperso y a juntar bajo su pecho, bajo su vientre, bajo sus muslos, a juntar para él sólo, para él, afincadamente para él sólo, bien que al tenerla toda junta, la hendía segmentándola con gemido de animal arponado que movíase a una y otra parte.

Folgaba y siempre que folgaba Antolinares veíase tan así no más traído pronto al extremo del deleite que desmenguábase el ímpetu pensar en el pezrémora que los indios de las islas emplean para cazar otros peces. Lo vio al sobrevenirle la ceguera nerviosa que le falleció los ojos hasta el día del milagro. Quedó ciego por sorpresa en aquella extraña pesca con peces cazadores. El pez, cazador doméstico y amaestrado, se lanza como dardo, se da vuelta y la ensarta con una especie de boca de espinas que tiene bajo el torso. El indio, atento a la acción del cazador, tira del cordel en seguida, no sin darle juego al ir halando hasta tener fuera el pez cazado. ¿Se aferra en otra forma la ramera que no boca arriba y con otro morder que las espinas de rosa de sus senos? Antes muere que soltar cuando toma a capricho el pasajero trato y hasta en eso se parece al pez-cazador de los caribes, pues cuando no se despega de su víctima, debe hablársele para que la deje con palabras amorosas, como hablan los indios al oído del peje reverso para que suelte y vuele tras una nueva presa, igual que las rameras.

–No, no, no... –decía Duero, la mecha fuera del ojo, en la choza vecina–, no se debe accionar con los brazos. Somos mejores gesticulantes desde que curamos de la modorra de las tarántulas... –y apoyando la espalda en el vacío de su vejez de humo, estaba viejo de tanto llevar humo de tabaco, añadió sentencioso–: Lo más difícil, explica Zaduc de Córdoba, es mantener la pureza de la gesticulación agoniosa. El empleo de los brazos y otras partes del cuerpo no completa, sino desvirtúa lo esencial del rito, cuya finalidad es mantener a flote la tempestad agónica del hombre.

–Aunque estos indios –añadía Zenteno zahumado hasta los pelos– más tiran a cabras y tienen escogidos para sus ritos los despeñaderos, las piedras más disformes y volcánicas. Mirásemos mejor, Duero Agudo...

–Yo sólo con un ojo veo...

–Mirásemos mejor, y Quino Armijo había razón. Es el Dios de los Terremotos grandes y pequeños, al que rinden culto.

Alcanzarlo a saber de cierto y desbaratarles sus creencias sería una –enfatizó Agudo–, la fe en la materia es constructiva, doblemente constructiva, pues los que viven con las barajas del espíritu, han tiempo futuro y nosotros sólo tenemos hoy, nada podemos dejar para mañana. La fe nuestra no puede ser la destructora negación ni el caos. Creer en un dios cuyo oficio es botarlo todo ¡maldita sea!...

–Mientras tanto, sin muda de ropa, terminaremos andando con las turmas al aire...

–¡El apego a la ropa vieja, Blas Zenteno, es muy nuestro; pero la carne enjuta mejor al aire, y en esta primavera andar desnudo es rejuvenecer!

–Desnudo o debajo del manto de los alarifes. *Titil-Ic* trajo uno.

–Deberías usarlo, Blas Zenteno...

—¡Por Barrabás! Si os hablo de ello no es por mí, es por vestir todos de manto de alarifes, invitaros a reunir consejo y hacer juramento de no partirnos de aquí antes de descubrir el ombligo de mares que buscamos, edificar la casa y humilladeros y esculpir una imagen de Gestas...

—Sea reunido el consejo —dijo Antolinares que volvía de la choza de sus amores—, he oído vuestras palabras. Por juglar me tenéis, pero son estas bestiezuelas de cola de plata las que me vuelven cosa de desechar entre personas serias.

—¡Dejaréis tanta ponzoña —exclamó el tuerto, llevándose la mecha al ojo vacío—, y en paz! La ponzoña del movimiento es lo peor. Si lo sabremos éste y yo que adolescimos dentre, no de ardillas, sino de arañazos y espinas ambulantes.

—Os curó el sahumerio, bien que os enviciasteis de su humo; ya curaré yo de estas ardillas...

—¡De las ardillas y del amor ardiente! —exclamó incisivo Zenteno.

—¡Entonces a siempre quedar enfermo! ¡Burlas conmigo!

—Sosegaos —intervino el tuerto—; no siga entre nosotros la guerra civil de cuantos parecemos venidos a estas conquistas, más para el atraco y tenerlo todo revuelto que para provechos y grandezas.

Diecinueve

El trazo de la casa y humilladeros concluido, la piedra acarreada, los maderos rodados desde los cerros y luego arrastrados, sin faltar el ir y venir de los que en pieles de animales amarrados a largos brazos palanquines llevaban el lodo de pegar, cal, arena y numerosidad de los más raros utensilios toscos para quebrar la piedra, labrarla de canto, alcantarillado, revestimiento, cavar los fosos de cimentación donde se echaban cuerpos de pájaros, de pavos, de mapaches, semillas, frutos, siemprevivas, con ceremoniales usos, y preparar la madera de los andamiajes, enseres de obra a los que añadían instrumentos de música, caracoles, tambores, flautas de caña, tortugas melódicas.

Los alarifes propalaban una actividad lacustre de peces en el aire. Anochecían al oscurecer, levantábanse al canto del gallo. Por pagado aquel trabajo costaría veinticuatro mil granos de cacao diarios. Por voluntad no costaba nada. Pero además de ellos, movíanse en el área de edificación de la casa fuerte, *catanatojilajtzac* la llamaban los alarifes, todos los animales que habían traído: chiltotes, pájaros de oro y manchas negras, venados lamidos y nerviosos, monos de varios tamaños atados a sogas corredizas, guacamayas de plumas de claro azul entre plumas de púrpura, amarillas y claro verde, loros relumbrantes y periquerías, sin contar los perros y gallinas, pavos, palomas y otras especies que con ellos aparecieron o se mostraron, como ser sapos de piel oscura y viruelas color de rosa y culebras que engordaban como cerdos para comerlas cebadas, sin cola y sin cabeza.

Los gesticulantes, vestidos de alarifes, circulaban entre ellos. Habíales preparado la Trinis camisolas de algodón, significando con ello que eran eminentes señores, y mujeres olorosas a legumbres recién arrancadas ayudaban en la preparación de las comidas que Zenteno llamaba ayuno de maíz y frijoles, por ser que de otra cosa habitualmente no se alimentaban.

Los instrumentos musicales inflamaban el aire y todo era reposo en las excavaciones, canterías, carpinterías. *Titil-Ic* anunció a los barbudos haberse preparado para esa noche la fiesta de los pájaros de fuego sobre el pequeño lago. Allá se trasladaron. A su ribera, entre las sillerías de la alta montaña y una playuela próxima a la mina de la tiniebla talcosa, los sentaron, todo pasaba en la última claridad de la tarde, ya claveteada la noche de luceros, al par de los más viejos alarifes aposentados bajo doseles de plumas. Por manos iban pasando, circulando, jícaras de vino dulce, oloroso a jengibre.

De pronto, en el confín de enfrente, de la oscura masa temblorosa de agua abajo y de inmovible tiniebla a los lados, se levantó un vuelo de pájaros que al volar parecían quemarse vivos. Duero Agudo se puso en pie largando su único ojo tras las filas de las llameantes aves.

Por todos los ámbitos se escuchó la sorpresa y el gusto de los pobladores reunidos en los playados para la fiesta de los pájaros de fuego: ¡*binachijebel*! ¡*binachijebel*!...

Las aguas talcosas del «lodo que tiembla» suavemente iluminadas reflejaban el desfile de las volaterías luminosas, cuales raudas, cuales lentas, hostigadas y al parecer perseguidas por su propia luz, mientras los pobladores, por decir «¡qué cosa tan bella!», repetían: ¡*binachijebel*! ¡*binachijebel*!...

Pero la sorpresa fue mayor. Oyóse a distancia un galopar de caballos. Zenteno gritó a la oreja de Antolinares: ¡Guerra tenemos! ¡Vuelve ese perro de Rostro! ¡A mí no me agarra vivo, hideputa! El tuerto interrogó a María Trinidad sobre los dos caballos que les quedaron de los que Rostro trajo de aquel pueblo de forrajes, cuando salió para darles alcance. Pero esos caballos siempre estaban atados junto a las chozas. Salvo que hubiéranse soltado para venir a ver volar los pájaros de fuego. Los alarifes, bultos blancos en la oscuridad, absortos en la maravillosa declinación de un cordón de aquellas aves de oro que parecían caer y con sus reflejos sepultarse en el agua y seguir volando dentro del líquido espejo profundo, no se escucharan el galopar de los caballos.

Y no hubo tiempo a más averiguar. Sobre ellos el galope y al frente de los potros, montado un bulto gigante. Agudo, Zenteno y Antolinares con las espadas en la mano, al instante uno tras otro las desnudaron, ofrecían batalla. Antes muertos que presos.

–¿Quién?... ¿Quiénes?...

El jinete por poco cae de la bestia al oírse atajado por hombres con lengua de cristianos.

–¡Lorenzo Ladrada!... –alcanzó a gritar, descabalgando para correr a los brazos de los desconocidos.

Se abrazaron y besaron tantas veces que no pusieron cuenta, pero antes se cansan de seguir en sus demostraciones, si una segunda bandada de pájaros de fuego no levanta vuelta y pasa sobre ellos, sobre sus cabezas, iluminándoles los rostros como para que se conocieran, ya que a la poca luz de las estrellas más adivinábanse que veíanse las facciones y semblantes.

—¡*Binachijebel*! ¡*Binachijebel*!... —volvió a gritar la multitud.

Se hincharon de nuevas y de gusto. Lorenzo Ladrada provenía de una sierra de peñasquerías de oro, donde la tierra cambia de color amarillo fuego, leonado, naranja.

—¿Eres andaluz?

—No —contestó Ladrada—, de Xeres de la Frontera; pero ya de cristiano sólo el hablar me queda, tanta vida llevo entre gentiles, y estos caballos, ya nacidos en indias. Vine de criado de un tal Escafamiranda, buscador de oro. Una tempestad azotó nuestro vaso y pusimos pie en tierra firme donde acaba un golfo y comienza el mar. Penetra, penetra, penetra, esa punta y la bravosa lucha de las aguas donde termina, es peor que en parte alguna, por lo que Escafamiranda lo llamó «Codo de las Tormentas». Se puso un buen día y otro malo y otro peor, pues nuestra cansada tropa de dos hombres apenas daba paso sin quejarse, para atravesar aquella puente o punta que a veces creímos que no terminaría más. La calor nos abrasaba, el sudor nos curtía, el ardor del pelo nos enloquecía. Pero Escafamiranda había olfato de minero y olió a distancia el oro de las minas.

Duero Agudo se agarró una mano con otra, frecuentemente se le iban del regazo con intención de acompañar sus palabras.

—Escafamiranda —preguntó quitadas las manos— además de minero ¿no era *burbundril*?

—No os entiendo, noble amigo.

—Mal podríais. *Burbundril* no figura en ninguna lengua. Quiero decir «burbuja mágica».

—¡Lo haremos de oro macizo! —gritó Antolinares, como si en lugar de palabras se le hubiera salido el pensamiento.

—¿El qué haréis de oro? —preguntó Ladrada, atento como recién llegado a lo que hacían o decían a su alrededor.

—¡Al crucificado! ¡Sí, de oro macizo, con rubíes en lugar de pintas de sangre, un ojo verdoso de esmeralda y el otro apagado!

—Coincide vuestro propósito con el de Escafamiranda, mi palabra de criado no lo ofenda. Pero explicaos ¿por qué con un ojo apagado?

—El nuestro, nuestro crucificado, murió con un ojo abierto —atrevió Antolinares, bastante poca doctrina tenía para lanzarse a tales afirmaciones— ¡murió como dicen ojo al cristo!...

—¡Por los ojos que os devolvió milagrosamente, guardaos, Antolinares! Yo explicaré a Lorenzo nuestro credo religioso y propósito de esculpir una imagen de quien por nosotros, los no espiritualizados, murió en la cruz.

Zenteno cortó lo que decía el tuerto con su vozarrón:

—Os dejo, me quedo atrás. No podría dormir sin tener en mis manos uno de esos pájaros de fuego. Esos indios alarifes sí son verdaderos *bur-bundriles,* burbujas de brujería. Cúreme yo de saber eso y vosotros seguid con vuestros cristos.

Los caballos, Ladrada traía el que monta y dos otros, marchaban delante, al paso de Duero, Antolinares y la Trinis, formando grupo, y detrás los alarifes, entre los cuales Zenteno apareóse a Güinakil.

Embalsamaba el ambiente el huele de las albahacas en los entreambos de la cañada camino de las chozas y de las construcciones, donde sería más fácil explicar al recién venido lo del Maladrón, del que ya el tuerto hablaba con frecuentes alusiones a Escafamiranda, por el aprecio amoroso que le ponía el criado, cierto de ganarlo así a la secta de los gesticulantes.

—Escafamiranda —decía Lorenzo— sin ser un burbun...

—*Burbundril*, «burbuja mágica»... —completó el tuerto.

—Sin ser un *burbundril*, y siéndolo, porque lo era sin saberlo, creía en un cristo de oro, en las materias ígneas único origen de la vida, y en una mujer, a la que hablaba a través de un amuleto con sermones tan ardorosos que las piedras se ablandaron de no ser guija fácil de espolvorear a las simples estacadas. Era el origen árabe y hablaba así a una sarracena presa de un cristiano príncipe cuyo rescate tasaba en mil tamaños de oro de la misma mora.

—Quien nos viese entendería de preguntar: ¿sois castellanos o indianos? —dijo Antolinares— por vestir como tales y hablar como cuales. Un poco son los vestidos y no las personas los que hablan, y mal se aviene uno a mantos y camisolas de naturales hablando como nos hablamos.

—¿Y vuestro señor?... ¿Y el rescate de su dama?... —enderezó el tuerto la conversación tras el buen sentido de escuchar la cuita de Lorenzo.

—¡Desdichado de mí! Desgarró sangre y murió de la llamada asma montañosa, flagelo de mineros. Los mineros, decía siempre, somos esclavos de cráneos rasurados, familiares del Orco y por haber visto a Plutón frente a frente ostentamos en la faz el matriz del oro desenterrado; pero jurad, juradme, Lorenzo, seguir en la mina hasta los mil tamaños de oro de mi dama rescatable, y no callar ante la aqueróntica gente nuestra, cual ambición me movía...

—La más hermosa... —acotó Duero.

—Encadenado estáis por juramento a mil tamaños de oro —intervino Antolinares—, como yo a las ardillas, cuyo movimiento me finge una dama jamás en paz y siempre a cuestas. En verdad todas son iguales: en paz nunca y a cuestas siempre.

El tuerto, sin perder paso, caballos y gente avanzaban hacia las chozas, volvió nuevamente a la cuita de Lorenzo. Vos encadenado a mil tamaños de oro y nosotros, vuélvame yo loco o cabeza de cebolla si no es peor, a un credo de heresiarcas desposeído de cielo, de ángeles, de santos.

—Relación hubo de vosotros Escafamiranda...

—Hablad...

—¿Lo hacéis por halagarnos?... —intervino Antolinares.

—Ved de saber, Escafamiranda se ausentaba algunas veces. Hay males decía que sólo cura ver la mar. Quedábame yo en la mina sin más ánima que el oro en cuyos pulidos ojos, como en espejo de patena, me recreaba; ocho, nueve días quedábame... Cierta vez fueron treinta y seis y a medida que pasaba el tiempo y yo sentíame más huérfano, más mío era el oro. En el vacío de la orfandad cae la riqueza y no deja lugar para el pesar.

—No entendemos cosa de cuanto decís... —apuró el tuerto, dando una zancada para tomar el paso de Lorenzo.

—¡Pese al diablo! Es tan claro. Holgábame yo de la tiqueza, cuando su presencia me hizo miserable. Aún veo su sombra regada sobre los socavones de la mina. Mi respirar desanimado y su respiración turbulenta. Anduvo, y no me abrazaba y ya me lo contaba, en socorrer a un francisco de nombre Damián, fraile descalzo al cual alcanzó la modorra en el camino en perseguir a herejes de la secta de los gesticulantes, cuando cayó fulminado por el sueño.

—Ereis de momento en momento mejor venido —dijo el tuerto—; no sé cómo explicaros. Al que llega se le llama bienvenido en el momento mismo, pero después empieza a no ser tal: por vos os digo que cada instante vais siendo mejor venido, como si estuvierais llegando y no llegado.

—Embarcaron al fraile para España en Puerto Caballos y aunque no despertó más, por fábula se tuvo cuanto dijo dormido. Dijo tener por visto en la boscosidad de estas tierras a nuestros españoles detenerse y ahorcar a dos señores principales, como crucificándolos, y a un tercer crucificado en su posteridad y por antelación con armadura y yelmo. Dijo más...

—Hablad, hablad...

—El armado caballero había la cara de aguilucho y burlaba a uno de los ajusticiados, debía ser el capitán, lanzándole a la cara: «¡Agora decid a vuestro pariente que estáis en un lecho de rosas!». A lo que éste respondió: «¡Si vuestro Dios existe, mañana estaré en un lecho de nubes!». Y mucho mal hubieron todos de ser guiados por el Mal Ladrón con yelmo y armadura.

—Vuestras palabras, digo las de vuestro ilustre amo Escafamiranda con fidelidad tanta guardadas por vos, hácenme pensar que si en igual forma tenéis todo lo de su memoria, mejor criado no hubo ni habrá señor alguno... Y si la riqueza no deja sitio al pesar en el vacío de la orfandad, en vos al menos ha dejado para la gratitud grande y sobrado campo.

—El fraile en su modorra os llamaba: ¡Réprobos! ¡Voltarios! ¡Girasolos!

—Los mismos...

—¿No creéis en el Señor Jesucristo?

—No lo negamos tanto como lo hacen con sus hechos los que se llaman conquistadores en su solo nombre. Nuestro credo amparado por la cruz de Gestas, el ladrón, cubre mejor las ganancias y riesgos de la conquista.

Al par del tuerto que contestaba a Ladrada, seguía el manchego Antolinares, los caballos y la Trinis. Blas Zenteno les alcanzó en la oscuridad con un ave de mediano tamaño para mostrarles en qué consistían los pájaros de fuego. Al levantarles las alas fulgieron luces de mohoso brillo de oro humedecido.

—El color del tesoro sepultado en el fondo del «lodo que tiembla» —dijo la india.

—Sabréis —explico Zenteno—, Güinakil explicóme la industria que se dan para estas fiestas, apresando días antes a los pájaros, untándoles luego debajo de las alas luciérnagas y otro resplandor de animales cocuyos. Por eso se ven en lo oscuro luminosas. Avivan en el movimiento del vuelo la lumbre que llevan bajo las alas.

Pisoteaban ya el campo de las chozas. Uno de los alarifes, visible en la sombra por su manto blanco, adelantóse como guía, no fueran a caer en alguna de las partes abiertas en la tierra para cimentar la casa fuerte que ya ellos también llamaban como los indios: *catanatojilajtzak*. Un relincho, otro relincho, otro relincho, todos olfativos los caballos, los traídos a tierra firme del otro lado del mar y los nacidos en Indias, sin hierro en los cascos, sin hierro en la lengua, y a lo largo de la noche, cada vez y vez se oyeron los relinchos.

Veinte

Como Lorenzo Ladrada y sus caballos llegaran, las chozas, desabridas viviendas, adquieren todos los sazones de la posada de camino. Hombres, aparejos, bestias, coces, dentelladas, relinchos, orines, estercolamientos, chiflidos, chinches, perros, gallinas, fogón y tiempo de ese que se repone de camino y se gasta en el molino pelando la pava con la molinera o pelando al prójimo sólo que la molinera de nevados dientes en la carne azafranda iba desnuda, los arrieros llevaban cabellos de salvajes, los hidalgos, algún hilo de algodón y manto de lana en disimulo de sus velludos cuerpos y eran, *Titil-Ic* aquélla, alarifes éstos y gesticulantes los hidalgos.

Los caballos viejos en sopor. Los jóvenes y enteros en viveza.

—¿Sois robados que estáis tan tristes? —rocióles relinchando el caballo negro que montaba Lorenzo a su llegada y como no obtuviera respuesta y ser entre caballos como entre personas que el que calla otorga, con otro relincho presuntuoso pareció decirles—: ¡Nosotros, en cambio, somos hijos de padres que el amo mercó a peso de oro!

Uno de los solípedos viejos resopló:

—Pero no robados por gitanos. Raptados para compañía de soldados afligidos por perseguimiento de una peste mortal que llaman justicia, y santiguados por el mismo diablo...

—El sudor de los caballos viejos es historia... —se oyó al arpegio de una potranca enamorada de su relincho, vino entre las caballerías de Lorenzo Ladrada, pero el caballo negro la calló de un par de coces.

—¿Qué sabéis vosotros cimarrones nacidos acá —intervino otro de los caballos viejos— de navegar espolvoreados por cielos de estrellas fugaces o en noches de tormenta entre el bravear de las olas, yeguas de espumas blancas que saltan a las fuentes?

—¡No, de eso no sabemos —relinchó el caballo negro—, pero sabemos de Tobías!

—¿Tobías? —respingó extrañado el otro.

—Mi madre alazana contaba y ella era nacida allá donde vosotros, la historia de Tobías, burro jovial que perdió el pelo y murió de salivación por haber lamido a la yegua que montaba un príncipe aureolado de mercurio tenue...

Antolinares vino a soltarles, entre palmoteos y bravatas. Con el racimo de las cabezadas calientes en el puño, los aupaba para que corrieran al abrevadero. Y allá iban por el campo verde, libres, piafantes, adelantándose al caballo negro, la potranca, al trote los caballos viejos que Ángel Rostro sacó del campamento del Capitán Juan de Umbría, cuando huyeron perseguidos por la justicia, y atrás, abiertos hacia los horizontes, uno, otro y otro de los garañones que trajo Ladrada.

—¿Cómo nombráis al prieto? —preguntó Antolinares yendo al encuentro de Lorenzo que volvía hacia las chozas.

—*Gavilán*, por la estampa y el nervio. Es hijo de una yegua alazana que mi amo compró en una de sus ausencias, y la hubo de manos de un asturiano que en el deservicio de su Majestad tenía olvidados nombre, origen, patria, todo...

—El caso nuestro, ¡maldita sea!... —y tras juntar los ríos de las cejas, confluencia de un momento, añadió Antolinares—: No he mayores letras, pero por letanía sé lo malo de andar negado. Para mí éstas no son tales Indias, sino el Limbo, el Limbo, ni tales conquistadores somos, sino niños muertos sin cristiandad. ¡Caballerizo fuera en mi pueblo y no conquistador entre venados y dantas! Pero voy al abrevadero para echarles el lazo mientras están allí. Por los nuestros no importa, tienen querencia, vuelven aunque se les deje sueltos, pero los vuestros cimarrones y si agarran el monte... ¿Para qué traerán cargado ese tronco el tuerto y Zenteno? Si lo piensan cavar para embarcación, más valiera llevarlo de una vez al lago...

Por seguir con la mirada el juego de las bestias que peinaban la crin al aire, móviles, alegres, levantándose en dos pies, revolcándose, saltando, correteando y los troncos de Antolinares por darles alcances, Lorenzo no reparó en la llegada de Duero y Zenteno y volvióse cuando éstos rendían casi sobre sus pies, un tronco de madera color naranja rojiza.

—¡Vaya por la cruz! —exclamó Ladrada.

—¡Por la imagen, diréis! —le pudo en la voz Zenteno y antes que hubiera tiempo de contestar, el tuerto dijo pausadamente:

—Por la imagen que saldrá de vuestras manos...

—¿Y quién os ha dicho, ¡vive Dios!, que soy imaginero?

—Vos mismo... —contestó el tuerto—, vos mismo... —salida la mecha del ojo vacío, jadeante de haber sobrellevado el leño—, vos mismo... Por verdad tomamos la talla que hicisteis de una efigie de Escafamiranda, vuestro amo, en un mascarón de proa. Al par del abrevadero, muy encima, hay una gruta espaciosa con luz cenital y allí pondremos este madero para que trabajéis a solas y en secreto.

—Hará falta herramienta...

—La habréis y por de pronto sirvan las dagas para tallar su imagen.

Al oír lo de «su» imagen, Ladrada aclaró lo que deseaban.

—Y no habría mejor herramienta para tallar «su» imagen, la del según vosotros mal llamado Mal Ladrón, dagas que han herido o muerto en combate o asalto, ni mejor imaginero que un pirata... —y se rió con una risa sonajosa, los dientes vibrándole como sonajas, ajena a su cara, al menos a la cara con que le conocían, sonajosa, tremante, grosera y aun riéndose agregó—: Duelo de no poder satisfaceros no por falta de herramienta, sino por falta de artesanía.

—La mano se hace en el combate —dijo el tuerto— y es un hombre de brega el por imaginar en el leño, no es un ángel. Un hombre, un hombre como nosotros, Gestas no era más ni menos.

—La efigie grave del materialista y el incrédulo —terció Zenteno.

—Los años mozos me dieron ese saber de la escultura, pero de hombre perdí el oficio. Escafamiranda, mi palabra no lo ofenda, quiso que le modelara un Señor Jesucristo de barro para fundirlo después en oro macizo...

—Vamos a llevar el madero al escondite, los indios pueden volver antes de mediodía, andan en el acarreo de material para la casa y el humilladero —cortó el tuerto.

—Os ayudaré para acompañaros y conocer la gruta —propuso Ladrada, inclinándose al tiempo de aquellos a levantar el tronco.

El «Valle del Maladrón» empezaba a dominarse mejor. Iban trepando entre peñascos y cerros. El círculo casi perfecto de montañas cerrándole el paso a los fuertes vientos y bochornos y el lago doloroso, doloroso por su color de fierro oxidado, para ocultar el tesoro que guardaba en el fondo, pues más era un arcón que un lago.

—Queréis mantener en secreto vuestro designio —exclamó Lorenzo en uno de los descansos que hicieron por la empinada cuesta.

—Es menester que así sea, mantendremos oculto vuestro trabajo —explicó el tuerto—, porque cábenos la duda de si los indios gesticulan por Gestas o como tributarios del Gigante Dios de los Terremotos, según decía Quino Armijo cuando nos adentramos por tierras de los indios tiburones en nuestras conquistas y no está esclarecido.

—Por eso la merced de la imagen viene a tiempo —siguió Zenteno, el pelo parado de pino negro— para saber si son gesticulantes de Gestas o de esa divinidad bárbara y de ser idólatras, de ser, como entendía Armijo, adoradores de Cabracán —el vozarrón del hirsuto se hacía clamante, profético— no faltará coraje y sangre para hacerlos salir de sus tremendos yerros.

—¿Gesticulan como vosotros? —preguntó Ladrada.

—Sí y no —contestó Agudo—, porque se sacuden como atarantulados, mueven todo el cuerpo, se agitan de pies a cabeza...

—Y porque el achaque les coge en las quebradas. ¡Voto a tal! –agregó Zenteno– ¡reverencias a piedras sobrepuestas y entre más piedras más reverencias!

—Tallada la imagen en secreto, la sacaremos en andas al tiempo de celebrar ellos las ceremonias anuales de que os hablamos, y por ello os daréis prisa en terminarla. Aquellas ceremonias –prosiguió Duero Agudo– en que fingen estar en medio de un gran terremoto, parecido a lo que será el fin del mundo.

Llegaron, tartamudos al hablar por el jadeo, a la gruta abierta al final de un corredor de paredes calizas. El sol alcanzaba el mediodía y la luz cegante entre las lechadas de cal atenuóse al pasar los umbrales del recinto en que pasos y voces sonaban como si anduvieran y hablaran bajo una campana. En la parte superior, por un agujero tragaluz, más bien una rasgadura, un uñazo del dios de los terremotos en las rocas, penetraba la claridad del firmamento en sosegado caudal y las peñas de las paredes y las arenas del piso parecían sumergidas en un fondo de agua. Otros maderos formaban una como mesa de obrador y en las peñas de bordes bajos tenían improvisados asientos.

—¡Ja! ¡ja! –rió Ladrada–, al Mal llamado, habrá que hacerle cara de pirata.

El tuerto se pasó la mano por el cachete buscándose la hilacha del ojo pero no se la encontró, ya era sólo la sensación molesta de aquel moco de pavo.

—¿Cara de pirata? –dijo Zenteno–. ¿Habéis conocido a alguno de esos demonios?

—Callaos, Blas Zenteno –intervino Duero– podríais estropear la inspiración de Ladrada con preguntas inoportunas. Arranque de donde arranque esta figura, si responde a la idea que él se ha formado del Gestas verdadero, bella será.

—¿De cuál Gestas habláis? —preguntó Ladrada.

—Del que no era ladrón, sino Profeta —contestó el tuerto—; transmitir a la imagen vuestro sentimiento de esta idea...

—Por eso no me conformo yo con lo de corsario —voceó Zenteno.

—Lo dije como punto de partida —cortó Lorenzo— y porque el corsario es el supremo hereje de estos tiempos, así como el Mal llamado lo fue de aquellos otros.

—¡Hela, hela, hela —exclamó el tuerto—, no hay mejor palabra que la acción! ¡Aquí las dagas para esculpir! ¡Vamos fuera, Zenteno!

Veintiuno

El reír de la aurora esa mañana tuvo otro motivo junto al lecho de *Titil-Ic,* un motivo tan pequeñito, tan insignificante, tan de todos los seres y sin embargo tan grande, trascendente y extraordinario. Las pisadas de los perros frente a la puerta de la choza, el lejano silencio ya para cantar los gallos, el profundo misterio de la luz al nacer. Sólo ella sabía cómo fue. Entre las pestañas el llanto goteado, empujado gota a gota hacia afuera por las pepitas de los ojos mineralizados, endurecidos de dolor. Hasta el algodón de sus lagrimales negó esponja al fluir del salobre líquido, para que cayera destilado, caliente. Así contó *Titil-Ic* las primeras horas de lo que acababa de salir de su ser y se estiraba y enroscaba en su regazo sudado. La sorpresa de encontrarlo desnudo. Antolinares le había dicho: «Nos nacemos con armadura y yelmo». Y sentir vacío el vientre. Antolinares también le había dicho: «Nacemos nos primero y tras nos, el caballo». Su hijo, por lo que sentía, no trajo caballo. Nada le hubiera importado sufrir más con tal que no le faltara aquel ser segundo. Se tocó de nuevo el vientre palpando la comba y desgarrada carne, cerca de las costillas doloridas. Alguna víscera le pataleaba. Si tuviera el caballo...

Antolín Linares Cespedillos sosegó los ojos bajo el techo canoso de sus cejas para ver bien al segundo Antolinares. Pobre cosa era. Despellejado, cenizo, el pelo negro, las uñas rosadas, largas.

—Es tu lengua... —le dijo la india, lívida, los labios rajados como de barro seco.

—Es mi hijo... —contestó aquél.

—Igual es... —dijo ella y tímidamente— ¡nació sin caballo!... —y después de mirarle con los ojos hondos, temerosos— ¡y sin armadura! ¡pero es tu lengua!

—Lo bautizaremos como a mí me bautizaron, en el nombre del Padre, del Hijo y del Espíritu Santo, cuando vaya por los caballos al abrevadero. Hemos de buscarle ropa... Hay que tener sal... Ladrada será el padrino... Le regalará un caballo...

Por el pecho materno lleno de leche, la criatura pasaba, sin encontrar, asidero, las manecitas rígidas. Así intentará después abarcar la redondez de la tierra y poseer sus tesoros defendiendo lo suyo como ahora, a pocas horas de nacido, defiende su alimento.

—¡Vamos, bravo, que no hay vampiros y así os vea defender lo vuestro de los piratas! —exclamó Antolinares antes de salir de la choza.

Y lo de piratas vino a sus labios por lo mucho hablado con Lorenzo de los grandes pillajes que hacían los corsarios robadores de tinta de añil, liquidámbar, cacao, zarzaparrilla, cueros, vainilla...

Salió de la choza al rocío tibio de la mañana con la buena noticia. El primer castellano a medias nacido en el «Val del Maladrón», murmuró el tuerto interrumpiendo sus gesticulaciones matinales. Gesticulaba de rodillas y en cruz hacia donde sale el sol. Buscaría a Güinakil, el alarife, en los trabajos de la casa fuerte, pero antes mejor trepaba a la gruta en busca de Ladrada y Zenteno con la noticia. Zenteno ya lo sabía. Antes de amanecer, cuando él estaba en el oficio de Gestas, oyó el llanto chillón del nuevo ser. La gruta recogía, como el pabellón de una inmensa oreja, los ruidos y ecos del valle. Le faltaba saber si era hombre. Abrazó apretadamente al padre de familia y entre si despertaban o no al Ladrada que dormía, con ayuda de un pedernal fue juntando fuego.

—Estos pedernales color de pelo son de por aquí... —señaló Zenteno en un mapa que sobre amplísima cara de madera pulida había ido trazando, mientras daba compañía al imaginero.

Pero Antolinares necesitaba moverse, hablar, decir, comunicar a todos su contento y antes que el fuego ardiera y antes que Lorenzo despertara y antes que Zenteno le siguiese mostrando el mapa, descendió a comunicar su alegría a los alarifes.

Todo era hermoso. El azul intenso del cielo sin nubes. La gama de los verdes montañosos. Los pinos. La plata roja del «lodo que tiembla». Sí, es un tesoro de plata roja lo que encierra el pequeño lago. Los cedros. Los árboles que llaman orejones, por la forma de sus hojas. Los tamarindos. El relincho de los caballos. Habrían visto su figura al bajar de la gruta. Los perros que subían a su encuentro. Ladridos que dejaban en el aire unas como mariposas quemantes.

No fue a los trabajos de la casa fuerte, encaminóse hacia donde le esperaban los caballos. Le conocían, le miraban, le resoplaban encima. ¡Vais a conocer a un nuevo jinete, les decía! ¡Upa! ¡Jurupa! ¡Seisbales! ¡Mesupa!, llamábales indistintamente.

El fuego ardía en la gruta a espaldas de Zenteno entregado a dibujar con ayuda de los finísimos bordes de las láminas de talco que tomaba del plagado luctuoso del «lodo que tiembla», la configuración de aquellas regiones. De las altas sierras mineras, trazadas en forma de seguidas y diminutas pirámides truncadas, seguían las boscosidades en grupos densos de árboles como moscas paradas en una sola patita, hasta la Mar del Norte que formaba el Golfo de Amatique, comunicado por el Río del Golfo, al Golfo Dulce, en la costa de Guatemala. Al Oriente, después de la punta en que diz desembarcaron Escafamiranda y Ladrada, la costa de Honduras.

El desembarco de Escafamiranda y su criado jamás fue el mismo, dada la versatilidad de Lorenzo para contarlo, variando las fechas y motivos del suceso.

—A otro con la añagaza —porfiaba Zenteno—, porque para mí basta lo oído. Lorenzo para que lo sepáis, es el criado de un pirata y nada más. No hay tales amores ni fabulosas riquezas de minas donde el oro se coge como pan del horno. ¿Acaso no escapósele aquello del bucanero esculpidor del Mal llamado? ¿No habla de las urcas holandesas, de Castilla del Oro, de Ruatan, de Puerto Escondido, de Puerto de Sal?

—¡Por menos que el mapa que faces no sea de piratas! —dijo el tuerto—, dudas antes, dudas después —agregó— lo de filibustero le facilitará la concepción de la imagen. La mano le anda, ya se ve la conformación del cuerpo desnudo, el mentón despegado del resto del madero, lo redondo de la cabeza. Por separado tallará los brazos.

—No me conformo... —vociferó Zenteno—, si fuera pirata habría que cortarle las manos al terminar la imagen.

—Lo tenéis en duda, Blas Zenteno, y ya sois pregón de sentencia...

—Por averiguado lo tendré, cuando fine la imagen y yo el mapa. El mapa me sirve de pretexto para interrogarle sobre sus andanzas. ¡Si es pirata le cortaré las manos!

—¡Si es pirata y manco, porque de defenderse ha!

—¡Es muy dormilón!... ¡Que por dormilón ha de ser pirata!

En los peñascos arenosos del abrevadero jugaban los espejos del agua relumbrante de sol, haciendo fulgir las arenas preciosas entre los helechos.

Los caballos mordían más que bebían mezclando el ruido del sorbo con el paso del líquido por sus pescuezos. El caballo negro alzó la cabeza enflecada de crines. La presencia reconocida. Lorenzo Ladrada, el padrino. Por narices y belfo soltó la bocanada goteante, chorreante. Molía entre los dientes apretados aquel resto de gozo y en forma de almendrones sacaba de la inocencia del agua, sus pupilas. Apuntó con las orejas y ensayó un respingo. A su lado la potranca remolineó el hocico en la superficie, en busca de una zona más fría, al parecer, para luego incorporarse, desafiante y desconfiada, a ver en derredor. Sólo los rocines traídos de la Española y sacados del campamento de Juan de Umbría, no prestaron atención al bautizo. Removían las colas para espantarse las moscas.

Ladrada tomó al pequeñuelo con horas de nacido, más prietecito que blanco, y lo puso boca abajo, para que le derramaran el agua en la cabeza, sólo que en lugar de hacerlo Duero Agudo, lo hizo el propio Antolinares. El tuerto quería bautizarlo en el nombre de la Materia, del Maladrón y del Espíritu Práctico.

Titil-Ic, Güinakil y los demás alarifes poco entendieron de aquel altercado.

—¡Os devolvió los ojos, Antolinares —gritaba el tuerto— y cómo no invocar sus atributos y su nombre en el bautizo del que es parte de vuestros ojos! ¡Parte de esa parte que Él os devolvió milagrosamente!

–Siempre ando arrimado a vuestro parecer, Duero Agudo, pero en esto de mi hijo, dejad que lo haga cristiano en el nombre del Padre, del Hijo y del Espíritu Santo. Sin dejar de ser de los vuestros, sin dejar de creer en el Maladrón, cosa una soy yo, ciego curado por su mano, y otra es mi hijo.

Las caballerías pataleaban picoteadas por los tábanos. Antolinares arrebató de la mano del tuerto la media jícara con agua para derramarla en la cabecita del niño. Pataletas y chillidos, hasta que el padrino lo entregó a la madre.

–¿Y el caballo? –preguntó *Titil-Ic*.

–Para mi ahijado, cualquiera, vos descoged entre los potros –dijo Lorenzo.

Todos volvieron a una enramada de fiesta que entre los materiales de la casa por edificar prepararon los alarifes. De su invitación los castellanos sólo entendían lo de *catanatojilajtzac*. Allí era el jolgorio, en la casa fuerte. Teponaxtles y flautas. Lorenzo, ebrio de vino de jocote, empezó a saltar, a saltar, a saltar cada vez más alto, y en el salto daba vueltas y caía de pies, rebotando al solo tocar el piso para subir más alto aún, como hecho de la goma elástica de que los indios hacen sus pelotas. Mostró otras pruebas y habilidades temerarias, creíbles por vistas, como arrojar una espada al aire y atraparla con los dientes, al venírsele sobre la cara, tomar tizones encendidos de los fogarines, sin quemarse las manos...

–¿Os cabe duda? –preguntó Zenteno al tuerto. Éste guardó silencio.

–¡Todo está ya lleno de comienzos! –dijo Güinakil al oído de *Titil-Ic* y ella, que tenía al segundo Antolinares en su regazo, repitió:

—¡Todo está lleno de comienzos!
Emulados por Lorenzo, grupos de indios jóvenes participaron en el juego. Bailarines guerreantes al compás de los teponaxtles. Voceríos sin estruendo. Detrás de los teponaxtles filas de trompetas de maderas negras, larguísimas, ululantes...

Veintidós

Tallada la imagen de tamaño natural, Lorenzo requirió la ayuda de Antolinares para el pulimento. Usaban piedras raspantes y suaves de esas que no se hunden en el agua. La superficie de la madera pulida mostraba liso el poro y donde no se conseguía esta calidad, el empleo de un cocimiento de trementina aplicado con brocha servía para emparejar. La imagen sólo era tronco, cabeza y piernas. Los brazos esculpidos por aparte se le pegarían después. Y afortunadamente en el trabajo de gubia era tan hábil Ladrada que poca astilladura hubo que abastecer de trementina. La piedra pómez daba antigüedad de reliquia a la madera. Diríase que era tiempo y no piedra lo que se le frotaba para suavizar las formas. Luego con ayuda de tripa de cerdo en forma de ampollas llenas de aire frotábase hasta abrillantar lo ya pulido por la piedra. La membrana al ir lustrando producía un quejidillo chirriante. Se lustraba con saliva. Tripa de cerdo, paciencia y saliva.

Duero Agudo dijo en mil modos su satisfacción. La madera de naranjo prestábale una palidez transparente a la escultura. Poco o nada más había que hacer, ya era la color de piel de un ajusticiado. Y en el rostro, en el gesto, no solamente lo interpretó a él, gran secundario, sino a Zaduc de Córdoba, al dejarle el ojo diestro apagado por el párpado mortuorio (el hombre lleva el cierre de su tumba en los párpados), y el siniestro desesperado e iracundo. Y el cavernoso mundo de la boca humana en agonía mostrando los dientes en la carcajada final...

—¡Y estuviera aquí Zaduc de Córdoba!... —repetía el tuerto, mientras amontonaba elogios a la talla acabada de la imagen—. ¡Y estuviera aquí Zaduc de Córdoba!...

—¿Dónde le dejasteis? —preguntábale Ladrada.

—En una de las islas, de donde arrumbó a Cartagena de Indias. Creí ser ése su destino. Jamás lo dijo.

—Por mí también quisiera que los de Torre Vieja vieran al que adoraban, en imagen tan perfecta. Lo hallado para mí es la postura de la rodilla. La una pierna medio doblada y la otra flexionada del todo, como si con la planta del pie apoyada al madero quisiera despegarse del tormento, haciendo fuerza con la rodilla que por eso se ve resaltar de la escultura, adelantada y turbulenta. ¡Cuánto puede un artista, hacer hablar así, así a una rodilla!

—¡Bravo! —profirió el tuerto, contento de ver salir a Blas Zenteno del ensimismamiento enfermizo en que andaba, desde su sentencia de cortar las manos a Lorenzo, por suponerlo corsario.

—¿Y no querríais —siguió el tuerto, dirigiéndose a Ladrada— que vuestro señor amo estuviese vivo admirando con nosotros esta obra maestra?

—No. Escafamiranda era enemigo de las imágenes.

—¿Sería luterano? —interrogó intencionalmente Agudo, clavando el ojo bueno en los de Zenteno.

—A fe mía, si lo era jamás lo supe. De estar vivo me reclamaría el Cristo de barro que debí modelarle para fundirlo en oro macizo.

—Nada de luterano tenía queriendo adorar al becerro y a Cristo en la misma imagen. ¡Ea, os dejamos, no adelantan los trabajos en la casa fuerte y humilladero! ¡En todo hay que estar! ¡En todo! ¡En todo...! Los brazos y terminada la escultura. Al solsticio serán las fiestas del Gran Movimiento. Los brazos y terminada la escultura. Lo llevaremos en andas...

Y esto diciendo Agudo, acompañado de Zenteno ganó el umbral de la gruta para dejar trabajar al imaginero secundado por Antolinares.

La luminosidad celeste, de un celeste verdoso, penetraba la gruta de suavidad angustiosa. Allí parecía entresueños cuanto en saliendo era real. El mapa que Zenteno terminaría algún día, lo abandonó porque nada adelantó en su pesquisa al interrogar a Ladrada sobre los lugares de la costa, servía a Antolinares para señalar con nombres de su cabeza mares, ríos, islas, volcanes, lagos.

A veces, el silencio caía golpeado, se oía golpeado. Por el tragaluz natural, abierto en las rocas, veníase abajo algo que no caía del todo. Una golondrina. Sin tocar el piso, frotándolo con la pluma, ascendía para escapar, mas topeteaba en el techo abovedado de la gruta una y otra vez, sin por eso dejar de volar del piso hacia lo alto, hasta coincidir con el rasgón del peñasco y escaparse.

Esta vez la avecilla cayó herida. De la parte del ojo sangraba. Sin duda golpeó en el fijo del tragaluz. Antolinares la tuvo en las manos, palpitante, como una llama de aceite azul, y Lorenzo, abandonando el trabajo de los brazos del Maladrón, vino a ponerle agua en el piquito negro. Las golondrinas, pensaba, quitaron las espinas más enterradas en la frente del Señor Jesucristo. No sobrevivió al golpe. Regresó las gotas de agua, sin tragar y sacudióse. Nada sostuvo su cabeza, hace un momento airosa, y ahora colgando tronchada.

Las higueras y los cactos resistían el embate de la polvareda, apretamiento de los terrones removidos, hacinamiento de materiales en el área de la construcción, donde la atmósfera caliza, irritante, hacía insoportable el calor del día. De las cimentaciones arrancaban las primeras señales de los muros, ahora alcanzadizos a los ojos de Zenteno y Agudo, tres ojos vigilantes, agradecidos con los alarifes, sin cuyo ahínco un poco infantil la casa fuerte y el humilladero no habrían cruzado el límite del sueño.

Las ceremonias del Gran Movimiento, por no estar concluido el humilladero, serían a orillas del pequeño lago, en unos peñascales, y de memoria se sabían, por haberlo acordado después de larguísimas discusiones, el camino a seguir con la imagen del Maladrón que llevarían en andas, acompañado de tambores y trompetas. Lorenzo iría adelante, en su caballo negro, con porte de centurión romano.

Vigilando los trabajos en el área de la construcción al llegar a ese punto, Zenteno volvía a mover la cabeza hirsuta de un lado a otro, mostrando su desacuerdo, pero sin más hablar.

No podía ser que fuera de centurión, porque él pensaba cortarle las manos al terminar la imagen. Estoy seguro, se decía, que, como lo hace siempre se quedará dormido, extenuado, al terminar su obra, y despertará sin manos, por Dios, mi madre y el copón que despertará sin manos...

La falta del centurión a la descubierta con la autoridad de Poncio Pilatos, no fue bastante a disuadir a Zenteno de su propósito. Hubo de recurrir el tuerto a otros argumentos. La seguridad interna. Los indios, mansos al parecer, aprovecharían la lucha civil entre ellos para acabar con todos, y adiós vida y adiós encuentro del encuentro de los dos mares. Antolinares defendería al padrino de su hijo, como cualquier caballero, al verle privado de sus manos, *Titil-Ic* llamaría en su auxilio a los alarifes y éstos en un dos por tres no dejarían de ellos hombre a vida.

Lorenzo Ladrada iría de centurión, adelante, en el caballo negro. Luego marcharían grupos de indios con tambores, los tambores de los ecos vírgenes, seguidos de los portadores de braseros para ir quemando gomas olorosas. El anda la llevarían Antolinares y Zenteno. El tuerto dirigiría la procesión. Sobre todo los cambios de gesticulaciones de los acompañantes.

Antolinares bajó de la gruta a toda priesa. Los caballos... El abrevadero... Lorenzo quedó a solas con la imagen. Iba casi terminando los brazos. Dos ganchos de tendones y músculos contraídos, las huellas dolorosas de las ataduras, y las manos como tenedores de dedos en el plato amargo de la muerte.

—Cambiado habéis las ardillas por los caballos. ¿Ellos os fingen también mujeres sobre el cuerpo?

—¡Bien hayan tus remoques Blas Zenteno! Los caballos me fingen una batalla indecisa y siempre encarnizada alrededor... El uso doméstico del caballo es para mí imperdonable. Es como tomar el rayo, el relámpago o el trueno y pegarlos a una noria, a un arado o a un carro de carga... ¡Ved! ¡Vedlos a la estampida! La sed los lleva, vibran, arrollan, agua, agua... Pero sin perder el garbo... Si fueran humanos allá irían sacrificando la estampa a la apetencia...

—¿Habíais muchos caballos en el campamento de Juan de Umbría? —indagó Zenteno, orillándose con Antolinares al aguazul del abrevadero.

—De setenta acuérdome de los nombres. No veía y necesitaba saber sus nombres. Pero había más. Todos los soldados del Juan de Umbría habíamos caballo mercado en Nueva España o tomado en las costas del Golfo Dulce.

—Mucho habréis refrescado la memoria conversando con Ladrada de las costas del Golfo Dulce, tan amargo de batallas entre los nuestros y los...

—Sólo un encuentro hubo entre olas parecidas a caballos —le cortó Antolinares, entusiasmado por el recuerdo— enormes, gigantescos caballos de cristal que echaban a correr desde la costa y estrellábanse contra nuestros bateles... ¡Ah, bestias azules, bestias de oro, bestias de sal, bestias de conchas, bestias de nácar... os veo pasar crinadas de espumas, con los cascos de lágrimas cuando nos dabais en la cara! Buena fue la pelea, ¡vive Dios!, ballestas, alconetas, arcabucería...

—¿Con piratas?

—¡Con los nuestros!

—¿Castellanos?

—Salí vivo y sin fe —siguió Antolinares, mientras afirmaba con la cabeza, respondiendo a Zenteno, que había salido con castellanos—, igual que si hubiéramos muerto dejándome el respirar. Ni creencias ni moral. Escapé a las islas, donde vine a quedar ciego y de donde navegué nuevamente a tierra firme en una nao de traficantes que robaban indios para dar con ellos en la Española y venderlos como esclavos. Juan de Umbría los atacó una noche y en la pelea, entre los indios rescatados, quedé yo, español, como pelo en la sopa.

—Quiere decir que Lorenzo y Escafamiranda, puse primero al criado, porque un criado vivo vale más que un amo muerto, participaron en la batalla del Cabo de las Tormentas...

—¿Cabo? ¡Codo de las Tormentas!...

—¡Tremendo!

—Cómo será de tremendo que por eso le llaman así. Cada vez que el mar golpea los peñascos de la punta, es como si toda la tierra se golpeara el codo, como si la tierra se diera golpe de viuda...

—Escafamiranda puede que haya participado en esa batalla, pero Ladrada, habida cuenta de sus años, no.

—Quisiera pensar cual voz que Ladrada se llena la boca con esa guerra por lo que le contó su amo. Tiene una risa tan feroz, tan cruel, tan hiriente. Ríe como si tuviera, no risa, sino filo en los dientes. Sólo el que ha dado muerte a mujeres y niños, saqueado y puesto fuego a poblaciones y naves, ríe con esa risa de cuchillos, enciende en sus ojos dos brasas de fuego negro, luctuoso, y se sacude de alegría como llorando...

—Mal hacéis, Blas Zenteno, mi buen Blas, en juzgar a Ladrada por su risa, pues vos cómo saldríais si se os juzgara por el hablar gordo...

Los caballos, saciada la sed, alzaron las cabezas. La yegua dio algunos pasos para olisquear las lechugas cimarronas de la orilla. Antolinares le echó las sogas. Sobre el añil del cielo, las flores azules de los guayacanes. Un viento de semillas y perfumes. Dos manos cercenadas, igual que dos guantes sangrando rubíes y silencio, creyó ver Zenteno, ya era idea fija en él dejar sin manos a Ladrada, al grito de ¡Criado de piratas!...

Veintitrés

—Los españoles tenéis tan desarrollado el instinto de conversación que diríase que sólo conversando os conserváis...

Ladrada volvió la cabeza rápidamente en busca del que así jugaba con las palabras, pero no encontró a nadie. Acababa de terminar la imagen, estaba un poco aturdido, sentía las manos dolorosas, calientes, encendida la cara bajo los mechones de pelo castaño sucios de serrín. El esfuerzo de articularle los brazos a los hombros, valiéndose de goznes con todos los movimientos, le sustrajo a la realidad de tal manera que no tuvo duda de que alguien se había ocultado para reprocharle la costumbre de conversar, cuando estaba a solas, con la talla que iba saliendo de sus manos, aunque al punto vino a cuenta que era la imagen, a la que acababa de izar los brazos de crucificado, la que repetía aquello de la conversación, los españoles y la conservación.

Rígido, como si él también fuese de madera, los pies clavados al piso, vio a la escultura bajar los brazos, áspero ruido de crujimiento, venir hacia él desnuda, apenas un lienzo disimulaba sus vergüenzas abultándolas, y desafiarle cara a cara con el ojo de la ira abierto, siniestro, zurdo, mientras el párpado aplastado del otro ojo se movía igual que si despertara de un larguísimo sueño. Todo el silencio de la gruta y la respiración de Ladrada queda bajo sus pasos, los pocos que dio para llegar y enfrentársele.

El dominio del creador sobre su obra, sensación de haberla sacado de la nada, hizo a Lorenzo sentirse capaz de aniquilar en cualquier momento a aquel ser nacido de su fantasía, tallado por sus manos en fragante y pálida madera de naranjo, el cual, tras abrir por completo el párpado que le apagaba el ojo derecho, juntó los labios para apurar de un solo trago el grito agónico con que le había esculpido y fue al rincón en que de una percha rústica colgaban las ropas de Ladrada, para vestirlas.

–¡Todo el ímpetu en vos acorralado en mí va suelto, aunque estoy un poco tullido!

Y sí que lo estaba, enfundábase las prendas de vestir con movimientos de paralítico, en contraste con lo suelto de su lengua.

–¡Y por ese ímpetu juvenil en vos acorralado –siguió con su voz grave, metálica, de bajo profundo– gavilán tostado no al calor del sol, sino al calor de la noche, al negro color de la noche sobre las tablas azules del mar, pudisteis recrearme como fui, sin la máscara mediocre del gladiador romano, negación de toda posibilidad heroica, sin la tumefacta hibridez del fanfarrón de presidio o de ciudad que da lo mismo, y sin la fealdad agónica del que lo sacrificó todo por la realidad, concebido como horrible mezcla de mendigo y murciélago de orejas de embudo.

De la tierra en primavera siempre, subía en vaho dulce un aroma respirable y colorido que embriagaba a los canoros acompañantes de Ladrada, jamás visibles, ocultos en la fronda, como si fuera la fronda húmeda la que cantara, haciendo que el aroma fuera respirable, colorido y melódico. Del razgón del tragaluz, entre las peñas, bajó un río de arena, resbalando, saltando unos granitos sobre otros, y regóse donde ellos estaban, en ligera lluvia de polvo.

La imagen abrió y cerró la mano derecha con ruido de castañuelas en los dedos que por primera vez movía tomando los corpúsculos alumbrados por el sol, como si intentara guardarlos, y dijo a Ladrada:

—Está temblando...

Aquél, sin salir de su asombro ni despegarse del sitio en que le dejó clavado el animoso personaje, ahora vestido con sus ropas, igual que un castellano, se dio cuenta que el terreno iba de un lado a otro bajo sus pies y la gruta sobre sus hombros, ya cuando la sacudida terráquea había pasado y todo quedaba nuevamente inmóvil.

—Os agradezco —retomó el hilo de lo que decía con su voz de bajo— porque si no os atrevisteis a darme la nobleza de facciones de un hombre de bien, que eso soy, tampoco fuisteis a escarbar en el realismo deformante todo lo abyecto para estamparlo en mi rostro. Los fariseos, como no podían pintarme malo en sus murmuraciones, me pintaron feo y les secundaron los esenios en tal industria. Y a tanta fealdad me llevaron que nadie me quiere ver cuando se me presenta con los otros supliciados del Gólgota. Rhiparógrafo no me habría pintado más obsceno...

Lorenzo dirigióse a la salida de la gruta, sin preocuparse de lo que decía aquel que estuvo presto a cerrarle el paso cortésmente, sin parecer que tal hacía; mas como Ladrada, salvando el encuentro, siguiese adelante, le dijo:

—¡Mal haríais en pedir auxilio! ¡Vuestros compañeros creen en mí, no debierais olvidarlo, y de vos sospechan, os creen corsario, sospechan!...

Ladrada, deteniéndose para no atropellarlo, no era tan sólido, por mucho que vistiera su armadura, para no caer si se lo llevaba por delante, le reclamó: ¡No soy cobarde!... igual que si hablara con una imagen en un espejo, un bulto rodeado por el resplandor del aire. ¡No soy cobarde!... Algo así dijo. ¡No soy cobarde, pero tampoco quiero quedar atrapado vivo en esta gruta!

—Os sé valeroso, ¡cuánto coraje para huir de la capitana que se iba a pique frente a San Juan de Ulua! Pero nada afloja las piernas como un temblor, quiebra el ánimo del más osado...

—Lo de la Veracruz, frente a San Juan de Ulua... —repitió Lorenzo como si hablara a solas, por más que frente a él tenía la animada escultura.

—Sí, lo de la Veracruz. Aquel setiembre de mil quinientos sesenta y ocho, sobre tres años hace. Por un pelo del diablo os veo pasar con Escafamiranda al bergantín en que huía Juan Aquines...

—Lo de la Veracruz, frente a San Juan de Ulua... Juan Aquines...

—Mas como si el agua se hubiera convertido en tierra dura os quedasteis enmarrados en lo inmóvil, sin posibilidad de huir. Horas, horrorosas horas. Juan Aquines se pelaba las barbas. ¡Este terreno de migajón a medio mar es un castigo!, gritaba. ¡Nos castiga el mar por cobardes!... Y dio orden de amainar y bogar...

—¡La tierra nos entierre aquí a los dos, si no calláis!

–¡Nadie, ni la muerte, logró hacerme callar! ¡No me tragué la lengua ni en la cruz! Escafamiranda y vos, bañados en agua salada como renacuajos, dudasteis al oír la orden de bogar, y eso bastó para que os arrojaran de la nave en un batel...

–¡No fue por eso!

–¡Cierto que no fue por eso! Las astrologías de Escafamiranda confundieron el derrotero del pirata. Vos erais su ayudante, el pequeño astrólogo sonámbulo, como os llamaba el cosmógrafo Don Francisco Drake, quien hubo mejor suerte, porque encontró vientos favorables para huir muy velero. En cambio, el mar en que había caído Juan Aquines sonaba para siempre quieto al golpe de los remos, como una inmensa cáscara vacía. Mas todo fue echaros de la nave, como empezar ésta a barloventear. Aquines o Hawkins, como se llamaba, iba de aguja y pocas mangas por eso no tuvo tiempo de haceros alcanzar para ahorcaros, por mucho que los centinelas en los topes de los mástiles daban voces: ¡aves de mal agüero! ¡Brujos! ¡Hechiceros!... señalando vuestro batel todavía a la vista. Y esa noche fue de un gran silencio con viento, viento y viento. Os tomó la corriente del golfo hasta dar con vosotros días después en una costa, la punta de donde como resucitados echasteis a andar hasta las minas de oro.

–Si hubierais venido en nuestra compañía no lo sabríais mejor...

–¡Jo, jo... –rió ronco y cavernoso–... jo, jo! –luego dijo aproximándose al tablero del mapa trazado por Zenteno y al que puso nombres de su cabeza Antolín Linares–. Este triángulo, este triángulo es fatal... Para vosotros lo fue y lo será para muchos... La Sierra de Minas por vértice y el Mar del Norte por base... De la Sierra de Minas una línea al Noreste hasta Puerto Caballos y otra al Noroeste hasta arriba del Golfo Dulce... Mucho más arriba, tal vez hasta Yucatán... ¡Cuántos de vosotros habéis quedado o quedaréis atrapados en este triángulo!... Y no os hablo de los batalladores, sino de los mansos, de los que se quitaron de ruidos de conquistas para vivir como los indios.

–Pues todo lo sabéis, ¿qué misterioso embrujo retuvo a mi señor en ese triángulo? Ese triángulo que habéis trazado vos con mucha fantasía que resulta verdad... ¿Qué lo detuvo?... ¿Qué le ató?... ¿El oro? ¡No! Se ausentaba de la mina sin llevar jamás un ápice de metal en su maleta.

–El encantamiento femenino...

–Su Dama, la cautiva señora del sarraceno cruel, estaba más allá de sus ojos, por mucho que con ellos hubiera podido alcanzar las costas de la patria.

–Lo sé...

–Y si lo sabéis, ¿a qué sugerir ingratitud u olvido en quien había más corazón que cuerpo?

–En los enamorados, el corazón es siempre más grande que el cuerpo; el amor es como el sol que os arranca una sombra muy grande; os alumbra y os hace crecer el corazón que es la sombra del amor. Vuestro amo fatigaba las costas prendado de una visión femenina tan real como vos y yo... ¿Os hace sonreír el que yo me crea real siendo una imagen?... Esa visión era una mujer que surgía de las olas con dos brazuelos, ojillos que abría y cerraba constantemente y senos color de alga...

–Os agradezco que me toméis por un niño...

–¡Jo, jo... –volvió a reír ronco y cavernoso– para vos que os aderezo un cuento! Escafamiranda, el vuestro amo, no miraba a la mujer-pez como mujer, sino como alimento... ¡Jo, jo... de sus hambres de bucanero le quedó en los ojos el hambre de comer lamantino! ¡Jo, jo... nada se parece tanto al amor como la gana de comer lo que se comió alguna vez con mucha hambre, algo muy rico que sólo aquella vez nos satisfizo plenamente, porque después aunque lo comamos, nos sabe siempre a bocado de nostalgia!

–El único lamantino de que mi amo hubo noticia fue un fraile descalzo –articuló Ladrada con sorna quitándose de la boca la cachimba de tabaco de humo– al cual sorprendió la más extraña visión, mientras perseguía a dos o tres gesticulantes réprobos, voltarios, herejes a vuestro servicio. Aquel franciscano fue arrebatado y en sueños vio repetirse la crucifixión, sólo que la cruz del desnudo Gestas la ocupaba un caballero de armadura y yelmo.

–Como ahora sucede, sin estar vos soñando ni pareceros tan extraña la visión, la visión del fraile.

–Ni fuera del área triangular que venís de señalar y donde ocurrió la otra –dijo Ladrada fingiendo cierto aplomo, sin quitarse la cachimba de la boca, desarmado ante la forma en que volvía a realizarse la visión del fraile, para él y para muchos pesadilla de amodorrado, e iba a señalar con el dedo partiendo de Sierra de Minas, por el Noroeste, hacia Yucatán, arriba del Golfo Dulce, y por el Noreste hacia Puerto Caballos; pero se detuvo a tomar una filosa lámina de talco y un renglón de madera tosca para trazar sobre el mapa el triángulo en que más hombres blancos cambiaron el batallar por el vivir en paz.

El Maladrón vestido de conquistador. Pocas barbas, cráneo rapado, orejas cortadas.

Visión de tabaco de humo casi lunar.

Veinticuatro

Debajo de la gruta se oía pasar el agua goteante que iba a caer al abrevadero, con sólo pegar el oído a las partes en que las peñas húmedas tenían suavidad de carne, de esa carne india ahogada en el miedo tembloroso del animal que se caza dormido. Lorenzo atisbó muchas veces desde su escondite, donde tallaba en secreto el tronco de naranjo, a las indias que venían a dar de comer a los alarifes y que luego de repartir los condumios en las obras de la casa fuerte y el humilladero, corrían hacia allá, hacia el rincón en que el agua les hacía señas de espejos encerrados en cavidades de cántaro.

Nuegados de reflejo cobrizo eran las desnudas carnes morenas copiadas bajo sus ojos en el cristal y esta escena un día y otro estuvo a punto de hacer que Ladrada cambiara la figura que esculpía por una virgen silvestre. Otra sería su suerte. Las gracias revolotearían en torno suyo. El deleite de la forma invadiría sus sentidos de un fuego pasajero. Ya palpaba sus senos, ya sus hombros, ya su cintura, todo lo que en la superficie del agua veía reflejarse.

—Ahora ya sabéis por qué suavicé vuestras facciones y al veros así vestido y con armadura creo que también os di buen porte por tener tan escuchado del tuerto y de Zenteno ser vos el Señor de la Conquista, en el doble papel del incrédulo y ladrón.

—Si no os exijo retirar lo de ladrón es porque os veo desarmado y porque va de suyo que bajo ese antifaz soy vuestro capitán.

—¡Alto, que no es cierto!

—Tan cierto como dicho lo llevo, no el tuerto ni Zenteno, sino uno de los más justos varones venidos a estas tierras al afirmar que todo «cuanto los españoles tienen, cosa ninguna hay que no fuese robada», fuera de llamaros, entre otras linduras, «tiranos, robadores, violentadores, raptadores, predones...». ¡Jo, jo, si al doble papel nos vamos, como ladrón también os guío, en la cruz de vuestros altares y pendones!

Lorenzo, envuelto en una manta que le dejaba libres los brazos, acercóse a la mesa de trabajo en busca de más tabaco de humo para llenar su cachimba hecha de palo cachimbo.

Todo el cuero de la gran res del cielo, caliente todavía de la sangre del sol, y estacada en los cuatro extremos cardinales, destilaba luceros.

Antolinares, hediendo a pelo de caballo, arrullaba a su hijo, para que no llorara, junto a *Titil-Ic*, sentados no lejos de las chozas, sobre la grama fría de la luna, casi como si fuera grama de plata. El rumor de los pinos que parecían tener en brazos niños al arrullo. Sereno con olor a miel y agua. Se oía hablar a lo lejos. Zenteno, Agudo y Güinakil. Hablaban. Callaban. Hablaban de las ceremonias del «Gran Movimiento» que ya tenían encima. El año próximo las celebrarían en el humilladero del Maladrón, aunque no estuviera terminada la casa fuerte que Güinakil llamaba *catanatojilatzac* con sonido de pájaro que golpea el pico en un árbol seco. El tuerto Agudo trenzaba los dedos largos y de gordos nudillos tronadores, atento a los preparativos de los indios anunciados por el alarife, para cumplir con el rito, en un pedregal más allá de la laguna. No sería tan completo como entre los indios tiburones, donde oscilan, trepidan cientos de hombres que no conocen fatiga en el hamaquearse, bullir e imitar el ronco sonido de los retumbos, mientras al centro en el círculo del «Gran Movimiento», mujeres, niños, ancianos, gesticulan para que no les quede en el rostro la máscara de la muerte por terremoto, o van de un lado a otro, en danzas y contorsiones, simulando el espanto de huir antes de ser atrapados entre un árbol, casa o peñasco sobre la tierra ebria, tres veces ebria.

Tres veces ebria –explicaba Güinakil a Zenteno y al tuerto– porque son tres sustos los que la emborrachan: el susto del aire, el susto del fuego y el susto del agua. El sobresalto del aire se conjura durante los ritos del «Gran Movimiento», soltando aves presas en jaulas adornadas con flores de coralito.

–¿Pájaros de fuego? –inquirió Zenteno con curiosidad de niño hirsuto, todo ojos en espera de la respuesta del indio.

–No, castellano. Otros pájaros. Los testigos del estertor de las tribus atrapadas entre piedrones, mientras todo se movía, se sacudía, se derrumba todo en derredor de ellas, de sus carnes, de sus corazones, de sus ojos, de sus orejas, de sus bocas. Cuando se asusta el aire que hay entre el cielo y la tierra y del susto se va para un lado y otro andando como borracho pesa tanto que imprime a la tierra movimiento de zig-zag, y éste y no otro es el origen de los temblores oscilantes. Pero si el fuego frío, fuego de hielo, fuego de los metales, el sacudón terráqueo se asusta, corre a despertar a su mujer, el agua, y juntos hacen trepidar la tierra, mientras el varón rojo-amarillo echa llamas, lava y ceniza por las bocas de los volcanes, su compañera de transparentes espejos suelta nubes de vapor azufrado por los respiraderos de los ausoles.

–Estáis levantando chozas de troncos, cañas y techos de paja pintados al otro lado de la laguna, en los pedregales donde será la fiesta –dijo el tuerto el ojo muerto sobre Güinakil y el ojo vivo sobre Zenteno apurándole a comprender que nada importaban aquellos preparativos, si ellos sacaban precesionalmente la imagen de la cueva en que Ladrada la había esculpido en secreto, la llevaban ante los indios y se producía el milagro de que todos los participantes en el «Gran Movimiento», lejos de gesticular para el Dios de los Terremotos, cayeran postrados de rodillas y en cruz gesticulando ante el Maladrón.

–Esas chozas pintadas se derriban, se desbaratan en la danza del bullicio, caen en pedazos para satisfacer el apetito de casas derribadas en el corazón del que todo lo puede destruir en un momento, y se fingen bosquecillos de árboles para darles fuego y alegrar al que con su lengua de lava petrifica a la misma muerte cuando la alcanza. Y por eso le huyen la vida y la muerte. Morir sí, pero no en la lava que de las poblaciones deja, cuando más, esqueletos de piedras pómez de relumbrante blancura. Por eso flotan esas piedras en el agua, porque son huesos esponjados de cadáveres de poblaciones enteras que la lava quemó.

Zenteno, mientras Güinakil hablaba, sosteníale la mirada al tuerto, el ojo empapado de luna, con el temor de que el milagro no se produjera, de que aquellos salvajes aborrecibles no se prosternaran ante el Maladrón, proclamándolo por señor de sus gesticulaciones y hubiera que emplear la violencia para imponerlo a sangre y fuego.

–El sobresalto del agua –siguió el alarife de hermosas manos de albañil– no es sin retumbo. Existen los retumbos invernales, tempestades internas en que chocan los metales, mientras fuera llueve torrencialmente... El sobresalto del agua dentro de la tierra produce tempestades de truenos sin rayos ni relámpagos visibles. Sólo se oye el trueno, el trueno decapitado, el retumbar del trueno borracho decapitado.

El ojo del tuerto seguía fijo en los ojos de Zenteno, vivo, fanático, alunado, mientras hacia las chozas, no muy lejos, *Titil-Ic* se peinaba los cabellos bajo la luna y Antolinares, ya el hijo dormido en brazos, sufría del suspirar y suspirar que le agarraba de noche. ¿Por qué suspiraba? ¿Qué podía hacerle falta si estaba junto a él su hijo y su mujer y sus amigos? Verdad que ya no eran del todo amigos, desde el bautizo de su crío en que puso en duda la santidad del malhechor crucificado.

Y tuvo, además, embrollo de palabras con el tuerto, casi llegan a las manos, cuando le dijo sus dudas sobre que fuera a operarse con la facilidad que él decía, la mudanza de los adoradores de Cabracán, el milagro de sustituir a su Dios de los Terremotos, por la imagen de Gestas esculpida por Ladrada, no como las escrituras diz que era, sino a imagen y semejanza del dicho de Zaduc de Córdoba.

Y más violento fue su altercado con el hirsuto Zenteno, cabeza dura con pelo de mulo, al quererle disuadir de su propósito de emplear la fuerza para imponer al Maladrón, si no se producía el milagro preconizado por el tuerto con fullangas de fanático. ¿Qué fuerza podía emplear? Al sólo intentarlo, los indios darían cuenta de todos ellos sacrificándolos a sus dioses. Les abrirán el pecho para sacarles el corazón y ofrecerlo, como una pitahaya palpitante, a Cabracán. Y más fácil que fácil le será a los indios sacrificarles, reñidos como estaban entre ellos, abierta o secretamente por envidias, celos, recelos, rencillas viejas, que porque tú eres de Murcia y yo soy de Alicante, rivalidades pequeñas de todos los días y todas las horas, inevitables entre gentes que viven juntas, todo esto agravado, el idioma de la pena temblaba en los labios de Antolinares, por el propósito insensato, criminal, de cortarle las manos a Ladrada. ¿De qué le acusaban? De haber sido criado de pirata. ¿Y ellos qué eran? Feligreses de un ladrón.

El valle se poblaba de rumores. La proximidad de las fiestas rituales. De rumores, de pasos. Los que vendían mojarras secas, secas después de tostadas a fuego de brasa de palito; los que menudeaban sal, sal blanca, sal gruesa, sal menuda, sal negra, sal de su risa de blanquísimas salinas: los que sacaban a vender cargas de hojarasca de plantas medicinales, desde el guayacán o palo santo, hasta la zarzaparrilla, sin faltar la calaguala ni el pampampuche, los culantrillos, las rudas y contrarrudas, los diuréticos, como el limoncillo, los disolutivos, los afrodisíacos; y los que comerciaban con chirimías y tambores grandes y pequeños; y los alfareros, nueve de diez cacharros llevaban la figura de Cabracán destruyendo ciudades, desenraizando árboles, sus vértebras en el temblor, sus tripas sacudidas echadas fuera por el ombligo; y los que vendían cañutos de hormigas de fuego para los reumáticos y tullidos: y los que traían pepitas de piñón, remedio para endurecer los dientes; y los que menudeaban sapuyulos o corazones de zapote, contra el mal de flemas; y los que realizaban sus medros con raíz de suchipactli, flor de medicina para los acedos y el pasmo, y la escorzonera para las bubas, y el chichipactli o medicina amarga contra los ahogos, y los racimos de orejuelas, tan parecidas a las orejas de mono y tan eficaces contra las fiebres, y los acres cuesquecillos o chilindrones, instantáneo alivio para el dolor de muelas, y la lengua de ciervo, purificadora del hígado; y los que vendían gomas aromáticas tan finas como la llamada «blanda», porque con sólo el calor de la mano se ablanda y perfuma, y el estoraque, y el copinol...

—¡Jo, jo... —rió Gestas a espaldas de Ladrada que apretaba el tabaco de humo en la cachimba—, los piratas tenéis cien días de perdón! ¡Ladrón que roba a un ladrón! Y por eso también yo soy vuestro capitán. Robáis a los que antes han robado a los indios. Las mercancías que lleváis a vuestra Reina son dos veces robadas...

—¡Basta ya, capitán de injurias!

—¡Eso os digo a vos que me habéis llamado ladrón!

—¡Voto a Dios, el más ladrón de todos!

—¡Más os hubiera valido nacer sin manos!

—¡Os hubiera esculpido a escupitajos!

—¡No por eso, sino porque os las van a cortar, criado de pirata!

—¡Devolvedme mis armas!

—Pero antes decid, ¿por qué soy el más ladrón de todos?

—Porque le robasteis a la vida y a la muerte, la esperanza...

—Oigo pasos... Presto... Mis armas...

Veinticinco

En la caliza de los paredones de peñas blancas, por el corredor que daba acceso a la gruta, alargábanse en negro relieve los cuerpos de Duero y Zenteno, bajo la luz de la luna. Después de la cuesta era lento su paso de sombras, pero siempre en parejas por llegar y ver la imagen terminada.

—¿Hablabais con alguien? —preguntó Zenteno, blanco de luna, al desembocar en el ámbito de la gruta, donde el ojo del tuerto devoraba la escultura con los brazos puestos.

—Sí, con la imagen... —contestó Ladrada aproximándose a recibirles, luego añadió—: Desque me dejasteis por primera vez a solas con el tronco del naranjo, aquella mañana en que lo subimos a seis manos, empecé esta conversación con la futura talla, con la imagen que yo tenía en mí, con la imagen que el árbol tenía en él. El artista a solas habla de viva voz o de pensamiento con sus materiales. ¿Entendéis? No son cuerpos muertos. Un soplo de gracia hay bajo su forma aparentemente insensible. Hablando con la imagen que en el trozo estaba oculta, la encontré. En el trozo materialmente, en mí como idea. Son las dos imágenes de la misma imagen que se hablan en esta conversación del artista con su obra.

Arrobados como quedaron los gesticulantes ante la visión de la escultura, poco caso hicieron a la explicación de Lorenzo.

—Le dejé los brazos colgando, pero nada cuesta subírselos. Tendréis interés en verlo fijo en la cruz.

El tuerto hacía gestos, ensayaba alguna expresión doliente, la buscaba. Poco a poco, igual que una araña en peligro de fuego, se engarabató, y un estertor agónico lo redujo por tierra a un bulto de carne humana, con sólo un ojo. Mucho pelo, mucha barba, muchas uñas.

—¡Ataque! ¡Ataque! —gritó Zenteno, palpándose él mismo los brazos, el pecho, la cara, temeroso de que a él también le repitiera, le prendiera de nuevo el mal de la tarántula—. La impresión de la escultura —explicó después, el vozarrón acorralado, los pelos hirsutos con filo en su erizado miedo—, la impresión de la escultura... ¡Traed algo para acabar con el silencio! ¡Una flauta, un tambor, una concha de tortuga, una calabaza con arena sonora!

—Yo aquí no tengo nada —dijo Ladrada—, pero si queréis... Escafamiranda silbaba esta tarantela...

No hubo necesidad. El tuerto reanimóse. Enderezó la cabeza sobre el cuerpo pastoso. Fue hacia Lorenzo. Le besó las manos. No obstante la humedad caliente de sus labios trasunto de la emoción con que agradecía el bien que aquellas manos habían hecho al tallar la escultura, Ladrada tuvo la impresión de que lo besaba Judas, algo sabía de la amenaza de Zenteno de cortarle las manos.

—¡Crucificadle!... —gritaron ambos—. ¡Crucificadle! ¡Crucificadle! Mejor apreciaremos su factura viéndole amarrado en el suplicio...

–Otra razón dieron los fariseos cuando pidieron la crucifixión del justo. Vosotros queréis ver crucificado a éste por razones estéticas. No es el que tenéis enfrente, por mucho que sea el mismo, el que os hace creer, si no está colgado de la cruz. Es la imagen, tal y como vosotros la concebís, la que da nacimiento a la creencia.

Crujieron los brazos de la escultura en sus ajustados gonces al hacerlos tirar Ladrada hacia arriba. Un instante los dejó horizontales. Aquéllos se taparon los ojos. Parecía un espantapájaros. Luego los llevó a lo alto en un arriba manos que le dio estatura y lo amarró a la cruz, de los bíceps y los antebrazos, no por atados perdidos, pues en ellos se sostenía para sacar el pecho costilludo, alzar la cabeza muy alto, tratando de arrebatarse del tormento ayudado por el pie derecho que apoyaba en el madero para liberarse y no morir así.

–¡Más le vemos y más aparente nos parece! –exclamó Duero–. ¡Más vivo! ¡Hablar le falta!

La luz de la luna penetrando a raudales por el rasgón de las peñas, moldeaba en claridad de agua de plata el cuerpo del ajusticiado en larga llama de naranja pálida: su revuelo muscular de iracundo, los pronunciados ángulos de sus encajaduras, el desamparo lustroso de sus hombros de maldito, las ruedas profundas de las ojeras alrededor de los ojos, uno cerrado, aplastado por el colgante y pestañoso párpado sepulcral y el otro de par en par, con insolencia fría de carbón más negro que la noche, afiladas las costillas bajo el pellejo del tórax, cortadas las orejas, rapado totalmente.

Lorenzo, orgulloso del éxtasis que aquel leño humanizado provocaba en hombres tan duros, aniñándolos, obra de sus manos, apenas sintió llegar a pasos quedos al cejudo Antolinares (qué triste ver un rostro picado de viruelas bajo la luna). Tardó en incorporarlo a sus sentidos. Sólo al mirarle el hueco de la boca con dientes que se le aproximaba al oído. Bajo los bigotes, entre la barba, los labios carnosos.

–No durmáis en la gruta... –murmuróle apenas.

–¿Qué os parece, Antolinares? –dijo Duero al sentirlo.

–Una fuerza. Lorenzo logra hacernos visible su naturaleza perdida en las edades. ¡Cuánta perfección! Lo terrible es que está vivo. Da más miedo la vida que la muerte en los ajusticiados. En Sevilla conocí a un sentenciado a muerte, y os juro que me daba miedo verlo vivo. ¡Maldita sea! ¡Y una tía desahuciada, hermana de mi madre, verde de cangro, me era como ver viva a una persona muerta!

–¿Os gusta o no os gusta? –planteó Zenteno.

–¡Por mí lo hubiese preferido muerto! Pero éste lleva explicado –dijo refiriéndose al tuerto– que ya muerto no valdría nada...

–Efectivamente, el material humano no va más allá de la muerte –expuso Ladrada–; un cadáver ya no es forma real humana, forma parte del reino de lo desconocido, del misterio...

–¡De ningún reino desconocido ni misterioso! –violentóse Agudo, parpadeando, sólo bajo un párpado tenía ojo–. ¡Para nosotros el cadáver es tan real como la persona! Otro será su límite, ya no sólo el pellejo, porque va a salirse del estrecho mundo que lo cincunda al mundo del universo, terminada su individualidad. ¿Os arredra? A todos, a todos nos arredra no seguir como personas en una segunda vida. El infierno comparado con el absoluto fin que nos espera no es nada. En el infierno, al menos seguiríamos siendo nosotros.

–¡No puedo imaginarlo! ¡No es posible!... –exclamó Ladrada agitando su melena de tirabuzones castaños, la cachimba sin humo en la mano, los ojos con bosque de luna.

—Pues es lo que Gestas, Señor de la muerte sin más allá, nos enseña...

—¡Terrible favor hice al palo de naranjo, el perfumado naranjo de donde lo saqué!

—¡Tened la lengua, no sea que os castigue él mismo, que suelte uno de sus brazos y os dé una bofetada! —atronó Zenteno, agregando por lo bajo, sin que lo oyeran—: ¡Criado de pirata!...

—¡Es obra mía! ¡Sería como que yo mismo me pegara!

Agudo moviendo la mano para calmar los ánimos, fijó su ojo blando, colgado del párpado, como el de una tortuga, en los limpios ojos de Lorenzo.

—¡Habéis cumplido y no fenecerá en nosotros, mientras vivamos, el buen agradecer! No es el momento de discutir doctrina. Es el momento de creer sin discusión. Nuestros pensamientos deben estar fijos en el milagro que esperamos. Si devolvió los ojos a Antolín Linares, los indios verán, lloverán ojos del cielo para sus caras sin entendimiento. Iniciaremos la procesión tan pronto como estén reunidos en los pedregales...

Entre la luna y el alba, ya cuando todos dormían, se alzó el eco de los teponaxtles.

¡Teponpón... teponpón... teponaxtle!...

¡Teponpón... teponpón... teponaxtle!...

¡Teponpón... teponpón... teponaxtle!...

Los teponaxtles, altos tambores tocados con bolillos de cabeza de hule, anuncian el solsticio, la tempestad primaveral, mientras se trazan con serrines de colores, alrededor de las ceibas centenarias, los signos para adormecer el tiempo, la matemática de los calendarios creados para que el tiempo que pasó, aprisionado en sus números y cabalidades, no vuelva, no despierte, no regrese, no reviva.

¡Teponpón... teponpón... teponaxtle!...

¡Teponpón... teponpón... teponaxtle!...

La yegua blanca parecía lamer, como sal de mar, el sueño de Lorenzo. Su cabeza apenas recostada en la almohada de hierbas secas, formada con ecos, secos, ecos secos, secos ecos, ecos, ecos, ecos, ecos, fue de otro cuerpo, de un cuerpo dormido, arrojado al suelo tan a lo largo que parecía haber crecido durante el sueño.

Antolinares velaba a su cabecera, fijos los ojos en la puerta de la choza para evitar toda sorpresa, y el cuchillo muy a la mano. Su lengua de acero fría ya era caliente, sudorosa. Sudor de los dedos que aprietan y aflojan el puño. La pata de cabro. Ningún cabro ha tenido la pata agarrada a más intención de muerte.

Y la yegua blanca, después de lamerle el sueño, sal de mar, sal de lágrimas entre la cabellera castaña lo llevaba hacia el país del talco y de la brisa. Jinete mejor montado no hubo. Sus ojos eran simples adornos de vidrio, porque veía con todas las partes del cuerpo. ¡El triángulo! ¡El triángulo! El Maladrón, frente a él le mostraba en el mapa el espacio que se abarcaba de Sierra de Minas al Mar del Norte, por el noreste, arriba del Golfo Dulce, bien hasta Yucatán, y por el noroeste hacia Puerto Caballos.

Todos los caballos del puerto relinchaban y se encrespaban al olor de su yegua blanca. Unos saltaban a golpear sus sombras en la luna y pasaban igual que nubes. Otros se revolcaban en las arenas de la costa, desflecando sus crines espumosas. Otros se precipitaban desde los acantilados y dejaban en las aguas dormidas sus formas reducidas de caballitos de mar...

Antolinares velaba. Su hijo había crecido, así le parecía, y cuidaba su sueño como un buen padre. Al cantar el primer gallo, si lograba oír su canto entre el eco retumbante de los teponaxtles, despertaría a *Titil-Ic* para que les diera polvo de cacao con agua caliente. Un perro le asustó. El animal sacudióse como gusano y se volvió a echar. Esta vez apretó tanto el cuchillo que se le pegó a los dedos.

Veintiséis

El sonido de los teponaxtles. Redondez de eco en cántaro sin fondo. Y no sólo el sonido profundo de los gigantes tambores de cuero suena y resuena, sino el silencio, los nudos del silencio entre golpe y golpe se oyen más lejos, más hondos. Por caminos de pasos humanos marcados en las hierbas van y vienen los alarifes. Algunos trabajan. Otros miran las nubes. Otros oyen los teponaxtles. Esa noche, al caer el sol, caparan nueve días a la faena. Los de los ritos. Los de los teponaxtles. Nueve días. Nueve noches. Volverán con la cabeza del trabajo a pegarla de nuevo a sus oficios, cuando se hayan callado los teponaxtles. El trabajo por cualquier lado se parte y se vuelve a juntar, sin que se muera. Es como la culebra. Volverán sin pechos, sin manos, sin pies, sólo sintiendo el cansancio, pero alegres de haber colmado con gestos y danzas el hambre de movimiento del que derriba montañas, levanta volcanes, bifurca ríos, da y quita afluentes a los lagos. Entre naranja y azul el sigiloso rayar del día. Antes empezaron los teponaxtles. No ha salido el sol o está saliendo verde. Blando el pensar de Güinakil, el pensar, el estar. *Titil-Ic* viene por agua al abrevadero, antes del alba, después de juntar fuego, y le oye cuando habla lo que piensa. Si no la habla, no le oye, pero le entiende lo que piensa. Como está junto a ella le entiende. Blando el pensar y el estar de Güinakil frente al agua color de nopal líquido.

—Por ti sea dicho, *Titil-Ic*, Eclipse de Luna, esos barbudos preparan la imagen del hombre en cruz y por engañados nos tienen al hacernos creer que adoran al Señor del Gran Movimiento.

—No sé, Güinakil. Entre ellos secretamente puede ser...

—Por ti sea dicho, *Titil-Ic*, Eclipse de Luna. Lo sabes como sabe el agua que la estás echando al cántaro.

—Nada he visto...

—¿Dónde ocultan la imagen del hombre en cruz?

—¿Por qué iba a negarme ante tu pregunta? Desnuda estoy y transparente ante tus ojos, Güinakil.

—Tu hijo está a tu espalda y no te deja hablar, pero sangrará, sangrará la imagen del hombre en cruz bañada por la sangre de ellos. Pesar en nuestras frentes, en mi frente, en nuestros pechos, en mi pecho. No hubo paz. El hombre del hombre en cruz no tiene paz. Ésa es su religión, no tener paz. Y donde no hay paz, hay muerte. De buena fe construimos, edificamos lo que va construido, edificado. En nuestros paladares de piedra, la tierra, la cal y la arena. Cortamos árboles para costillas de techos. Cavamos cimientos para entrañas de muros. ¡Todo, *Titil-Ic*, Eclipse de Luna, será baluarte para su destrucción!

—Hablas como si pegaras, Güinakil, y yo soy de granizo tibio, mi dolor es más agudo. Astillas de llanto salado entierras en mí cuando hablas. ¡Yo que al oír tu paso dije a mi corazón: allá viene testigo dulce!

—¡Eso era, *Titil-Ic*, Eclipse de Luna, antes que espinara mi dulzura la traición del hombre blanco! ¡Suelta tu lengua, habla, cabes en mi oído como el agua que echas en tu cántaro! ¡Tus pies bajo tu lengua y tu lengua andando sobre mi silencio!

—Vacía estoy Güinakil, testigo dulce, y no hallo cómo satisfacer tu pregunta. Llevo a mi hijo a la espalda, podría decirte la verdad y no volver a ellos.

—No sé qué es lo que están urdiendo contra nosotros. Se pierden en el monte y de repente aparecen. ¿Qué es lo que buscan? ¿Qué es lo que ocultan?

—Creo que hablarían si tú les dijeras, Güinakil, por dónde se llega al tesoro de los mares juntándose...

Silencio de cueva siguió a las palabras de *Titil-Ic*. Cerca, lejos, por todas partes, se oían caer las gotas del agua nacidas de las peñas a la poza sin claridad, donde se movían borrosamente los bultos de la india, reflejada con el crío a la espalda, lo cargaba en una sábana blanca, y el de Güinakil ceñido a sus maneras de cacique.

—¿Lo del ayuntamiento de los mares? Hablan de eso para ocultar en su lengua la verdad que a veces se les escapa. El del ojo vacío es el más codicioso y el más hablador. Por amigo me tiene. Todos me tienen por amigo.

Oído y teponaxtle eran una sola cosa. *Teponpón, teponpón, teponaxtle. Teponpón, teponpón, teponaxtle...* Indios gigantes de cabezas adornadas con bejucos floridos, algunos cubiertos de mantos, otros desnudos, entornados los ojos, los golpeaban con vigor de siglos. *Pon, teponpón, teponaxtle... Pon, teponpón, teponaxtle... Pon teponpón, teponaxtle...*

Neblinas rosas, separándose de los nopales logradas por el naranja y el azul del alba, formas risueñas de la dicha del día, volaban a quemarse en el resplandor del sol, nube de oro sobre las montañas, o en las hogueras de plata roja del vaho de las aguas del «lodo que tiembla».

—*Titil-Ic,* Eclipse de Luna, jadeítas para tus orejas, pluma para tu calendario de fiestas.

—Güinakil, testigo dulce, bajo mi respiración tus jadeítas verdes y lisonja, pero ahórrame, ahórrame el compromiso de saber más de lo que sé del hombre amarrado en la cruz...

—De la imagen...

—¿De qué imagen?

—¿O, qué es lo que sabes del hombre en cruz?

—Lo que hablabababablan... A toda hora hablan de él y por eso digo lo que hablabababablan... Pero el hombre en cruz de estos barbudos no es el hombre en cruz de los que vinieron a quemar las casas, a llevar las mujeres, a dejar vacías las redes del maíz. Este hombre en cruz tiene otro nombre. Le llaman Gestas. Amancebado a las cosas, para el nada de cielo, tierra, lo que se tienta. Por otro nombre le llaman Maladrón. ¡Explicar lo que una no entiende y en lengua de bárbaros!

—Descubrir dónde esconden la imagen... —dijo para sí Güinakil, luego dirigióse a la india que había acabado de llenar el cántaro—: ¿Habrás oído hablar de la procesión?

—Lo que en voz alta tienen dicho. Piensan llegar a los pedregales en comparsa de grupos de alarifes al compás de tambores.

—Eso lo sabemos todos...

—El de Sierra de Minas irá adelante en el caballo negro...

—Poco menos que escondido vive ese barbudo de pelo de león. ¿Dónde se mantiene oculto?

—No lo sé...

—Dicen que es minero, buscaoro, buscaplata... Desaparece de poblado para oír dónde están las vetas cuando está solo. Debe ir solo. La mina no habla sino al que anda a solas. ¡Aquí estoy, dítele al oído, soy tuya, tuya, oculta en la roca, en el socavón! Y el minero que va como dormido, se detiene y dice: ¡Aquí está!, y al decir así, se despierta...

—¿Fuiste minero, Güinakil?

—Anduve hallando minas de piedras de ojos preciosos. ¡Ah, si en lugar de hablarte sientes que te miran, la mina no es de oro, no es de plata, sino de piedras de ojos preciosos!

Viejos ahumados escama de tizón bajo ceniza de edades, ni los ojos movían, sólo los pies en lento pedir permiso a un pie para mover el otro; mozuelos flexibles ceñidas las cabezas por cintillos de algodón blanco que manteníales cimera, en la sien, la pluma arcoiris de guacamajo, al avanzar a trancos; andariegos levantando polvo, alguna rota manta de henequén sobre la espalda; hembras de tribus sin varones, los menos muertos en la guerra, los más vendidos en las islas; lisiados por haber luchado con águilas y jaguares, ojos de semillas abiertas, manos de pumas; agoreros de profundo respirar de esponja invadían el valle rodeado de cumbres. Se acercaba el solsticio. Lo acercaban los teponaxtles. La quietud de las cumbres al salir del amanecer recortadas en la pureza del aire. ¿Por dónde se iba a los pedregales? ¿Qué eran aquellas construcciones? ¿Quiénes aquellos barbudos adoradores de Cabracán? Invadían el valle entre cientos de cabezas de mujeres al rojo vivo, al verde vivo, al amarillo vivo y cientos de hombres de muslos de pedernal. Sin que fuera de día, sin que fuera de noche, salieron de sus pinadas, de sus cercos de piedra, de donde es el gavilán y es la paloma, después de tomar cacao con espuma. En el gozo y sustento del agua agria o chocolate alimentaban su fuerza. Nueve días y nueve noches hamacarían sus cuerpos en los anillos oscilantes. Nueve días y nueve noches bullirían en los anillos trepidantes. Nueve días y nueve noches, en el ámbito del Gran Movimiento se sacudirían, interminablemente convulsos, enloquecidos de miedo, de pavor, de pánico, igual que poblaciones presas por el horror de sentir que falta la tierra, el sostén, la vida. ¡Cuánta máquina de espanto representada en gesticulaciones, ademanes, pérdida de los sentidos, para conjurar el peligro ciego, la amenaza para siempre del gigante oculto en las montañas, bajo las montañas, en los volcanes, bajo los volcanes, no el frío de la piedra, sino la raíz caliente de los árboles! Sonaban los teponaxtles. Ardillas platinegras, titís blancos como flores de floripondios, micoleones de pelo de oro de luna, monos peludos de cola prensil y amenazante, camaleones estáticos, iguanas chorreando pellejos fríos, alforzadas, comestibles, chorchas color de chile, o chilotes, los acompañaban como nahuales –sonaban los teponaxtles–, sin contar los que traían gallinas picoteantes, pavos azulosos, liebres, venados, tempestades pajareras, pececillos en agua, chumpipes, pijuyes... Sonaban los teponaxtles, *teponpón, teponpón, teponaxtle... Chumpipipipipí... Chumpipipipí... Teponpón, teponpón, teponaxtle... Chumpipipí!...* (Los pequeños pavos.) ¡*Pijpy!...* (Pijuy.) Y en la mezcla de sonidos a veces oíase: ¡*Chumpipipipijuy!...* ¡*Pijuy!...* ¡*Chumpipipi!...* ¡*Chumpipipipijuy!...*, sin turbar por eso el sonar de los teponaxtles, el eco de los teponaxtles, el retumbo de los teponaxtles.

Güinakil volvió del abrevadero hacia las construcciones de la casa fuerte, pero antes de llegar a las chozas desvióse para no encontrarse con Blas Zenteno, escurriéndose entre los vendedores de chia, los de las caras pintadas de humo azul como las flores de chia o chian.

—¡Chian!... ¡Chian!... —ofrecían estos monosílabos su agua fresca, dulce, con los miles de puntitos negros de las semillitas de chan, circulando por el paso libre que dejaban en el atrio de lo que sería el humilladero comerciantes de yerbas, raíces, cáscaras, pepitas, gomas, semillas, hojas y palos medicinales, sentados frente a sus ventas, silenciosos, sacerdotales.

Al amparo del rito mágico conjurador del pavoroso mal de las catástrofes terráqueas, en este mercado singular hallábase la medicina contra el pequeño mal y los insectos del asco. El *chubalán,* planta que come el tigre si se le tapia la orina. El *Zumaque,* masticable como tabaco de hoja para el dolor de dientes. El *cuztipactli,* medicina para quebradura de huesos y carne huida. El *díctamo real,* alivio para el corazón. El *cempolsuchil* o «veinte flores», para veinte males y ayuda de varones en las faenas amorosas. El *ixquis-suchil* o «solo una flor», para las quemaduras de las rozas. Y toronjiles, hinojos, anisillos, fumarías, ajenjos...

—Ser feliz en lo intemporal... —dijo Lorenzo al despertarse frente a un hermoso día, en medio del redondo sonar de los teponaxtles y el bullicioso ir y venir de los que bajaban al gran rito, y más despabilado, desperezándose, preguntó a *Titil-Ic* y Antolinares que estaban a su lado—: ¿Esperabais a que yo me despertara? ¿Vamos a las ceremonias del «Gran Movimiento»?

—Iremos a caballo —contestó Antolinares—, vos en la yegua blanca...

—El tuerto quiere que monte el caballo negro para hacer de centurión. Pero anoche... dejadme pensar... anoche soñé que montaba la yegua blanca...

—Si lo tenéis soñado, mejor. Yo iré en el caballo negro, con *Titil-Ic* y mi hijo al anca... Es tiempo que os lo diga, ya estáis del todo despierto. Güinakil interrogó a ésta, y muchas preguntas no se hacen cuando se saben muchas cosas.

–No os entiendo, Antolinares...

–Los indios saben o sospechan lo de la imagen, Ladrada, y como no hacen diferencia entre el bien y el mal entre el Señor Jesucristo y el perro del Maladrón...

Titil-Ic trajo un cacharro con cacao y agua caliente, unas tortillas de maíz, y en unas hojas que servían de plato, unos machetitos de madre cacao, cocidos, para comer con las tortillas.

–Estas flores son curiosas, parecen diminutos alfanjes, hasta el puño tienen... –y las comió Lorenzo, mientras tal decía, con buen apetito, masticando a dos carrillos ruidosamente. Más tarde añadió, tras apurar un sorbo de agua y cacao–: Pues les daremos la batalla por el Maladrón...

–En ese caso yo me salvo con mi mujer y mi hijo, en el caballo que tuvisteis a bien regalarle el día que lo cristianamos.

–No, llevad el caballo negro. Yo montaré la yegua blanca. Ea, dejadme que os cuente el sueño...

–No hay tiempo. Apercibido estáis del peligro con los indios y con Zenteno que os quiere cortar las manos. Nosotros huiremos hacia el Golfo Dulce. Adiós al «Valle del Maladrón», donde pudimos ser felices sin creencias, al modo de los animales.

Terrible es el fuego del sol en el agua. Abrevadero y laguna quemaban los ojos al mediodía. El relincho de la yegua blanca, entre los teponaxtles, llamando a Ladrada, como en un sueño. Un momento después ya sólo se oían los teponaxtles. *Teponpón, teponpón, teponaxtle... Teponpón, teponpón, teponaxtle... Teponpón... Teponpón... Teponpón... Teponpón... Teponpón...*

Veintisiete

Las pisadas gigantes de los ecos de los teponaxtles alcanzaban la noche. El tuerto Agudo seguía sin cerrar el ojo, arrodillado, acurrucado, gesticulando ante la imagen del Señor de la Muerte sin más allá, quien desde lo alto de la cruz le miraba con su ojo solitario, colgado de los brazos igual que un murciélago con forma humana preso y atado de las alas. Estaban en los últimos preparativos para la procesión. Zenteno había salido a buscar flores y hojas fragantes. El tuerto echó más de un cabezazo, a punto de dormirse, pero lo despertaba el respeto debido a la imagen y el batir sonámbulo de los grandes tambores. El párpado caído del Maladrón parecía moverse al temblor de la llama del candil de aceite de higuerillo titilante. Tuerto, tuerto como él. Por eso quiso que lo esculpieran tuerto, aunque Zaduc de Córdoba jamás habló de aquel párpado caído en forma de cerrado y pestañudo telón.

Mientras gesticulaba, igual que agónico, para no seguir pensando en Zenteno, ¿a qué montes iría? ¿Por qué no tornaba?, echó a rezar oraciones de su caletre:

—¡Brujo de las realidades, mirad por mi persona y ahorradme el dormir, porque no quiero perder un solo instante del goce de estar despierto aquí, donde no deja de ser primavera nunca! La cristalería de una luminosa erupción volcánica en el ojo que me queda, me permite sumergirme cada mañana en universos de color prístino, virginal, deleite sin antecedentes, porque en ningún otro lugar de la tierra se vuelve más viva la inmensidad lucida de la gota de agua, del grano de polen, de la mariposa, atmósfera que transforma el ser en deleite, en supremo, en indefinible deleite. Nadie ha visto este azul que yo veo. Lo tengo en su plenitud y en sus gradaciones al mismo tiempo. Imposible de explicar, de explicárselo. No puede haber azul más azul... Pero, ¡ay, Señor de nuestra Muerte, intacta, total, nuestra y sólo nuestra!, dejadme llorar ante esta sangre que yo no había visto antes. ¿De dónde sale? ¿Quién derrama por mis lagrimales estos hijos de cinabrio? ¿Es de la coraza del caracol con alas de donde se destila bermellón tan rojo? ¿Es de mi sangre? ¿Es de la luz de mi sangre? ¿Es el fuego de mi sangre? Acabaron las sombras, aquí estamos nosotros en color de sangre, púrpura de pitahaya, rojez de achiote, de rubí, de coral. No, pero no es eso... No son colores que se anuncian con palabras, colores de palabras pronunciadas antes de salir el esplendor del color amarillo... ¡Cuánta luz en este trigal yodado, en estas vertientes cabelleras rubias y allá donde el oro del sol está dormido! ¡Amarillo! ¡El amarillo! La luz no se queda en el cristal dorado, lo traspasa. Dulce fuego fatuo que codiciamos los que andamos en estas conquistas. Amarillo sol sin dominio. Sol amarillo cuajado en yemas de metal que vibra al ser descubierto... Amarillo oro radiante, casi otro amarillo, ya no el mismo... Y por eso nadie se va de aquí, el pretexto ¡oro son triunfos!, por no abandonar estas mesetas, estas cumbres, estas costas del mismo paraíso. Llueve. No saldré a ver, porque es en mi ojo donde llueve color verde. Ciego incendio inmortal. ¡Sacadme, sacadme del aguacero verde! Torrentes de agujas de agua sola. Sola y poblada de verdeoscuros, verdeazules, verdeclaros. Esmeraldas navegables, adónde me lleváis, adónde..., si no quiero irme, quiero morir aquí, ser esqueleto verde y no esqueleto blanco como son los huesos de los que mueren en otras latitudes. Esqueleto verde, costillas de esmeraldas, pelo de algas vibrantes, restos frutales en los que los insectos que forman el color verde se embriagan de oscuridad y de misterio...

Interrumpió sus preces, acalambrado, preguntándose a qué se debería la tardanza de Zenteno. Salió en busca de flores y hojas fragantes para adornar el anda en que llevarían en procesión al Padre de las Realidades, hasta los pedregales, donde los indios se preparaban a rendir culto a Cabracán, Señor de los Terremotos.

Esculpido a su imagen y semejanza, tuerto él y tuerto el crucificado, como en éxtasis mirándolo, contemplándolo con su única pupila, le imploraba con pucheros de moribundo:

—¡Maladrón! Hijo legítimo de la materia, Ángel de la Realidad, Señor de las cosas ciertas, se desvelarán los soles hasta extinguirse, se amasarán sombras sobre sombras hasta cerrarse todos los ojos de la tiniebla en el más profundo sueño, y tú seguirás despierto enseñando que el hombre es sólo una mezcla de sustancias vivas, hecho no a imagen y semejanza de Dios, sino a imagen y semejanza de los metales, los vegetales, los animales, el agua y la tierra que lo componen.

Las tribus indígenas se preparaban a iniciar las danzas rituales de apaciguamiento a Cabracán, Deshacedor de todo lo creado, a conjurar lo peor por la simulación de lo tremendo, repartidas en los pedregales, a donde llegaba el agua de la laguna, impulsada por el viento, como una oscuridad líquida, palpitante. Iba a rayar el día. Una prisa elástica surgía del rítmico y más rápido sonar de los teponaxtles, golpeados para imitar el ruido del retumbo, ese trueno del mundo inferior que se precipita a llenar la vaciante que se produce en el momento mismo del temblor, cadenajes de ruido que salen a encadenar las cosas para que no se caigan de la tierra a la nada, redes sonoras en las que todo quede preso durante el sacudón del terremoto, mientras la tierra vuelve a imantarse y atraerlas. Por eso se tocan los tambores, los grandes tambores, pegamento sonoro entre piedra y piedra, árbol y árbol, madre e hijo, fiera y cachorro, astro y volcán, luna y pirámide, cuanto caería a la nada a la hora de Cabracán, gigante de los infinitos que se quiebran.

Algún ruido de caballos. Algún molote de voces. Alguna violencia entre las hojas, sin turbar el plic-plac, plic-plac de las gotas de agua que caía de las peñas al abrevadero.

No pudo defenderse. Lo arrastraron de los pies después del golpe en la cabeza con la macana. Tendido por tierra, su cuerpo se alargaba al arrastrarlo, entre voces cortadas, pisar de pies, de muchos pies, de cientos de pies descalzos. Más a prisa, cada vez más a prisa el teponpón, teponpón de los teponaxtles, ya para pintar el día entre los nubarrones que ocultaron la luna toda la noche, sin dejarla brillar como debe brillar en el solsticio.

El tuerto, casi llagado de las rodillas, tanto estuvo de hinojos ante el Maladrón, escapó por el corredorcito de paredes calizas a otear el horizonte, a indagar qué pasaba con su compañero de armas. Salió a traer flores y hojas fragantes y no regresó. Amanecía sobre el solitario subir de las cumbres. Cadenas y cadenas de montañas. Añiles purísimos. La tierra verde, el vagar celeste, la luz estacionada entre el diamante y la humedad de la corola.

Güinakil, testigo dulce, arrancó el corazón del pecho de Blas Zenteno. Lo tuvo en la mano y no se detenía, saltaba, se le escapaba. Plic-plac, plic-plac, se oían caer las gotas de agua como lágrimas de las peñas al abrevadero. Allí quedó el cuerpo inánime y la máscara lívida del gigante hirsuto, los ojos fríos, abiertos, entrecerrados los labios duros, juntos los dientes, pálidas las orejas, amoratadas las uñas.

Duero Agudo paseaba el ojo solitario por la blanca oscuridad dulce de la neblina que había empezado a caer. Ni rastros de su compañero. ¡Maldita sea! Mejor hubiera ido él. El anda no puede ir sin esos ramos y esas flores. ¡Ah, pero ya veo! ¡Terquerías! Debe andar tratando de sorprender a Ladrada para cortarle las manos. ¡Criado de piratas!, de eso lo acusa, como si nosotros fuéramos criados de Dios Padre. ¿Por qué mejor no cortárselas para que no pudiera esculpir otro Maladrón? Pese a mi gratitud para Ladrada, acepté que pudiera hacerse por esa única razón. Privarle de las manos, cercenárselas como el más cruento elogio a la imponderable belleza de su obra, así como el alquimista rompe sus crisoles cuando ha creído conseguir residuos de oro.

Se volvió a la gruta. El paisaje había cambiado, ahora todo envuelto en algodón de sueño blanco, espolvoreado de sol. En la neblina se aplacaba el retumbar de los grandes tambores. Sin duda, se dijo el tuerto, ya comenzaron las ceremonias en los pedregales. Ante el Maladrón palpitaba, gota de larguísima agonía, ya para expirar, la llama del candil. Se acuclilló, recostada la espalda en la peña de piedra porosa de la caverna, a esperar la vuelta de Zenteno. Ya regresaría, aunque le horrorizaba pensar que en lugar de flores y hojas fragantes, tomillos y rudas, romeros y tamarindos, convúlvolos y crestas de gallo, avanzara aquél con las manos de Ladrada.

¿Qué haría? Le faltó el aliento de solo pensarlo. Enterrarlas allí mismo cubiertas de besos, después de arrullarlas frente a la talla surgida de sus dedos y de bañarlas en el llanto de su ojo completo, porque el llanto que le brotaba del ojo vacío, era un licor helado, corrosivo.

Se arrodilló de nuevo ante la imagen de su crucificado, al que vio desprenderse de la cruz y...

... hay que seguirlo, se decía el tuerto, mueve sus dos brazos como las orillas de un gran río... hay que seguirlo... es un perro de aguas... mueve los dos brazos... sus dos orillas... hay que seguirle... va por en medio entre sus dos brazos, sus dos orillas... dónde... dónde... dónde juntó los brazos y desapareció bajo tierra... allí... allí donde se perdió se juntan los dos mares... hay que seguirlo... adivinar los caminos de los ríos subterráneos, sin brazos, sin orillas...

No tuvo agonía ni volvió de su visión. El golpe de la macana en la cabeza le hizo perder el conocimiento. La cuchillada a fondo le abrió el pecho, herida por donde Güinakil, testigo dulce, metió la mano para arrancarle el corazón...

—¡Al arrancarle el corazón se le detuvo el llanto!... —gritó Güinakil...

—¡Al arrancarle el corazón se le detuvo el llanto!... —repitieron las tribus con labios como cuentas de un collar.

Y Güinakil proclamó:

—¡No otra cruz! ¡No otro Dios! ¡La primera cruz costó lágrimas y sangre! ¿Cuántas más vidas por esta segunda cruz? ¿Más sangre? ¿Más sufrimientos? ¿Y más tributos?... Ahora lo tenemos, el Maladrón es nuestro prisionero, y ser llevado en andas de espejo por escalinatas de fuego a la casa de las nubes, seguido de los caballos y de los corazones de Duero y Don Blas, sus dos descorazonados capitanes, capitanes del pecho vacío. ¡Oro y martirio fueron pagados, sin tasa ni medida, por el Dios de la primera cruz! ¿Por el barbudo de esta segunda cruz, más carne de trabajo y matanzas?... ¡El ardid de las gesticulaciones ante este segundo crucificado, no valió, convidados huéspedes amados, para hacernos creer que adorabais, en la imagen de ese cristo horrible, a Cabracán! Al sólo llegar don Lorenzo, el pirata empezó en lo oculto, la preparación del segundo Dios y la segunda cruz, y nosotros empezamos a vigilar vuestros pasos, los preparativos de vuestra traición. Os recibimos y os teníamos por hermanos hermosos... ¡No, capitanes, capitanes del pecho vacío, no habrá segundo herraje ni habrá segunda cruz!...

Los tambores gigantes golpeados a ritmo de retumbo, tras morder con los dientes afilados, volvían a morder con las bocas sin dientes de los ecos...

—¡No habrá segundo herraje ni habrá segunda cruz! Si la primera, con el Dios que nada tenía que ver con los bienes materiales y las riquezas de este mundo, costó ríos de llanto, mares de sangre, montañas de oro y piedras preciosas, ¿a qué costo contentar a este segundo crucificado, salteador de caminos, para quien todo lo del hombre debe ser aprovechado aquí en la tierra?... Si el de la primera cruz, el soñador, el iluso, nos costó desolación, orfandad, esclavitud y ruina, ¿qué nos espera con este segundo crucificado, práctico, cínico y bandolero?... Si con la primera cruz, la del justo, todo fue robo, violación, hoguera y soga de ahorcar, ¿qué nos esperaba con la cruz de un forajido, de un ladrón?...

Los tambores gigantes, golpeados a ritmo de retumbo, tras morder con los dientes afilados, volvían a morder con las bocas sin dientes de los ecos...

Veintiocho

Prontos o perdidos. Ladrada saltó a la yegua blanca y clavó espuelas. Antolinares, *Titil-Ic* y el crío huían en el caballo negro. Por el abrevadero soltaron los otros caballos y en la confusión, bestias de estampida, cascos y relinchos por todas partes, nadie supo en qué cabalgaduras ni por dónde escaparon ellos, medio dormidos, medio despiertos, medio vestidos, con lo poco que pudieron arrebatar, lo que estaba más a la mano, de sus ropas, armas y haberes.

Pero no sólo los indios perseguían a Lorenzo Ladrada, los indios cabracánidas o cabra ¡cabrones!, como decía él. Espoleaba desesperadamente huyendo de persecuciones imaginarias, tan ciertas, sin embargo, como la máquina demoledora de los grandes tambores que abarcaban con sus ecos cielo y tierra. Apenas cerraba los ojos sentía a sus espaldas, pronto a darle alcance, el crucificado ladrón que le reclamaba por qué le había esculpido con cara de tenebroso y al no menos criminal de Blas Zenteno que jurado tenía cortarle las manos, acusándolo de haber sido criado de piratas.

—¡Criado de piratas! —gritaba Ladrada iracundo como endemoniado contra Zenteno, ira que se le convertía en espuma de rabia pensando que el tuerto Agudo, su mejor amigo, dio su anuencia al manicidio, no por lo de pirata, extremo que no estaba probado, por lo de pirata no, era una simple presunción y el maldito tuerto era hombre de reservas de conciencia, puntillosidad y escrúpulos jurídicos, sino porque cortándole las manos no podría esculpir igual o más perfecta imagen de la que talló para ellos. Lejos estaba Ladrada de la suerte ocurrida por aquellos infelices, ahora con el tórax vacío, descorazonados y sin cuero, pues no faltaron cabracánidas que los desollaran para vestir sus pieles blancas.

—El que agonía deja, agonía lleva... —le reclamaba el Maladrón, no con voz áspera, menoscabada, carcelaria, sino con el tono persuasivo de un tribuno mascador de sofismas, cambio de laringe que no correspondía a la imagen del facineroso que él había esculpido. Bajo el tempestuoso retorcerse del bandolero agonizante, se ocultaba su imagen verdadera, su rostro tallado en pulpa táctil, cabello, pestañas y barbas de azabache rojizo, labios pulposos, dientes blancos, nariz aquilina, ojos de pupilas pequeñas, muy vivas en la nieve de las córneas.

Increíble. De la cara contrahecha del supliciado, de su máscara diabólica, salía el rostro radiante de este joven saduceo oloroso a naranjos.

Betsaida, allén mares y tierras, guardaba tibieza de ala en el espacio de sus plazas y sus calles tendidas sobre tapices de plumas, suavidad que no se perdía con la alleganza de gentes emporcadas por el comercio.

Por la escalera del palacio de Herodes Felipe, la mano en la frente en forma de visera, le cegaba a esa hora matinal el reflejo de los zafiros del mar de Genezaret, bajó el que decíase descendiente de Sumos Sacerdotes y Príncipes de Judea. Los que le reconocían le saludaban y apartábanse respetuosos para que pasara, suelto, ligero, túnica y sandalias, camino al jardín de los filósofos.

—¡No muerden las monedas para saber si son falsas o de buena ley, les clavan los dientes porque tienen la efigie del César... —acusó el joven saduceo a los fariseos al saludar al pequeño Herodes, hermano del Gran Herodes, para quien aquella mordida significa desprecio por la moneda extranjera.

Y otro tanto fue diciendo esa mañana, jovial el tono, amanerado el brazo al hacer el ademán, el gesto de morder la moneda, a los amigos que encontraba, enemigos casi todos, declarados o encubiertos de los fariseos. La antigua pugna entre éstos y los saduceos, extinguida en el campo de la lucha política, mantenía todo su vigor en el terreno doctrinal, salvo en el caso de este joven saduceo que sostenía la pelea en todos los campos. Helenizado hasta la médula, de judío, como él mismo decía, sólo conservaba el rencor.

En el palacio de Julias, cuyos pórticos acababa de cruzar, encontraba filósofos y poetas venidos de ciudades griegas, a los que confundía con su dialéctica. El hombre habitado por el agua, sudor, llanto y orines, decía, helenizando en lengua semita, se inventó un Dios para que lo creara. Y se inventó el alma, y se inventó la eternidad que no es más que el tiempo que no se gasta, para tener donde seguir existiendo después de la muerte, como si la muerte nos denegara algo de su fin total y absoluto. Pero su lengua era demasiado seca para helenizar sin la humedad del vino y en la intimidad, lejos de la reunión pública, más epicúreo que estoico, al calor de un vino de viña sembrada donde hubo rebaños de profetas o de un

Veintiocho

licor de dátiles que penetraba su cuerpo de sutilísimo fluido, negaba la predestinación.

Sus adversarios no tienen tiempo para cebar en él todas sus apetencias, a pesar de morderlo y comérselo cada día por lo escandaloso de su conducta como político, filósofo y mundano. Aquél afea su actitud de gusano junto a Herodes Felipe, éste comenta lo ocurrido en los baños públicos, donde habló de levantarse contra Dios y contra Roma, lenguaje de conjurado, y no falta el que se cubre las orejas al referir las blasfemias que profirió en el gimnasio contra los Ángeles.

Negaba valor a las Escrituras interpretadas por los Doctores de la Letra Muerta y sonreía cuando le llamaban Anti-Profeta, contento de serlo, pues los Profetas valen ahora menos que un cuartillo de estiércol de paloma y no hace mucho tiempo se dio la cabeza del Profeta del Desierto por la danza barata de una mozuela libidinosa.

Lo íntimo del hombre es la nada, es su naturaleza, y sólo realizándose la compensa, haciéndose realidad, cada vez más realidad de sí mismo, explicaba a su amante de ébano tatuada de astrologías y hundida casi siempre en las aguas de un baño perfumado de cuya superficie cubierta de pétalos, sacaba dos redondas pupias de oro de tamarindo.

La mujer o el olor de su cabello. Una pequeña mecha de la noche de sus trenzas caldeada con el rescoldo de su mano. Tenía las manos tan calientes que cuando las hundía en el agua para sopesar los senos de su amante, oíanse como brasas que se apagan. Pero si esa noche sus manos ardían, afiebradas, olorosas a perfumes extraños, corría por su cuerpo sudor de hielo.

Oír, meter la oreja en el caracol de la noche, hasta el fondo, sin perder un solo ruido. Las salas silenciosas, el viento en las palmeras, la profundidad del agua en aquel mar interior, alimentado de eternidad por el Jordán. Oír el silbo agorero, los ladridos, los pasos. Sólo un niño solloza con el sentimiento de un pueblo oprimido. Y todos los demás ruidos y ecos desaparecen de la noche, como si se confabularan para dejar oír el sangrante lloro del que en la esclavitud gime dormido, del huérfano de justicia. Alzó las manos el joven saduceo, blancas, pulidas, perfumadas ¿adónde volar en medio de la noche de Judea...? a Jerusalén... ¡Jerusalén!... ¡Jerusalén, la ciudad donde las piedras hablan, sin cicatriz visible hasta el mar muerto!... Apuró el paso en busca del aposento en que dormía su esclavo griego. No dormía. Lo sintió entrar, pero no dio señales de vida. Apenas su respirar blando. Lo compró para que lo instruyera, pero éste se negaba...

–¿Hay, por ventura, algo que enseñar al que nada espera? –argüía el esclavo, bello como una antorcha–, sí, la puerta del suicidio... El que dispone de su vida sin importarle nada, puede disponer de ella para la muerte... (Para realizarse en la irrealidad... pensaba el amor.) Anda más aprisa el trecho que te falta de vida. (Y eso depende de mi voluntad, pensaba aquél, sintiéndose supremo deshacedor... él no se hizo, pero se podía deshacer...) ¡Y deja de predicar contra la esperanza!... ¡Ah, pero no te perdonarán... en vano buscarás rescate, apoyo, nexos de sangre, indulgencia... contra ti serán implacables... todo se le puede perdonar al hombre, menos lo que tú haces, robar al corazón esa brizna de lo posible, del que espera algo, algo... lo imposible si quieres, porque en todas partes y a todas horas, cuando no se es de tu partido, algo está por llegar! ¡Eres el peor de los ladrones! ¡Anda... me dueles... no quiero verte morir en una cruz... no te perdonarán, les has robado la esperanza... anda y di que sí crees en el cielo, di que en la muerte no terminará todo, di que la materia está amasada en el hombre con las fuerzas divinas que componen el alma, di que no es cierto que al desaparecer el hombre, desintegrado su ser material, nada hay que sobreviva!

Y tras una pausa:

—Sobre otras cosas podría ilustrarte —siguió el esclavo griego, sin abrir los ojos, echado por tierra—, para eso me compraste, ¿pero qué puede enseñarte de útil y conveniente a ti que no crees ni esperas, el que como yo cree que el alma vuelve al todo, que se reintegra al abrasado espacio de los cielos?

Espectral, entre el humo de las lámparas consumidas y el claro albor de la mañana, solo, completamente solo (la soledad de la materia es infinita, y él no era más que materia, sustancia, naturaleza), pegados los labios secos, hondos los ojos, más aturdidos que dispuestos al sueño, se dejó caer en el piso al lado del esclavo, pegando y despegando los párpados como los bordes de dos heridas que sólo podía cicatrizar el sueño.

... se veía, nada... ... árboles que no eran... ... montañas que no estaban... ... neblinas abriéndose camino de algodón en la tiniebla... todo lo que pasaba de lado y lado de las cabalgaduras y jinetes... agonía galopante... de las cabalgaduras que ya casi no tocaban tierra... ganar distancia a los teponaxtles... nada... no se miraba nada... salvo instantes... Ladrada en la yegua blanca, de yeso, más blanca en la tiniebla, y Antolinares y los suyos en el caballo negro, tizón apagado con crines de humo, más negro en la neblina apuñalada por las hojas de los izotales, cuchillos de obsidiana verde, afilados, de agudísimas puntas... nada... no se veía nada... Igual llevar los ojos abiertos que cerrados... hacia... hacia dónde huían... hacia donde no se oyeran los teponaxtles... hacia donde no oyeran su agonía... contra viento y granizo... más allá de la lluvia de lágrimas sólidas, dulces y extrañamente heladas...

El Maladrón increpó a Ladrada:

—¡Por los dioses! ¿Crees acaso que la máscara de agonizante en la que se pintan, vez la befa y la rabia, vez los gestos del endemoniado, es la de un estoico, que no movió un solo músculo de la cara, ya que su vida fue la búsqueda de la suprema diferencia? Mi arte fue prepararme para la muerte y lo conseguí. Morir sin darle importancia a la muerte. Y para eso, en lugar de medicinas, de alcoholes, de perfumes, de drogas sagradas, bebía dientes de fieras que trituraban en mi interior el bagazo purpúreo del amor a la vida...

Lorenzo intentó explicar algo, pero aquél adelantóse a decir:

—¿La culpa? ¡no, no, no te culpo del todo! La servidumbre del arte condiciona las más tristes de las servidumbres humanas, es el hombre empleando su sensibilidad y las potencias más puras de su mente al servicio de creencias, ideas, imágenes hechas, aceptadas, consagradas, y por eso tu buril repitió una vez más la imagen del ladrón, no sólo ladrón, sino malo... mi imagen... jajajá... ¡mírame! ¡mírame bien!... —y tras una pausa continuó—: No te excuses, es tu obra maestra, amor y aborrecimiento no quita conocimiento, y... ¿sabes... sabes por qué es tu obra maestra? Sencillamente porque me esculpiste pensando en ti mismo, en el Lorenzo Ladrada que, descompuestas las facciones, el cabello alborotado, los ojos pepitosos, el aliento en un sofoco, salió de la bocamina cierto día, las manos convertidas en ubres rojas, los dedos como tetas que en lugar de leche destilaban sangre...

—¿Me acusas?
—¡Te excuso de haberme esculpido...!
—¡Escafamiranda!
—¡Tu amo! Su esqueleto te espera en el fondo de la mina, el puñal todavía clavado en la espalda...

... se veía, nada... nada se miraba... los grandes tambores sonando detrás de los cerros, cada vez más lejos... un respiro de las cabalgaduras... del galope al trote ligero... el valle del Maladrón del otro lado de la montaña... la tierra menos migajón y más piedra... el golpe seco, metálico de los cascos... tres jornadas más y estarían sanos y salvos en las minas de Lorenzo Ladrada...

El Maladrón siguió en tono de revelación.

—A mí, Lorenzo Ladrada, me prendieron en Cafarnaún. De Betsaida había ido al encuentro de un camello. Por encargo traía para mí, en las hojas de un papiro, la perdida fórmula de recobrar la esperanza. Pero en lugar del papiro pasaron por mi cuello y alrededor de mis brazos un cabestro de irritantes cerdas. Fue lo único que reclamé a los que me ataban. Quedé como una momia, brazos y piernas inmóviles, y allí mismo me untaron en la cara una asquerosa resina que ardía en contacto del aire para quemarme la faz. ¿Quién habría reconocido al que llegó de Betsaida oloroso a agua de rosas, seis veces bañado, las cejas en arcos iguales, las pestañas almidonadas de betún y miel? El sol de la tarde brillaba en las aguas del misterioso mar espejo de mi pequeña eternidad, y de haber creído en los Ángeles, habría dicho que sus alas llenaban las barcas, en contraste con los demonios que me arrastraban con cara de bandolero, sin mis bellas facciones varoniles... Todo lo perdonan los hombres. Todo me lo habrían perdonado. El que fuese ladrón, blasfemo, turbulento, nefando, incendiario, parricida, todo, menos el haberles robado la esperanza.

—Me echaron a las profundidades y no se supo más de mí —siguió diciendo aquél en voz baja—; se dijo que me había arrojado al Mar Muerto. Tras desfigurarme el rostro, borraron mis huellas. Nadie oyó, nadie vio y yo mismo llegué a dudar de mi persona, a preguntarme si era yo el que yacía en el fondo de un pozo, sin luz, sin aire, sin agua, sin alimentos, salvo la lluvia para la sed y algún pan o pedazo de carne cruda que me arrojaban más para no dejarme morir que para que viviera. No sé cuánto estuve allí enterrado. No lo sé. Me extrajeron enceguecido de oscuridad, sin poder dar paso, había perdido el uso de mis pies, no sabía andar, largo el cabello, largas las uñas, costroso, lleno de piojos y maldije al salir la luz de los astros que techaban la madrugada y el chío-chío de los gorriones que adivinaba saltipaititas de rama en rama de los almendros, sin importarme la presencia de los carceleros que orinaban ruidos de llaves por los sexos circuncisos de sus dedos. Soldados medio dormidos limpiaban espadones, escudos, cascos, sin hablar, o conversándose en el lenguaje militar de las escupidas, sin palabras, silenciosos, escupida allá, escupida aquí. Por boca de uno de los Pontífices supe que sería graciosamente crucificado con ocasión de la Pascua. Muy juez y Gran Pontífice, se sintió perdido, como sus famélicos dedos en sus barbas, cuando le pregunté por qué no se me ofrecía a mí la vida a cambio de la abjuración de mis creencias...

—¿Habrías abjurado? —atrevió Ladrada.

—Quizás sí, quizás no. Amaba tanto la vida...

—Sus materialidades...

—No sé que sea otra cosa que el óleo del Ática y el vino de Lesbos. Pero conmigo no hubo tal alternativa. Fariseos, escribas, gentiles, publicanos, me habían ganado la partida y podían propalar, impunemente, en un mundo de ociosos y usureros, las paparruchas alegres del alma, el cielo, la inmortalidad, sin nadie que les contradijera públicamente, apasionadamente, como lo hacía yo en templos, atrios, plazas, donde me encontraba con ellos...

–¿Y ahora qué... –alzó la voz Ladrada, no se atrevía a mirarse los dedos, que destilaban sangre–, huyes con nosotros?

–¿Huir? ¿Huyendo tú? ¡No, Lorenzo Ladrada, tu fuga disimula al asesino que vuelve al lugar del crimen! ¡No resistes a la tentación de retornar a la mina, te atrae la tierra que manchaste con la sangre de Escafamiranda, tu amo, a quien acuchillaste por la espalda! En cuanto a mí, os dejo fuera de peligro, y regreso, convertido en ídolo, a presidir el Festín de Cabracán, en los pedregales. Ninguna de las divinidades forasteras que trajimos, yo vine con vosotros, es objeto de veneración tan singular. De haber sabido mi inmortalidad en imagen, linda inmortalidad, habría anunciado en la cruz que iba a estar en talla de naranjo, no en el Paraíso, sino al lado de Cabracán, como el dios más dios de los dioses llegados del mar...

–Traído por nosotros, no lo olvides...

–Sí, sí, no lo olvido, traído por vosotros, manga de fetichistas africanos...

Veintinueve

El tibio y dormido pasto se tragó el sonido tintineante de las espuelas de Ladrada y Antolinares. Descabalgaron donde ya no se oían los teponaxtles, aquél sin tanteo en los pies tal zancadilla le había echado el Maladrón al acusarlo de haber dado muerte a Escafamiranda, para quedarse con la mina, y Antolinares sin entender lo que entendía, la existencia de su hijo, carnecita de español y de india, temerosos de que *Titil-Ic* se lo robara y no llegara a ser lo que él se proponía que fuera, doctor de Salamanca.

Lluvia oblicua, sin caer. Tierras embebidas. Orejuelas de hierbas. Diamantinas asperjaduras de rocío evaporándose. Sol blando, acostado, ensabanado, horrorosamente parecido a la luna. Peñascales color de fuego encendido bajo la llovizna, hamacas de pinos peinados en barrancas cubiertas de hojas secas, arroyos, palos de sal, encinales, zarzas, chilchicastes, y ellos, huellas humanas dejando sus pasos frescos, apenas desprendidos del movimiento.

Se detuvieron entre la luz y la sombra. Un lejos de silencio y oropéndolas. No hablaban. *Titil-Ic* los envió a juntarse. Un pequeño gesto para que se juntaran. Presencias y respiraciones afines. No exhalar el aire con fuerza. Guardarlo lo más posible. Oír. Oír sin respirar. Un mar profundo. Masas líquidas con pugnacidad de oleaje. Se agarraron, para no caer, de las paredes del aire. Andado tanto para de sopetón encontrarse... ¿encontrarse con quién?... Con la yunta de mares uncidos que de mucho buscarlos se les habían hecho pellejo, naturaleza, razón de ser de su locura andante, aunque de los capitanes que por perseguir este sueño se apartaron de conquistas, sólo quedaba Antolín Linares, este Antolinares que desclavó del cielo la nube de un estandarte imaginario y se adentró con su hijo en brazos hasta sentir el agua a la cintura, para bautizarlo por segunda vez con las linfas revueltas de dos mares y los sonidos revueltos de dos lenguas océanas, la castellana y la nativa que tenía aprendida en el delicioso y cotidiano estar con la Trinis *Titil-Ic*.

¡Atrás, fantasmas de ceniza! ¡Atrás, mi Capitán Ángel Rostro o del Divino Rostro de Dios, el segundo desertor, el primero fue Quino Armijo, de los que diz se apartaron de la Conquista de los Andes Verdes, en busca de este mar hecho de dos mares océanos do se juntan todos los «Non plus ultra»!

¡Atrás fantasmas de ceniza! ¡Atrás Duero tuerto, hermano de leche de tarántula de Blas Zenteno, el más Blas de los Zentenos y el más Zenteno de los Blases! ¡Atrás todos, ahora que Antolín Linares Cespedillos se adelanta por estas oceánicas mareas llevando en brazos al vástago de dos razas fundidas ya para siempre como dos Océanos de sangre, nacido en estas Indias de padre advenedizo y nativa madre, bajo un cielo que creía estrenar esa noche todas sus estrellas!

Lorenzo Ladrada, mientras tanto, sacó su cuchillo para grabar en una roca sus nombres, seguidos de la noticia: «Descubridores de la Mar Interoceánica».

Luego dijo transportado al séptimo entusiasmo:

—Quedaros aquí, Antolinares, mientras yo voy hasta la mina. Voy y vengo. Quedaros atalayando cuáles naves cruzan ya de un Océano a otro. A mi regreso, vendré cargado de oro y plata para tu hijo, os haréis con la Trinis y Antolincito hacia la Mar de Zargazos, que es un lago de España y yo embarcaré hacia el Océano de las Especias en busca de aromas, perlas y corales...

Y de andadura se fue, sin esperar respuesta ni agradecimiento por las promesas áureas y argentíferas que les hacía y por el caballo negro que les dejaba.

La Trinis *Titil-Ic* y Antolinares, sin consultarse, la telepatía comunicaba sus cabezas, siguieron viaje en dirección contraria a la tomada por la yegua blanca y el misterioso jinete, para llegar antes que él a dar noticia del feliz hallazgo de los mares que se juntaban. Al más vivo candilazo. Por algo quiso inmovilizarlos allí con el encargo de atalayar las naves que pasaran, mientras él iba y volvía de la mina con oro y plata para Antolincito. Mejor cebo en ningún anzuelo. El que a tu hijo besa tu boca endulza.

El caballo negro volaba. Debían ganarle la delantera a Ladrada. Buscar alcalde, escribano o alguacil y asentar en libro de Ayuntamiento o folio sellado de cartulario, ser ellos, y no el pirata Ladrada, los del descubrimiento de esa vía acuática entre ambos mares, para que el secreto no pasara a infieles, ingleses o herejes, no sin añadir a la noticia y reservas un mapa en que vendría primero la bahía, luego un río encajonado entre montañas, luego un lago y en seguida, ya esto supuesto por ellos, aun no lo habían visto, el otro Mar Océano.

Los guiaba el olor a sal, más y más fuerte, y si faltaba el olor, el sabor a sal en los labios. Por allí saldrían a uno de los dos mares que habían visto juntarse. Cerros cortados a navajazos de cataclismo. No fatigaba la distancia, sino la geometría. Del claroscuro al claroazul, al claroverde, al claroazulverdeazul, entre lianas y tapices de clorofilas que caían, independientes de los muros venidos a menos peso al hundir sus reflejos en los espejos del agua abismal, en forma de pliegues de cortinados con ornamentos de cácteas, helechos, orquídeas, hojas pintadas, pájaros, lagartijas, insectos fosforescentes y colgaduras de quiebracajetes que eran como embutidos de trasegar cielo los de bordes azules, de trasegar luz los de bordes amarillos, de trasegar sangre los de bordes rojos...

El caballo volaba, ya no era caballo, sino una nube negra con pezuñas que apenas tocaba tierra tan en el aire iba en aquel no llegar y no llegar, no llegar y no llegar, bien que ellos sentían, tal era su prisa, que no era bastante lo que corría, que no se quedaban rápidamente atrás los árboles enanos que los rozaban, los espinaban y casi los arrancaban de las cabalgaduras, los árboles gigantes del cielo y los embalses movedizos de aguas que galopaban espumosas a la par de la bestia o transparentábanse inmóviles, espejos mudos junto al sueño de caimanes estrábicos, tortugas que formaban una sobre otra y otras sobre otra, torres de marfil, manatíes o mujeres del mar que amamantaban a sus pequeños rosmaros con leche de sus senos, perros de aguas, gatos de fósforos, diminutas ranas blancas de manos de feto, cadáveres de monos a los que faltaban brazos, piernas, la mitad de la cara, parte del cráneo, víctimas de su afición a las corridas de lagarto. Los monos tiraban del saurio todos juntos, chillones y contentos, y al tenerlo fuera del agua salían a torearlo, a coquearlo, a retarlo, hasta que el lagarto enfurecido se lanzaba como toro, ciego en el arranque, brutal en el empuje y tan veloz en la carrera que los coludos toreros apenas tenían tiempo de jugarle la vuelta y salvarse de sus dentelladas, aunque no pocas veces la lidia terminaba con una tarascada en la que perdía la vida el más atrevido de los diestros, cambiándose el regocijo en una ensordecedora chillazón de la cuadrilla que lloraba a *moco* tendido.

–Hay tantas fablas en estas Indias –interrumpió Antolinares a *Titil-Ic* que refería la historia de los monos toreros, aprovechando que el caballo ya casi no daba paso–, tantas fablas como pesias en mi boca...

–¿Peces en tu boca?

–¡Pesias, mujer, que son reniegos y maldiciones! Si el pirata llega antes que nosotros perderá España el dominio y propiedad de la soldadura de los dos mares, soldadura que vos la tenéis vista, como yo y el maldito Ladrada, se hace con limaduras de un metal más vivo en el huir que el azogue y más brillante que la plata caliza o sea esa plata con escamas del calcañal de Ángel...

Espolea. Al extremo de una lengua de tierra verde, entre anchuroso río sin rumor y un lago con oleaje, se alza una fortaleza cuyo frontis semeja la máscara de un guerrero soterrada, no hasta los fosos, sino hasta las fosas nasales, balconadas por pómulos y de lado y lado de la puerta, repujamientos que corresponden a las orejeras del casco. El viento sopla por las troneras, mientras al silencio misterioso del ayer y el más allá, se abren las venas de la memoria y sangran recuerdos que seca la calcinada soledad en las estancias, los patios, los sótanos, las torres, sin alma viviente.

No se detuvo. No se detuvo. No iba en busca de ánimas, sino de alguaciles o escribanos. La Trinis se apea de un salto. Tiene que dar el pecho a su mesticito de ojos de juilín, pestañudo, suspirón, cambiarle los trapos mojados y orinar ella.

A qué descabalgar, refunfuña Antolinares, si en aquel castillo no hay a quien dar parte del descubrimiento y por sí o por no, sigue adelante, abre y cierra las piernas, las espuelas rojas de sangre, para talonear a la bestia que ya no da paso de cansancio al final de aquella jornada a mátame muerte, porque la vida ya no la tengo.

La Trinis le da alcance y le pide que se detenga. Inútil. No oye. No ve. Balbucea palabras, frases. Llegar antes que el pirata es lo único que se le entiende. ¿Cómo va a perder España, en beneficio del inglés que saca tajada de donde puede, el derecho, propiedad y dominio sobre la vida acuática encontrada por ellos, comunicación natural entre los dos grandes mares de la tierra? Llegar antes que el pirata. Adelantársele. Introducido. Muy mi compadre y padrino de Antolincito, pero introducido y voraz. Vino a saber lo de la búsqueda de la ensambladura de los mares cuando hacíamos el feliz y portentoso hallazgo y ni lerdo ni perezoso grabó con su cuchillo de corsario, en un peñasco, nuestros nombres y la fecha de la hazaña dejando en injusto olvido a las otras colas del divino cometa que surcaba el cielo en busca de este encuentro oceánico, ya que eso éramos nosotros, un cometa de caudas luminosas llamadas Rostro, Armijo, Zenteno, Duero.

El letrero desapareció del peñasco al sólo marcharse Ladrada hacia la mina y como no había testigos, fuera de las aves marinas, cormoranes, pelícanos, gaviotas, garzas, no quedaba sino tragar camino, salirle adelante y cortarle la lengua a su mandado.

La Trinis apura de nuevo el paso, se le aparea, y le pide que regrese. Hay que hacer noche en el castillo y seguir mañana. Muchos tecolotes en los árboles. Tecolotes con plumas en las orejas. Pero Antolinares ni la ve ni la oye. Su idea fija es llegar antes que el pirata. Ni hambre ni sueño. Llegar. Aquélla le sigue, descalza, el crío a la espalda, una trenza deshecha y otra que se le deshace, tan aprisa camina, parejeando al caballo, con el viento en la cara. Una simple instructiva legal, piensa aquél, basta y sobra para bienguardar los derechos de España. La primera noticia, la que va del oído al ánima, es la que cuenta y ésa por descontado contaba darla él, el muy corsario, pues cómo imaginar que sin conocerse de antemano la existencia de aquel paso que ellos acababan de descubrir, fueran a cruzar naos de un mar a otro mar, que fue lo que, revelando su intención, les encargó: contar las primeras naves transoceánicas, mientras él volvía de la mina. Poco faltó para que les dijera, sin embozo, que les dejaba deteniendo las peñas, mientras él corría a dar la buena nueva. Pero el negocio le saldrá mal, voto al cielo, se dijo Antolinares, pues, por el Maladrón que llegaré a tiempo, no sólo para salvaguardar los derechos de España, contra tan abominable infiel, por el nombre de su Amo, Escafamiranda, servidor del Gran Turco, no del inglés, o del inglés y el turco, pues entre los malos, los peores se entienden, sino para garantizar lo mucho que a mí me toca en tal descubrimiento, a fin de que teniéndolo por mano real, no arrebate lo ajeno por necesidad o avaricia, como ocurre con muchos de los que andan por estas Indias Occidentales en quehacer de conquista, amparados diz que por la cruz de Cristo, pero más por la cruz del Maladrón. Cierra los ojos y sueña... el duermedespierto del caminante... el caballo ha dejado el trote y va al paso... Sevilla... no hay mano que no se le tienda ni brazos que no le estrechen en la Casa de Contratación. Repiques, disparos de pólvoras blancas, las pólvoras de las fiestas, banderolas... las autoridades a las puertas de la ciudad cuya llave le entregan... preside un Grande de España, la cruz de sangre sobre el manto negro... le llevan, bajo palio de sedas con temblor de nácar, acompañado de Cardenales y Arzobispos. Príncipes y Almirantes de la Mar Océana, hasta la catedral donde cantan el Tédeum coros de infantes gaditanos... comilona a mediodía... fiestas de toros por la tarde y fuegos de artificios por la noche... Después, la alcoba... olor a madera apolillada, a holandas, a bacín con sarro de sarraceno todavía... y la envidia de la puerta en su chirrido, y la envidia del velón en su parpadeo, y la envidia de la cama en su crujir cuando alguien hay que ¡ay! goza del mal de una doncella... Y ya con el título de Marqués, Marqués de los Dos Mares, a la mañana siguiente, en la carroza de los reales escudos, hasta las canteras del Escorial que parecen acantilados de un mar de sombra y de misterio... Audiencia... El Rey de buen humor... dos contertulios no se hablan así de mano a mano... Una lagaña como un puñal de punta en el ojo del Rey... hay que sacársela... cirujano, no... la punta de un pañuelo... la pupila celeste pálido hacia arriba, toda la córnea en blanco... abajo no... debe tenerla arriba... la pupila como sol que se pone en sus dominios hacia la parte inferior del ojo... mientras tanto sigue hablando el Rey... habla para distraerse de las maniobras oculares del nuevo Marqués, al extraerle el *chele seco,* del Almirante Andagoya que en tiempo de su padre anduvo buscando con geógrafos, geómetros, astrólogos y Padres de la Iglesia, dónde construir el canal interoceánico... ¿Construir... ja, ja, ja... (la lagaña fuera, no era tal excrecencia, sino una astilla de picapedrero, el que Escoriales construye, astillas llora) Felipe rió de buena gana con sus pequeños dientes... construir un canal?... ja, ja, ja... el último de sus criados, el más leal de sus vasallos, le traía ese canal a flor de tierra y fluencia natural a través de bahías, ríos, lagos...

El caballo ni atrás ni adelante. Botó el trote y ahora ni a paso lento.

¡Bien está, decíase Antolinares, aupando, espoleando, dando rienda a la bestia, lo de Marqués de los Dos Mares, con permiso de coger oro, bien lo de Caballero de la Orden de Calatrava del Consejo de su Majestad, bien lo del Manto de Santiago y la Orden del Santo Sepulcro... (contrajo la cara al acordarse que por ser él seguidor del Maladrón, lo de Santo Sepulcro, sería por el sepulcro de este crucificado); y bien que a su esposa la llamen Ilustre Señora Marquesa María Trinidad *Titil-Ic* de Antolinares Cespedillos, Maldonado y Nájera de Andrada; y bien que su hijo mestizo fuera marquesito; pero de todo ese bocado grande de tragar lo mejor de lo mejor venía ahora: el peaje o parte del peaje que le correspondía, como descubridor del canal, por cada nave que pasara, miles y miles de escudos y barras de oro, aceites y especies, los que pagaran en especie, piedras preciosas, y pieles, y cueros, y esclavos negros...

El caballo convertido en estatua lo vuelve a la realidad. Para estatua ecuestre estaba él con la prisa que tenía por llegar. Rienda, látigo, espuelas, improperios jamás oídos, todo inútil. Iría más ligero si se apeaba y seguía a pie, la Trinis le tenía ganada la delantera. El talón del pie se le trabó en el estribo al descabalgar, y montura, y cincha, y mantillones dieron vuelta con todo y su persona. Aquélla vino en su ayuda. El caballo relinchaba, ludibrio de ludibrios, brioso como corcel de batalla, y tiraba coces para deshacerse de la montura enredada en sus patas traseras y de la cincha prendida en la cola. Largo a largo por tierra, sin conocimiento, la india lo arrastra, pesa lo suyo con sus cinco pies y pulgada de altura, hasta la sombra de un amatle de ramas guacaludas. Sudor y humedad. Los papayales goteando leche blanca. Sauces despeinados. Algún Martín Pescador perdido. Palmeras, guayabales, golondrinas que rubrican con sus chillidos en zig-zag la tarde bermeja y la noche verdosa. El crío llora. La Trinis afloja el nudo que ata bajo su cuello las puntas de la sábana en que lo trae colgado a la espalda y se lo pasa bajo el brazo hasta el pezón.

El jinete tarda en volver en sí, en abrir los ojos, en encontrarse los labios, en formar las palabras que no son palabras, sino sonidos, blasfemias que van en aumento a medida que sale del sopor en que le dejó la caída del caballo. Debe seguir viaje. Apoya los codos para incorporarse, sacudir y limpiar sus ropas sucias de polvo de hojas secas y manchadas de lamparones verdes, las hierbas que molió al caer de la bestia, pero a medio enderezar el cuerpo, se desploma empapado en sudor frío, con la sensación de haber caído para no levantarse más... lo magullado no quita lo contuso... se burla de su desgracia, tendido por tierra, mientras el cielo se llena de caminos de oro... camino de Santiago... qué camino de Santiago... camino de El Dorado... No es posible seguir allí en el suelo... apoya de nuevo las puntas de sus codos en la grama mojada por el sereno nocturno y el sudor de su agonía por el tiempo que pasa ante sus ojos en el gran reloj de pizarra... el todo por el todo... pero es de balde... no tiene acción... espalda, hombros y cabeza de nuevo abajo... dos lagrimones falsean las cerraduras de sus párpados... se los bebe antes que vayan a dejar señal de llanto en sus mejillas, que ya bastante angustia hay en su boca que se contrae riendo desdeñosa por lo que le sucede al negador del alma, con su carne y sus huesos que no obedecen y lo tienen allí postrado, humillado, sin saber qué hacer... qué hacer... el alma qué haría en este caso... alguna maña... el alma es maña... es lo mañoso del hombre y por eso vale más alma que cuerpo, ¿más vale maña que fuerza...? Clavó los codos muy cerca de sus costados, los apoyó bien, lo mejor que pudo y se dio hamaca para despegar las espaldas del suelo, ir doblando la nuca, ir doblando la cintura, el cuerpo aligerado en el vaivén, hasta sentarse, el corazón en la boca, la cabeza erguida, los brazos echados hacia atrás para sostenerse... El problema ahora, pararse, seguir camino, adelantarse a Ladrada –fue una lástima no haber dejado que Zenteno le cortara las manos, como lo tenía jurado–, evitar, cueste lo que cueste, que les robe el descubrimiento que por algo talló con la cara del perfecto bandolero el bulto del Maladrón que le encargaron, si se esculpió él, no salteador de caminos, sino robador de Mares-Océanos... Pero hay que ponerse en pie y echarse al camino que si no lo perderán todo... el valimento real... las riquezas... la gloria... el peaje en barras de oro o especies que pagarán las naves... las prebendas... los privilegios... el título nobiliario... y ya no sólo por él que dados sus años ya era de la muerte. Pero ahora de viejo es él el que la va buscando; no solamente por él sino por Antolincito, esa migaja de carne mestiza que la Trinis llevaba a la espalda... Requería su auxilio, era menuda, pero maciza, que lo ayudara a alzarse del todo, pero no pasó del impulso y en lugar de ponerse en pie, se abarquilló por la cintura, embrocado, doblado en dos, tratando de contrarrestar un retorcijón que a velocidad de cólico le recorría los miles de leguas de tripas guardadas en el jubón que se le estaba volviendo jubón de azotes. La Trinis sabía, conocía lo que le pasaba al pobre teul, viejo teul, pero qué hacer en aquellas circunstancias, sin fuego donde calentar agua, cómo ponerle un lienzo de ceniza caliente, sin montes medicinales, sólo que buscara por allí cerca, pero cómo dejarlo revolcándose del dolor, clavándose las uñas, rechinando los dientes, sin saber él mismo si sus orejas eran orejas o murciélagos helados, si su cabello era pelo o zumbido de oídos. Tanto que le advirtió que no comiera palmito. El palmito es alimento de tempestad, que es lo que ahora tiene en la barriga, tempestad de intestinos, con zigzages de rayo en las centellas del cólico, relámpagos de sangre quemada en la boca y truenos entre las nalgas... cámaras... tiros sin munición... bombardas y lombardas... como para no saberlo él, hombre de guerras, o como para ignorarlo llamándose como se llamaba Cespedillos, Antolín Linares Cespedillos, aunque ya iban más de seis, como seiscientos y no pedillos, sino pedazos de retumbantes explosiones que, lejos de aliviarlo, le dejaban al extremo de agudísimos retorcijones, tal si le quemaran con brasas las entrañas, deshecho, consumido, sin esperanza de tregua, pues a más ventosos más se inflaba, como si el vientre le fuera a reventar. Se arrimó al tronco del amatle. Algún apoyo. Algún respaldo. Ser de otro reino que le acompañaba, humanizado, sacudía sus hojas al compás del viento, sus hojas no más grandes que las de la encina y el laurel, para adormecerlo. Un súbito revolcón del intestino, pólvora que no sale, pólvora que se quema adentro, lo hizo volverse al amatle y abrazarlo, pegar la cara a la madera lisa del tronco, acercarle los dientes con ánimo de morder, de encajárselos en lo más tremendo de su dolor, y se los clava si un repentino desfallecimiento no le afloja los brazos y lo bota al pie del árbol, sin más conciencia de su existir que un atirabuzonado e interminable retorcijón que tejía con sus pobres tripas, su mortaja, la viudez de la Trinis y la orfandad de Antolincito, desposeídos, desheredados, desconocidos. A esas horas, Ladrada era ya el descubridor y dueño de la conjunción de los mares que él, perdón que se echaba por delante, Rostro, Zenteno y Agudo, buscaron por toda esa tierra, deshaciéndose de conquistas, en las que mucho, muchísimo habrían medrado, hasta convertirse en lo que fueron: no conquistadores, caballeros andantes que bajaron de los Andes Verdes, leales con ellos mismos, bajo la cruz del Maladrón, hasta dejar de ser ellos, porque al finar de sus vidas y su desesperada búsqueda de locos, ya eran otros, no los mismos que llegaron de España, otros unos seres que formaban parte de la geografía misteriosa de un país construido de los mares al cielo, por manos de cataclismos y terremotos, igual que una de esas pirámides blancas, altísimas, que en su andar contemplaron perdidas en las selvas.

Desfallecido, con las pocas fuerzas que le quedaban, se frotó el vientre suavemente, casi acariciándose, casi hablándole, pidiéndole que no lo castigara más, que lo dejara llegar antes que el pirata, pero al darse cuenta que no atendía sus palabras, se lo agarró a golpes, para enseñarlo a ser gente, pero cómo gente, si las tripas son el pueblo, si es lo más gente que tenemos, pues todos los demás son aristócratas: el corazón, el cerebro, en cuanto al sexo... el sexo... el sexo..., dudó, ¿noble o plebeyo? Los golpes en el vientre, las tripas son llevadas por mal, le dieron un respiro, adormeciósele el cólico y algo de lo que tenía atorado en el estómago se movió entre ruidos de líquidos y turbulencia de gases. Si golpeándose, se mejoraba, se volvería a golpear. Alargó las piernas. Irse. Irse por sus piernas-distancia. Huir del dolor que ya le empezaba de nuevo, no por delante, sino por la cola, a traición, en forma de espina. Escapar sin levantarse, tendido como estaba, a lo largo de sus piernas que estiró un poco más. De tanto camino hecho, las piernas son también camino. Pero inútil, inútil, mil veces inútil querérsele perder a la tempestad de palmito cambiando posturas, que para aquí el cuerpo, que para allá la cabeza, que los brazos colgados, que no, que mejor recogidos, y otra vez las piernas, y otra vez la cabeza, y otra vez los brazos, las manos, los dedos, todo tenía que ver con su dolor. Tras un largo quejido se embrocó, la cara febril pegada a la hierba fresca, a la tierra húmeda que era parte de la noche, aunque pasado un momento, se volvió, boca arriba mejor, boca arriba tal vez respirando no le dolía tanto, pero en vano, le dolía igual. Se embrocó de nuevo, ya no sabía qué hacer, y apretó el vientre contra el suelo, echando todo el peso de su cuerpo, más y más pegado al suelo hasta lograr un como adormecimiento de las vísceras que le quemaban por dentro demonios de palmito, demonios indios vestidos de blanco, con tenedores de fuego del infierno. El adormecimiento no duró mucho, ruidos de jerigonza intestinal, verdaderos parlamentos de ventrílocuos, iniciaron una serie de dobles, triples, múltiples retorcijones que le dejaron al borde del colapso, la lengua mordida entre los dientes para tragarse sus gritos y no alarmar más a la *Titil-Ic* que enfermaría de cólico a Antolincito si le daba de mamar leche asustada.

Se desabrochó los calzones, ya no cabía en sus bragas aquel vientre desmesurado, sin rubor, todo de fuera para no mojarse, orinaba por poquitos, sin control, poquitos y poquitos, pagando con calofríos, retorceduras, ardores de quemada en carne viva, cada gota. Al lado suyo, silenciosa, aturdida, la india le enjugaba con un pedazo de paño, el sudor helado que le bañaba la frente, los lagrimones que le saltaban de los ojos, la saliva, las babosidades de vómitos a medias, arcadas tras arcadas, la boca como embudo, pues más bien regurgitaba agua de palmito. No pudo más. Arrebató a la Trinis el lienzo con que lo limpiaba para metérselo en la boca y no vocear a gritos de perdido hasta desgargantarse, presa de un achuchón tan imposible de aguantar que allí se queda, si no logra expeler cámaras y cámaras, tantas como necesita un pedomántico para vaticinar el porvenir de una persona por el número, frecuencia, entonación y tufo de los cuescos divididos, si lo sabría él, que no estaba para saber nada, pero lo sabía, según el arte tremulante de la artillería, en flacos, fuertes y soberanos. Pero a pesar de aquellos desahogos, el suplicio seguía y ya en balde pujar, hipar, arquearse a cada arcada, su ¡Ay! ¡Ay! ¡Ay!... resbaló la mano en busca del cuchillo... la Trinis lo detuvo... se lo quitó de los dedos y en una carrerita por el monte, tanteando, tanteando, guiándose por el olor en la oscuridad, cortó algunas hierbas medicinales. Fue y vino, el crío siempre a la espalda, y con las hojas que traía, a falta de fuego con qué hacer una infusión, las martajó para darle el zumo en traguitos de agua. Tal vez así le corría la cargazón estomacal, la dureza del vientre, el revoltijo de las tripas. Tanto advertirle ella que no comiera palmito y menos a deshoras. Lo comía a todas horas y el palmito tiene sus horas para comerlo. Arbol de tempestad recoge rayos, relámpagos y truenos y por eso el que lo come a destiempo, atraído, engolosinado por su exquisito sabor, delicia de delicias, y su blancura, sufre lo que los hombres de palo colorado. Pagaron su desobediencia por comerlo de noche y hasta ahora son rayos sus tripas, relámpagos de fuego lo que sangran por sus costados sin corazón y truenos lo que hablan con los piedrones de sus traseros.

Las agüitas de la Trinis lo calmaron, sacóse el lienzo de la boca, y le pidió que lo abandonara a su suerte que sería la de morir allí. Un hombre en sus condiciones no sirve para maldita la cosa. Ella, en cambio, podía ganarle la delantera al pirata e ir con su hijo Antolincito, tan español como él, español de esta parte del Océano, a dar la noticia de lo que tenían descubierto, haciéndose dignos del reconocimiento del Rey que se traduciría vitalicio de peaje por las naves que cruzaran de una mar a otra, todo esto facilitaría a la Trinis un matrimonio de conveniencia con un hidalgo de bolsillo venido a menos, enlace que redundaría en provecho de Antolincito, cuya formación debía encargarse a Salamanca o a Toledo, ora escogiera las letras o las armas.

¡Ah, si pudiera conseguir una guacamaya, lo sanaba del todo!, se decía la india, pues que pues iban a poder aquellas agüitas medicinales con un hombre que se reclamaba hecho como su coraza, de fierro amargo, y por eso, por eso mismo le pegó tan dura la tempestad de palmito, por ser como todos los de su raza, gente de más metal que carne, más mineral que humana.

¡Guacacacamaya!... ¡Guacacacamaya!, repetía *Titil-Ic* como si nombrándola fuera a formársele ante los ojos. Sería la salvación del infeliz teul. La única cura que no falla contra el pasmo de palmito. Se ahoga el gran pájaro de colores en agua de sal verde, esa sal verde que de sólo verla da escalofrío, y lo que sobra de aquel líquido perturbado por la tempestad de tempestades que arma la animala al morir, se le da a beber al paciente que al sólo probarlo empieza a echar por arriba y por abajo, sustancias verdes, rojas, amarillas, como las plumas del arcoiris. Que por eso la guacamaya quita la tempestad de las tripas, porque es el arcoiris que viene después de la tormenta. Así como se alivia y sana el cielo con el arco iris, borradas como por encanto, las panzotas negras de las nubes, los cólicos del rayo, los ensangrentados relámpagos, el ventoseo celestial de los truenos, así sana y se alivia el que moribundo de frior de palmito, porque eso hace el palmito, toma la tempestad y la enfría, alcanza el beneficio de una guacacacamaya ahogada.

Doblado para comprimir el vientre monstruoso entre sus rodillas y el tórax, tiritando como expuesto a frío de hielo, sin poder respirar, áfono, sordo, con los ojos nublados, logró adormecerse, momento de abandono que aprovechó la Trinis para urgarle con el dedo entre las nalgas y ponerle una calilla. La sostuvo algo y se trajo con ella, al expelerla, nuegados de excremento en caldo de agua fétida, y atronamiento de ventosos, tantos que parecía que iba a reventar. De pronto retumbó todo. Un rugido. Antolinares se había adormecido, ya no se quejaba. El anuncio de la fiera hambrienta se oyó más cerca. Sus pasos entre las cañas. *Titil-Ic* se apropió de un trabuco bocón que Antolinares le había enseñado a manejar. Un relincho angustioso, inacabable, partió la noche caliente y en un como arrancón de galope, a favor de la claridad nocturna se vislumbró la sombra del caballo que pataleaba, arrastrándose por el suelo, con el jaguar encima. Chiquirines, sapos, ranas, grillos, chicharras, enmudecidos por el susto del bramido, volvían a su concierto ensordecedor, enloquecedor. *Titil-Ic* no bajaba el trabuco, listo a disparar, aunque se dio cuenta que por el momento no corrían riesgo de ser atacados, entretenida como estaba la fiera en devorar al caballo, y a juzgar por la pasividad de los monos zaraguates que daban siempre la medida del peligro. Al menor movimiento de la fiera en busca de nueva presa, escapaban por las copas de los árboles más altos, a la velocidad del relámpago. A la india se le dormían los dedos en el arma helada como la muerte. Al más leve movimiento de las hojas, al más pequeño ruido, apuntaba el trabuco en esa dirección, el trabuco y las palabras mágicas que murmuraba entre diente: si quieres venir aquí, no vengas, soy culebra... si quieres morder aquí, no muerdas, soy culebra... Sorprenderla, jamás. Era responsable de la vida de su hijo y Antolinares que dormía profundamente. ¿Responsable... y si el arma no escupía fuego y si a ella le faltaba la puntería...? En nada de eso pensó cuando al presentarse la fiera, preparóse instintivamente para la defensa y el combate, pero ahora, qué imprudente, qué imprudencia, qué hacía que no despertaba a Antolinares, para que los defendiera, con él no fallarían ni el trabuco ni la puntería, y luego le quedaban todos sus movimientos calculados, precisos, el menor ruido o aspaviento llamaría la atención del jaguar entregado a su banquete, retrocedió medio paso más para menear con el pie a Antolinares. ¡Pobre, tan intensa fue la tempestad de palmito que al aliviarse se quedó inmóvil, profundamente dormido! No despertaba. Lo meneó de nuevo con apuro, una, otra y otra vez, con más apuro, sin apartar los ojos y el cañón del trabuco, del sitio en que el feroz carnicero devoraba al caballo, chapoteando la sangre con sus garras y deleitando sus oídos, con la música de los huesos triturados por sus dientes filudos.

Sin bajar la guardia, el trabuco en la mano derecha, ojos, oídos, toda ella vigilante, acuclillóse poco a poquito hasta alcanzar el cuerpo de Antolinares con la mano zurda, sacudirlo y... un rugido del jaguar ahogó su grito... encogió los dedos horrorizada... la tempestad del palmito no perdona... qué frior pegajoso el de la carne sin vida...

Apretó el arma con las dos manos, no le quedaba otra cosa, abrazóse al trabuco helado como el cuerpo de Antolinares, anegadizos los ojos que debía mantener limpios, sin ceguera de espejo de llanto, sus oídos fuera de sus orejas, lejos de sus orejas, en todas partes, ella fuera de ella, lejos de ella, en todas partes, para no dejarse sorprender del jaguar que no acababa con el caballo, devora que devora, y el paso de los animales que se alimentan de cadáveres y que ya empezaban a girar alrededor de ellos, en la tiniebla, más espantosos que la misma muerte, con luz de hueso en las pupilas vidriosas y los dientes de puntillas en las mandíbulas, pues siempre temían que el que parecía muerto no fuera más que aparente y tuvieran que luchar con él, pero el peligro seguía siendo el jaguar. Los monos zaraguates empezaban a inquietarse, a rascarse como llorando, a soltarse de las ramas a las ramas, de las ramas más altas a las ramas más bajas, saltos de suicidas que coqueaban al felino, para escapar por otras ramas, ya de estampida, seguidos de animales de todo pelo, y pájaros de toda pluma, y serpientes de toda escama... huían... escapaban... ella empezó a dudar... debía quedarse allí al lado del cadáver o huir con su crío... algo... algo pasaba... tuvo la sensación de que era inútil el trabuco... a quién... contra quién iba a disparar, si todo se le venía encima... y qué sería su pobre disparo ahora que una claridad de fuego inmóvil avanzaba por entre los troncos de los árboles quemando la oscuridad del monte, el agua del río y más lejos la superficie del lago atado al viento... voces... grandes voces... llamaban a gritos...: ¡Antolinares!... ¡María Trinidad!... ¡Antolinares!... *¡Titil-Ic!* ya cerca las antorchas, menuda, acongojada, el pelo llovido sobre la cara, miró al culpable de su mesticito... nariz afilada... barbas en desorden... amarillez de muerte... aproximóse a cerrarle los ojos, de lado y lado de la boca, por las comisuras de sus labios, le bajaban dos hilos de sangre... y no esperó... ella también debía huir... formaba parte de aquella naturaleza de seres animados que escapaban a la luz del blanco que todo lo convierte en ceniza... evitar el encuentro con los grupos de hombres que a la luz de hachones de ocote, sin dejar de llamarlos, registraban el monte, a las órdenes de Lorenzo Ladrada.

Se detuvieron a la vista del despojo mortal de Antolinares que el amatle mantenía en la sombra, ya había empezado en su vientre el baile de los gusanos diligentes, y cerca de allí descubrió Ladrada los restos del caballo a mitad devorado. No sabía si llorar por su compañero o por su caballo negro. Por los dos, se dijo, que para eso tengo dos ojos. Lo que le faltaban eran lágrimas. Apoyó en tierra una bolsa que traía al hombro, llena de pedazos de oro para Antolicito, su ahijado. Había ofrecido regresar de la mina, para hacerlo rico, y allí estaba.

Improvisaron una parihuela con dos largas y gruesas cañas de bambú, la cama de palito y hojas de chilca, todo atado con bejucos para trasladar el cadáver al castillo y darle sepultura. Allí ya se lo estaban comiendo hormigas, mariposones, sabandijas, cascarudos y moscas verdes.

Ladrada se puso a la cabeza del cortejo, a pie, armadura completa, yelmo y todas sus armas, seguido de la yegua blanca y de un grupo de indios que le daban escolta con las antorchas en alto, mientras en el monte se escuchaban, perdidos como ecos lejanos, los gritos de los que se habían quedado buscando a la india y a su hijo:

–¡María Trinidad!... ¡María *Titil-Ic!*... ¡*Titil-Ic*!...

El vetusto castillo asomó entre chicozapotes y conacastes, árboles gigantes, como arrancado de una moneda. Tambores y cornetas resonaron en el cascarón abandonado al cruzar el cortejo el puente levadizo, internarse por las galerías, hasta una capilla dorada, trasunto de la reciente época de esplendor de aquella fortaleza. Oro, cochinilla, palo de tinte y bálsamo se almacenaban en sus bodegas, y de allí partían los convoyes hacia España, por la Mar de los Caribes. En uno de los laterales del altar mayor, desposeído de imágenes, la tumba del ilustre Canónigo Magistral, Doctor en Teología, Don Juan Ligano Salmerón, varón santísimo que murió mientras evangelizaba por esas regiones, víctima de una enfermedad extraña.

Aquí junto al Señor Canónigo le haremos un lugar, dijo Ladrada al ver que no había otra tumba. Dos muertos en la misma sepultura se acompañan mejor. Y manos a la obra, despegaron la lápida funeral, mármol negro y letras vaciadas, removieron los ladrillos que cerraban el nicho y junto al esqueleto del Canónigo que yacía tendido boca arriba, lo ladearon, a duras penas entró el cuerpo hinchado de Antolín Linares Cespedillos. Repuestos los ladrillos y en su lugar la lápida, todo pegado con la goma de un arbusto lechoso, a punta de cuchillo grabaron en la piedra tumbal, el nombre del nuevo huésped.

Los que por encargo de Lorenzo Ladrada se quedaron buscando a *Titil-Ic* y Antolincito, cien onzas de oro o uno de sus caballos al que los encontrara, dirigiéronse por rumbos distintos, hacia el lago, unos, otros hacia el río y los más por los bosques, barrancos y colinas, Antorcheros, Fogateros, Halladores, según portaran antorchas, encendieran fogatas o tuvieran el huele para encontrar lo perdido.

Los Halladores, los que llevan a cuestas el buscar y el encontrar, enviaron emisarios al castillo para pedir a Ladrada que los autorizara a entretejer los hilos de una trampa secreta, como una tela de araña invisible, en torno a *Titil-Ic* y a su hijo, que no estaban perdidos, que andaban fugitivos cambiando de escondite, huyendo de un lugar a otro de la tierra.

–¡Si *Titil-Ic* se hizo lluvia para esconderse en la lluvia, y lluvia su hijo!, ¿dónde los vamos a encontrar...?

–¡Si *Titil-Ic* se hizo huele-de-noche para esconderse en la noche que huele, y huele-de-noche su hijo!, ¿dónde los vamos a topar...?

–¡Si *Titil-Ic* se hizo canto de pájaro para esconderse en el canto de los pájaros, y canto de pájaro su hijo!, ¿dónde los vamos a encontrar...?

–¡Si la *Titil-Ic* se hizo cascabel de culebra para ocultarse en la culebra cascabel!, ¿dónde la vamos a encontrar...?

–¡No sé dónde...! –gritó Ladrada, al tiempo de golpear el puño en la mesa en que comía huevos de tortuga, carne de venado al humo y unas tortas de maíz cubiertas de chile mampuestero–; lo sé yo acaso, ¿si los Halladores sois vosotros? Y no cien, doscientas onzas de oro y dos de mis caballos al que dé con ellos, a los que los encuentren vivos... –entre mascón y mascón acariciaba con sus largas pestañas, pinceles de pintar de sueños con agua de lágrimas, el regreso a la mina con esposa y un hijo, que para él serían todo en aquellas soledades. Por de pronto, sus herederos y si verdad es que la comunicación interoceánica que creyeron haber encontrado, a través de bahías, ríos y lagos, no fue más que un miraje de ojos apasionados por los descubrimientos, quedaban las minas, sus minas, veneros de los que Antolincito, ya no su ahijado, su hijo, podía coger oro para empedrar ciudades.

Treinta

—¡**M**ás antorchas!... ¡Más hombres!... ¡Más fogatas!... Más onzas de oro... en lugar de doscientas trescientas, cuatrocientos onzas de oro y mis caballos, mis mejores caballos, a los que los hallen vivos...! –tronaba el vozarrón de Ladrada, cada vez que paraba a mascar, engullir, cortar con el cuchillo, limpiarse el gaznate con grandes tragos de un bebistraje emborrachador e infernal, o de arrancar con los dientes la carne más rica, la que por estar pegada al hueso calda como chicarrón.

Los Halladores, seres de olfato verde, olfato de árbol, mirada de agua verde, manos verdes como hojas con dedos y taparrabos de escamas de culebras verdes; los Halladores, por boca del Emisario que sabía el habla grande, el habla blanca, seguían en su letanía del buenencuentro con lo malperdido, llamada por ellos Retahíla de Cautivos:

—¡Y si *Titil-Ic* se volvió sombra, sombra que llora y sombra su hijo, para ocultarse en la sombra donde están los que no están!, ¿cómo la vamos a encontrar?

Ladrada por poco se masca un dedo, mondaba un hueso de venado, al apresurarse a contestar con el rincón de la boca que le quedaba libre:

–¡Aunque sea sombra y sólo sombra la quiero aquí!

–Todos los sauces vamos a cortar, todos los sauces, sombras verdes que lloran, vamos a traer... Pero qué vamos a hacer nosotros, si se volvió fantasma...

–¡Más fantasma que yo...! –interrumpió Ladrada, apurando un trago del bebistraje que tomaba para matarse el incendio que había prendido en su boca, el chile mampuestero, y añadió, entre soplido y habla, cuando pudo articular–: ¿Cómo se va a volver fantasma una madre que anda con su hijo...?

–Pensar en ella, sin que la llame tu corazón, es vaciarla por dentro y dejarle sólo lo de fuera, lo fantasma...

–Lo único que sé es que hay que buscarla...

–Y si por ir fuga, como suponemos que va, se volvió huella y huella su hijo, para ocultarse en las huellas de todos los que en la tierra andan huyendo, ¿dónde la vamos a encontrar?

A Lorenzo le ladraba el corazón, por algo era Ladrada y gitano, tan fuera de sí, tan enfurecido, que braceaba y gesticulaba para no ahogarse en mares de rabia de la peor, la contenida, la que hay que tragarse. De no pender la suerte de la Trinis y Antolincito de la diligencia que aquellos Magos Verdes pusieran en encontrarlos, ¡guay! que en lugar de seguirles el entremés, la cantinela, la letanía, habría desnudado la espalda y muerto en batalla contra la estupidez a más de uno.

Lejos, cerca, en todas partes, oíanse las voces de los Lenguas, llamándolos con sus gritos, gritos de maderas preciosas por su resonancia, maderas musicales, maderas comunicativas, duras como minerales, vibrantes como ríos:

—¡Titil-Iiiiiiiiccccccc...! —gritaban—. ¡María Titil-Iiiiiiiiccccccccc...!

Los Lenguas de gargantas de árboles mineralizados, emitían el sonido sin esfuerzo, sonido que al salir de sus labios iba ampliándose, ronco sin ser ronco, agudo sin ser agudo, en argollas sonoras, como si sus bocas fueran cajas de resonancia hechas de madera de calabaza y sus muelas y sus dientes, teclas de marimba.

La marimba es hijo de los Grandes Lenguas. A uno de ellos le nació en la boca, a la hora de salirle los dientes, le salieron teclas con sonoridades extrañas y notó que su lengua, a diferencia de sus hermanos, era bífida, dos palillos revestidos en las puntas con cabecitas de hule. Desposeído de sus dientes de hueso y marfil para triturar la comida, lejos de ser desdichado, vivía feliz, porque apenas abría la boca, todo a su alrededor era música, yendo y viniendo sobre sus dientes y muelas de madera, las muelas daban los sonidos bajos, los incisivos y colmillos, los sonidos agudos, el palitroque de su lengua.

Ladrada ya no respiraba, ahogábalo la desesperación de tener que oír tantos embustes, para con su paciencia comprar, más que con sus onzas de oro, al oro le hacían poco caso, más interés mostraban por los caballos, la ayuda de estos seres verdes, en la búsqueda de los fugitivos. Sin los Halladores no los encontraría.

—¡Titiiiiiil... Titil-Iiiiiiiiiiccccccccc...! —Llamaban los Lenguas...

Y el eco:

—¡... ikkkkkkkk! ¡... iiiiiil! ¡... illllll...!

—El eco... el eco... escucha, escucha bien, regresa con sus nombres vacíos, sin contenido, como si pertenecieran a seres ya inexistentes; nosotros, Halladores, te los traeremos vivos...

En un solo instante de esperanza cabe todo. Ladrada, al escuchar que aquellos seres verdes, seres árboles, seres ramas, seres hojas con ojos, le ofrecían volver con la Trinis y su ahijado, entrevió el regreso a la mina seguido de una familia que no esperaba, una esposa y un hijo que le caían del cielo, y fue tal su contenido, saber que no pasaría el resto de sus días solo, tanta su alegría, todo iba a cambiar en su existencia, que olvidó los signos trágicos que acompañaban aquel feliz anudarse de destinos: la muerte de Antolinares, uno de los tercios de la hueste heroica que tuvo origen en aquel puñado de locos que se apartó de la conquista de los Andes Verdes; el caballo negro, su pobre Gavilán devorado por una fiera, y la desaparición misteriosa de *Titil-Ic* y Antolincito, náufragos que él, sobreviviente de aquella inmensa tragedia de la conquista, pretendía salvar, pero... ¿no era él más náufrago que ellos?... desvalidos que se picaban por amparar para que lo ampararan en su soledad, madre e hijo perdidos y perdidos mejor, mejor perdidos que devorados por las fieras, los miasmas, las fiebres, la selva, las aves de rapiña. En su angustia por salvarlos miraba jaguares alunados, tigrillos de pelambre de nieve, del pecho a los ijares y rayas recién pintadas, frescas, en el lomo, leones atabacados, sin melena, ocelotles de mazapán, coyotes de polvo de tiniebla, estremecíale el pensamiento de que hubieran sido devorados por lagartos cimarrones, o tragados por el lodo negro de los tembladerales, o fulminados por sierpes de dos y más cabezas. Todo cabía en sus cavilaciones, todo, los miraba dormidos, dulcemente dormidos, pero ya muertos, muertos por las emanaciones paralizantes de árboles de perfumes que matan a los que se echan bajo sus ramas...

La vida se burlaba de él. Tras dejar que en el espejo de todos los días, el espejo en que nos vemos de cuerpo entero, el alma, todos los días, asomaran *Titil-Ic* y Antolín Antolincito, una esposa y un hijo que le sonreían con sus caras tostadas de indígena y mestizo, agua de lágrimas los harán correr, desleírse, desaparecer de la superficie y no dejar en el fondo espejeante otra faz que la suya, como si hubiera sido, no un espejo, sino su existencia, el espacio de su existencia, momentáneamente poblado por una familia, esposa e hijo, y de pronto deshabitado, desolado, solitario.

Las alturas del castillo dominaban de un lado el lago y del otro el río manso, a la luz de las antorchas del cielo que bajaban en racimos a sumarse a las teas humeantes de los Antorcheros que iban y venían por la tiniebla.

¿Que no los encontraban por parte alguna? ¿Que había que darlos por perdidos? pues iría él en persona, sospechó que todo era ardid para que les ofreciera más onzas de oro y más caballos. Seguido por los Halladores y una veintena de indios de los que trajo de la mina desanduvo el camino que recorrió con el cortejo de Antolinares, hasta el amatle en que se encontró su cadáver y no lejos hasta el lugar en que se hallaron los despojos del caballo. Era a partir de allí que había que registrar el terreno, palmo a palmo, trazando círculos cada vez más grandes, como hacen los gavilanes en el cielo.

Una niebla azulosa, caliente, cegadora, robaba resplandor a los hachones de ocote y a las fogatas encendidas al cuidado de Fogateros, magos que manejaban con sólo la mirada los incendios, no fuera a suceder que el matorral seco agarrara llama y que entonces, si no se los había comido el tigre frijolillo, se los comiera el fuego.

Los cuadrilleros que habían espulgado el terreno mejor que una cabeza con piojos, sin encontrar la más mínima huella de los fugitivos, detuvieron la marcha para dar paso a Ladrada, cubiertos de sudor y polvo, los ojos en carne viva de llevar humo, chamuscado el pelo, las cejas, los pocos bigotes, las pestañas, la ropa, heridos los dedos de registrar los espineros, y se sumaron al séquito de aquél. Difícil seguirle. No titubeaba. Iba derecho, como si de antemano supiera dónde se escondían. Si se deja venir antes, pensaban los más viejos, los cegatones que no parecían ver, sino pellizcar la luz con sus juntaditas de párpados, si se deja venir antes o nos indica más o menos por dónde, aunque tal vez hasta ahora tuvo el soplo, ya tendría a la Trinis y a su hijo en el castillo. Con razón ofrecía las onzas de oro como lluvia y caballos y más caballos, si él estaba en el secreto. Y lo caritativo que resultó, caritativo y dadivoso: agua se le hacía la boca por la Trinis. Lo que realmente escaseaba por allí, seguían los viejos en sus pensamientos, son las mujeres, y más una mujer ya cristiana como *Titil-Ic*. Por allí hay árboles de pan, árboles de leche, árboles de agua fresca, y se puede tener pan, leche y agua vegetales, pero no sembraron el árbol de dar mujeres. Sería hermoso, muy hermoso.

Salieron de un bosquecito de guayabos y árboles de sal, hacia una quebrada nacida entre piedras alabastrinas y era como ver el alabastro huir de ellos convertido en agua, para más adelante transformarse en río de oro líquido al resplandor de las antorchas. Extraño se decían los cuadrilleros, heridos en su amor propio, por aquí pasamos buscando varias veces, que no una gente, una liendre habríamos descubierto. Alguien le ha engañado. Alguien le informó mal.

Al pie de un repecho, en unas peñas cavadas, cubiertas de musgo seco, se detuvo. Todos lo rodearon, Cien antorchas. Giró la cabeza poco a poco, como si le pesara sobre los hombros, su enorme cabeza y su yelmo de gigante. Nada. Coyotes famélicos aullaron a lo lejos. No podía ser. No podía engañarle el corazón que lo llevó hasta allí, ciego, tenso, seguro de sorprenderlos en su escondite. La comitiva retrocedió. Los Antorcheros, los Halladores, los Fogateros, manejadores de las llamas altas y las más altas llamaradas. Se apretó el peto y veloz como un gamo corrió hacia otro punto, pero allí tampoco estaban y hubo que preparar lanzas, espadas, cuchillos, palos, arcos, flechas, cerbatanas. Un tropel de jabalíes los cercaban. Darse por vencido, no. Los arrebataría de las manos de la misma muerte, de las garras de las fieras, de los anillos de las serpientes, de la triple y cuádruple dentadura de los pequeños tiburones que incursionaban por allí siguiendo a las mujeres del mar. Parpadeó para botarse el pensamiento de su soledad de tiburón siguiendo a... una familia... Y una familia qué es, si no una mujer, y una mujer, qué es, sino una familia... ¿Sabía bien dónde se escondían? ¿Han estado cambiando de escondite? Sin duda. Sólo así se explicaba. Él mismo quiso llevar una antorcha. Se la encendieron los Magos de las altas llamas. Antorcha y espada, espada que a la vez era pistola, muy siglo XVI y muy de Escafamiranda que ponía a escoger al enemigo a quien debía dar muerte, entre el filo o la pólvora. No se la conocieron Zenteno, el tuerto ni Antolinares. Hasta ahora la trajo de la mina. Si se la conocen, qué duda les cabe de que en verdad era criado de pirata. Por un roquedal que subía a manera de escalinata, trepó seguido de sus acompañantes. Al ir ascendiendo, la alegría se le pintaba en los movimientos, todo su cuerpo respiraba el gusto de dar con ellos. Sin embargo, al llegar, inquirir si se ocultaban allí, barrer con las luces de las teas todos los rincones, y darse cuenta que no estaban, se inclinaba a recoger una pequeña piedra, una hoja de encino, una ramilla y con un gemido ahogado, sobreponiéndose al desencanto, explicaba que de allí se habían marchado, pero que... su Dios le indicaría el camino. La comitiva le siguió esta vez ya sobre seguro, pues, según sus palabras, Dios no podía engañarse ni engañarlo.

La luz de leche blanca que esparcían las teas que no eran de pino colorado, se mezclaba como humo luminoso al resplandor de oro ensangrentado de los hachones de ocote.

Lorenzo avanzaba radiante, orgulloso de su antorcha y su espada al servicio de Dios, tan cierto de dar con los fugitivos que de no estar allí, el Todopoderoso se los traería por los aires y las aguas. Al acercarse quiso que lo rodearan las teas de luz blanca, baño de claridad nupcial que le permitiría abrazar a *Titil-Ic* con más ánimo de esponsales que de pésame.

Qué extraño que no salieran a su encuentro, qué extraño no oír la voz de *Titil-Ic* y el llanto del niño. Qué raro. Dios no puede engañarse ni engañarnos. Los indios movían la cabeza de un lado a otro, mientras iban buscando, sin darse cuenta de la actitud de Ladrada que yelmo en mano, a cara descubierta, creía tenerla ante sus ojos, entre las matas de helechos que subían enredados en los bejucos, al alcance de sus manos, dorada a fuego como una diosa de barro, su larga cabellera negra retorcida y lustrosa, palpitantes las delgadas aletas de su pequeña nariz, de carne de coco sus dientes. Quejábase de llegar a él con los senos quebrantados, dos redondos frutos de amarilla pulpa antes que se los machacaran entre dos piedras, como a todas las doncellas de su raza, para que el conquistador no las codiciara y restarle gozo con aquella carne garrapiñada. Él la excusó, no la amaba por sus senos y la interrumpió cuando le pedía perdón por sus caderas estrechas (¡Oh, caderas de lavadero de oro!), no la amaba por sus caderas, y le pidió perdón por su pequeño sexo de pubis nudo, no la amaba por su sexo, y por sus pequeñas manos, y por sus pies diminutos, no la amaba por sus manos ni por sus pies, la amaba porque se sentía solo, inmensamente solo en aquel mundo de golosina. La soledad del santo eremita en el desierto se explica, quién va a comer arena; pero que esos monjes de hueso y pellejo vengan a quererse aislar en un universo florido, donde todo canta, bulle, nace, crece...

El movimiento de las negras cabezas de los indios, negando que estuvieran allí, borró su visión y lo enfureció.

Se la tomó contra Dios a espadazos. Si como se enseña, Dios está en todas partes, hiriendo el aire con la punta y filo de su espada lo hería a él.

Los Halladores, casi invisibles en el verdor del boscaje tintineante de campánulas que la luz de los gusanillos luminosos hacía ver de porcelana, colgaron de sus ojos, miradas que eran como largas hamacas, en las que cada uno mecía pensamientos sobre lo mal que andaba la cabeza del teul hiriendo el aire con su espadón, los ojos centellantes y los dientes apretados en una risa que se desgranaba, sin saberse si era sollozo o carcajada.

Los Fogateros, magos de altos fuegos, sacaron de las llamas de sus fogatas, columnas de humo que enredado al viento, dispersó sus pensamientos sombríos: ¿Por qué aquella pantomima maldita? ¿Para amedrentarlos y que por miedo le dijeran dónde se escondían *Titil-Ic* y su hijo?

Muerto Dios, él lo mató con su espada, no al Hijo, al mismo Dios, al Padre, al Hijo y al Espíritu Santo, hubo de atravesar el corazón de tres personas con sólo una estocada, así se hace para acabar con Dios, tres personas de una sola estocada, recurre al Demonio, el vertiginoso, el astuto, a quien invoca dándole tres besos bajo la cola. Con la espada deicida en la mano, salió a campo traviesa seguido por las teas, hacia donde lo llevaba el Gran Satanás. ¡Fas-fis-fas... Satanás!, gritaba, ¡Fas-fis-fas... Satanás... Satanás...! ¡No hay como el Divino Lucifer!, voceó más fuerte, al descubrir a distancia, en una como enramada, la gota de una luz. Allí se habían refugiado. Alcanzó *Titil-Ic* con su menudo andar a poner distancia. El golfo esplendía lejano, surtido de estrellas grandes y pequeñas, doradas, plateadas, cárdenas. Abajo el río dormido entre paredes de flores, muros de peñascal y orquídeas que bajaban a besarlo, con algo más dulce, mucho más dulce que el beso de los labios, el beso del reflejo.

Todos, encabezados por Lorenzo, hacia la luz, hacia la gota de luz que brillaba en lontananza.

De pronto, sólo la milicia estelar de las estrellas y el vuelo de aves aludas, negras, picudas. ¿Hacia dónde seguir? La luz se había extinguido y todo volvía al misterio, a las voces de los Lenguas llamándolos... ¡Titil-Iiiiiiiccccc...! ¡Titil-Iiiiiiccccc...! El eco devolvía los sonidos vacíos, sin contenido, como sílabas de nombres de personas que ya no existían.

El engaño del Demonio puso a Ladrada al borde de la locura rabiosa, pero logró dominarse, helar su sangre y tragar saliva que ya no era saliva, sino espuma amarga. Que Dios lo engañara, pase, Dios a veces no se presta, pero el Demonio, que el Demonio lo engañara, que no se prestara, cuando tiene que prestarse siempre, porque para eso es Demonio.

Abatido, espectral, mutilado, emprendió el regreso al castillo, las antorchas más humo que llama, las fogatas en carne de brasa con olor a cenizal. Murciélagos galopantes trazan elásticas cruces a su paso. La noche lenta, horriblemente lenta, entre el hoy inacabable y el mañana que empieza nunca. Se quedaría, como los muertos, en el hoy sin mañana. Las teas alumbraban con sus últimas luces, los rostros sin cuerpo, sólo las cabezas, o los cuerpos descabezados, sin cara, según les diera la luz, del puñado de hombres que volvían al castillo, derrotados. ¡Cielos! ¡Cielos!, clama Ladrada, la frente expuesta al incendio de los talismanes, toda la caja torácica del universo en marcha, la caja azul de los cuatro sobacos moviéndose. Sólo él inmóvil en el hoy, sin mañana. Y para qué mañana... para tener que decir, ayer, ayer perdí sus huellas y por ser ayer menos probabilidad de encontrarlos. No, no, mejor no pasar de hoy y mientras sea hoy, dar con ellos. Pero para eso habría que sujetar la noche, detener la marcha del cielo, que no amaneciera antes de volver los Halladores que seguían buscándolos por los trece caminos. Contener el avance de la carroza luminosa, convertida por la neblina y la oscuridad, en una tartana sombría transtumbando sobre ruedas de humo que van formando ochos. Los Halladores, la magia verde como última esperanza. Ni Dios ni el Diablo le escucharon. Los Halladores, el Maladrón y el bebedizo adivinatorio que le prepararon los yerberos de su séquito y que él apuraba para saber el paradero de aquéllos, a riesgo de embriagarse o de morir envenenado. Da lo mismo. El ebrio es un muerto que revive y el muerto, un ebrio total. En cuanto al Maladrón, lo invocaría cuando hubiera perdido toda esperanza, pues éste le diría, sin rodeos, si sus buscados, madre e hijo, ya formaban parte de un felino, qué haber sido devorados y entonces ya también felinos, qué importaba, o si seguían en vida de criaturas desamparadas, de pobres cristianos en espera de auxilio, socorro que de llegar a tiempo, les convertiría, devorados en distinta forma, pero devorados, en parte de ese otro felino que era él... Dejó caer, el vaso de barro en que bebía, por llevarse las manos apresuradamente hacia las orejas, pero el tronar de los teponaxtles no venía de fuera, sino de lo más hondo de sus cavidades auditivas. No oír, no oír los teponaxtles ni oír al Maladrón que se le instaló en la yegua blanca, cuando huían de los indios cabracánidas y le espetó sin cuidarse de Antolinares que escapaba con *Titil-Ic* y el crío en el caballo negro y que podía haber escuchado, lo de la muerte de Escafamiranda... el socavón... la mina... la espalda del amo... y el puñal... el puñal hasta la cacha... revelación que le hacía para perdonarle que le hubiera esculpido con cara de bandolero en agonía rabiosa, ya que al tallarle así, no hizo sino copiarse él mismo, reproducir su cara de criminal de los que matan a mansalva y agonizan toda su vida de remordimiento... *(A mí, para que lo sepas, perro, por si tuvieras que esculpirme de nuevo, la existencia se me fue de los brazos amarrados a una cruz, revoloteando, sin que yo moviera un solo músculo de la cara, indiferente al suplicio y a la muerte; la muerte es tan tremenda, tan terrible, que por grandes que sean los suplicios que la preceden, son apenas suplicios... No fue Gabriel Melesskircher, aunque se dijo que él me había tallado en una «Tabula Magna» del convento del Tegernese; lo cierto es que haya sido él o no, el que me esculpió lo hizo respetando la verdad histórica y no la mentira histérica, como tú. En esa obra de arte digna de los siglos, aparezco sereno, superior al tormento de la cruz y al esbirro que sacaba bocados de carne y hueso de mis espinillas, con un hacha. Se desvelarán los soles hasta extinguirse, se amasarán sombras sobre sombras sobre la tiniebla y la Muerte, la Santa de las Santas, la que por párpados tiene dos rosas negras, las deshojará, pétalo por pétalo, para cerrar los ojos de todos los mortales, hasta el último, y yo seguiré, como aparezco en esa sacra escultura, sereno, con el peso de la razón que me mantiene a plomo. Por mucho que me hayan querido desfigurar los edenistas, mis enemigos, sigo siendo de los tres crucificados, el hombre auténtico...)* Pero a esta voz del Maladrón que subía de las profundidades, se unía por momentos la misma voz, sólo que llegada de fuera y de muy lejos. Eran y no eran dos voces distintas... *(Ibais tan atribulados, huyendo de la amenaza de los indios, materializada en la tempestad de los teponaxtles, que no os quise anunciar que la muerte os precedía, acompañaba y seguía, con los corazones de Blas Zenteno y el tuerto Agudo, tomados por sus uñas de esqueleto y dos únicos trajes para las fiestas en honor a Cabracán, las dos pellejas de aquellos que fueron desollados cuando todavía los cuerpos estaban calientes...)* Ladrada se refugió en la capilla del castillo, huyendo del Maladrón (¿qué campanas doblaban la hoja de los vivos y lloraban a muerto?...), descompuestos sus gestos y ademanes, riendo sin que hubiera de qué reír, aunque no era risa lo que se desprendía de sus dientes, sino una como luz de farol, golpeando los puños en los muros en busca de tumbas, en todos los muros hay tumbas... tumbas... y a golpear iba la piedra funeral, aún fresco el pegamento, que cubría el sepulcro del Canónigo y Antolinares, pero se contuvo al oír voces que desmoronaban la arcilla del silencio...

—De haberme dicho que me iban a enterrar, no en una tumba, sino en una despensa de almacenar muertos...

—¡Un muerto!... —interrumpió la voz de Antolinares, el rezongo del Canónigo.

—¡Basta y sobra para sentir a todos los muertos con uno!

—Pero no estoy tan muerto, tan exageradamente muerto, usía es más muerto que yo, ya es esqueleto, salvo que envidie mi condición de joven muerto, no porque haya sido mi tránsito en años juveniles, sino porque estando recién fallecido, soy más que joven, adolescente, quizás recién morido, ya que no se puede decir recién nacido, cuando se trata de la muerte.

—La muerte no existe... Se habla de la muerte como si existiera...

—¿Y nosotros...?

—No existe para nosotros, porque estamos muertos, y no existe para los vivos, porque están vivos...

—¿Pero, entonces, nosotros...? —preguntó Antolinares con la voz hueca del que no respira, habla de muerto—, nosotros, usía, estamos muertos...

—Transitoriamente, porque el alma no muere y porque llegará el día en que sacaremos de los espejos del aire nuestros pedazos y los juntaremos para ser otra vez nosotros...

—No creo en inmortalidades... fui... soy... no sé cómo decir...

—Lo mismo da... —se oyó la voz nacida de los huesos de la boca del Canónigo, sin inflexiones, de su boca sin lengua—, aquí ni se es ni se fue... ni se fue ni se es...

—Entonces...

Ladrada, a sus ojos daban vueltas el artesonado y los muros de la capilla, no pudo más; golpeó, golpeó, golpeó la tumba de donde salían aquellas voces, interrogando a Antolinares si no sabía el paradero de su mujer y su hijo...

Se le heló la oreja pegada al mármol. Nadie respondió. ¿Le oirían? Volvió a golpear y con los labios arrimados lo más que pudo a la tumba, gritó más fuerte:

—¡Antolinares!... ¡Antolinares...!

Nada, y, sin embargo, estaban hablando, hace un momento conversaban...

Inmóvil y en silencio esperó lo más cerca posible de la tumba y el palique no tardó en reanudarse:

—Os decía, Usencia, que no creo en inmortalidades, seguidor como fui o como soy, no sé aquí si soy o fui, del Ladrón que en el Monte de las Calaveras, se rió del justo que ofrecía el cielo...

—¡Antolín Antolinares!... ¡Antolinares!... —gritó Ladrada más fuerte, la boca contra el mármol de la tumba.

Nadie... el infinito... ni los muertos le contestaban... qué soledad inexorable...

Y, sin embargo, dentro seguían hablando. Se oyó la voz seca, áspera, dura del eclesiástico:

—¿Lleváis entonces sobre el pecho, la cruz del Maladrón, una cruz con el brazo oblicuo, sin señal de claves, la cruz de los saduceos?

—La llevé, testimonio de que Él me había devuelto la vista. Después, Usencia no lo ha de creer, se la comieron sobre mi pecho, los roedores del círculo candente, y no la defendí por la deliciosa cosquilla que me causaban sus hociquitos al írsela comiendo...

—¿Amores contra natura?

—Imposible, eran ardillas...

El Canónigo rió con su risa de esqueleto, risa de adagios calcinados.

—Eran ardillas que me fingían mujeres sobre el cuerpo, con sus brincos, vueltas y revueltas, sus hociquitos húmedos, sus colas espumosas, sus uñitas...

—Y después la Trinis, después de las ardillas, la Trinis... —susurró Ladrada, los labios pegados a la piedra, frotándose una mano con otra, como si él también formara parte de aquella tertulia de ultratumba–, la Trinis, después de las ardillas, la Trinis, María Titil... titilante corazón de cacao, estrella titilante... no tiene otra forma de ser... titilante...

—Sólo tres veces se oyó la cólera de Dios —resonó la voz emparedada del Canónigo—, la primera, cuando expulsó del Edén al Padre del género humano, la segunda para arrojar al báratro al más bello de sus Arcángeles, y la tercera con el traidor que lo vendió, que vendió al mismo Dios, en la persona del Unigénito; faltó la cuarta contra la befa del réprobo que mientras Jesús prometía al buen ladrón el paraíso, se reía...

—A mí también se me reía en las barbas, sin ser el hijo de Dios, sino un simple tallador de imágenes, mientras lo esculpía... —intentó Ladrada meter sus palabras en la negrura de la lápida, para que aquellos que conversaban más allá de la vida se enteraran de su presencia. Pretendía, caso que le contestaran, caso de que se dignaran darse por aludidos de que alguien más estaba con ellos, sólo que fuera de la tumba, preguntar a Antolinares, el paradero de *Titil-Ic*... Debe saber, se decía Lorenzo, debe saber si ella lo vio morir, o si se fue antes y si es así para dónde agarró...—. ¡Antolinares, oíd Antolinares —volvióse Ladrada de nuevo al sepulcro—, tu mujer y tu hijo andan perdidos y corren peligro, si tú sabes qué camino tomaron...!

Pero qué iban a oírle. En la tumba, a juzgar por los ruidos, peleaban a brazo partido, el esqueleto y el muerto, los doscientos y tantos huesos de su Señoría tratando de expulsar al saduceo, engusanado, nauseabundo, en plena descomposición, un ojo de fuera y todos los amoníacos saliéndosele por narices y boca...

—¿Qué hacéis aquí?... —gritaba el Canónigo, airado—, los geógrafos del más allá no señalaron camino para vosotros... ¡qué hacéis... qué hacéis aquí... sin para dónde seguir... sin alma... sin inmortalidad...!

—¡Beaterías... me deshago y si el deshacerse de los muertos es el desahogarse de los vivos... me desahogo... me desahogo de las materias y sustancias que me ahogaban, que me privaban de la libertad de ser en todas las formas en que no he sido, y en las que ahora seré pino, cedro, ojo inmóvil de talco, luz, sueño deshidratado... el agua dulce de mis sueños en los ríos... seré río... todo seré, menos tempestad de palmito!...

—Esa tempestad me causó la muerte, retorcijón tras retorcijón hasta que exhalé el ánima... —interrumpió el Canónigo.

—¡Razón para que hagamos las paces! Los dos fallecidos del mismo mal, Useñoría, vos por andar evangelizando, yo en busca del entrecejo de los dos mares océanos, la única diferencia es que al final de mi vida de zarzas y cadenas, yo no exhalé ánima alguna...

—A falta de ánima, lo que exhalaste fue un cuesco...

—¡Useñoría!

—A los que no tienen alma, qué otro viento les queda...

—¡Useñoría!

—¡Todos los cuescos vulneran y el último mata!...

La violenta transmutación del orbe al pasar de la tiniebla a la aurora candente, de la noche profunda a claridades sustraídas a los estratos más íntimos de minerales radiantes y a la combustión de mares y vegetales luminosos, la violenta transmutación del orbe al pasar del silencio y el habla de los muertos, al concierto de pájaros canoros y la música de los frutos caídos de las ramas, como goterones de lluvia, por el peso de su propia dulzura; la violenta transmutación del orbe sacó a Lorenzo Ladrada del sentimiento que lo retenía junto a la tumba de Antolinares, torpor del bebedizo que le dieron, a base de fosforescencias de algas marinas, que de nada le sirvió porque no adivinó nada, y lo empujó fuera de la capilla, en busca de su yegua, sin dar oído a los Halladores que volvían de los aguaceros verdes seguidos de todos los que se quedaron en el monte buscando a *Titil-Ic* y al crío, por ganar las onzas de oro, que no eran pocas, y los caballos, que no eran muchos.

Regresaban al castillo, más muertos que vivos, a fuerza de tanto gritar, de punta los cabellos, las caras amarillas, tartajos, casi sin lengua.

A sus ojos y a una distancia de pocos pasos, la Trinis se les volvió muchas cabezas. Nadie los va a desmentir. Muchas, muchas cabezas. Infinidad de cabezas. Contarlas, imposible. Más cabezas contaban y más cabezas, cabezas de ella, surgían, sin pelo, sin orejas, sin boca, sin ojos, sin cejas, sin nariz... cabezas... cabezas...

—Ésas son creencias... —interrumpió Ladrada el charlerío de aquéllos mientras terminaba de ensillar su yegua.

—Pero muchas cabezas así, es señal que el tigre se la comió sólo a ella...

—¿Y por qué a ella y no a la criatura, mejor bocado?

—Porque ella se volvió muchas cabezas, al perder la cabeza atacada por la fiera...

—Perdió la cabeza, entendido, y la criatura qué la hizo...

—Perdió la razón y no el instinto maternal al írsele el tigre para encima, instante en que, sin su cabeza, no sabiendo qué hacer, o con su cabeza sabiendo lo que hacía, por salvarlo, por salvar a su hijo, lo arrojó a los brazos de una mona que huyó con él a la velocidad del relámpago.

—Lo va a matar... —atajó Ladrada al Mago Hallador que hablaba con la palabra llovediza de sauce que llora.

—Por el contrario, señor, por el contrario –siguió el intérprete traduciendo con su lengua de ganzúa de abrir idiomas, lo que decía el Mago Hallador–, las monas muchas veces son mejores madres que las mujeres...

—¡No puede ser, hay que rescatarlo!

—Entonces sí que lo mata. El consejo es dejárselo hasta que el chico, por sus propios pies, vuelva de ese mundo si prefiere ser hombre...

—¿Es que es mejor ser mono? ¡Mal rayo me parta!... –gritó Ladrada.

No creía ni media palabra de los embustes de aquellos seres vegetales de caras de jícaras pintadas de verde, ojos de frijolillos negros, dientes de carne de coco con incrustaciones de esmeraldas.

Y saltó sobre su yegua, color de sal. Tarde se dio cuenta que desde un principio para favorecer, sin duda, la huida de la india y su hijo, lo estaban engañando. Y se partió del castillo que los Halladores también se apresuraron a dejar solo. De tener con él más españoles o contar en la abandonada fortaleza con artillería mejor que aquellos viejos cañones pedreros, no dejaba indio con cabeza ni monas amamantando hijos de cristianos.

El pequeño grupo de su séquito, indios a los que tampoco les tenía confianza, seguirían hasta la mina por otros caminos. Él hacia el mar. Necesitaba la inmensa soledad del Océano.

París, 1967-1968.

Índice

Uno	9
Dos	16
Tres	24
Cuatro	31
Cinco	36
Seis	45
Siete	56
Ocho	62
Nueve	71
Diez	79
Once	84
Doce	91
Trece	97
Catorce	104
Quince	110
Dieciséis	120
Diecisiete	128

Dieciocho	135
Diecinueve	143
Veinte	152
Veintiuno	159
Veintidós	166
Veintitrés	173
Veinticuatro	180
Veinticinco	187
Veintiséis	194
Veintisiete	202
Veintiocho	210
Veintinueve	220
Treinta	243